U0028146
櫃中美人
上
水合——著
曾幾時三生有幸，
換你一世傾心。

第一章 出山

從現如今往上推算，距今天一千一百九十年前，天下正是大唐寶曆二年，當朝的皇帝自然姓李，單名一個湛字，是爲唐敬宗。

這一年，這位皇帝恰滿十六歲，正値青春年少，人也生得精神漂亮。據大明宮的老宮女說，當她們的聖上在大明宮別殿裡呱呱墜地時，六月的火燒雲正一望無際，太液池的白鶴竟一起飛上雲霄，翩翩展翅環繞住整座宮殿，悠揚的鶴唳聲就連太極宮都能聽見。

好吧，就是這麼一位出生帶著瑞兆的皇子，自小粉雕玉琢如寶如珠，所以時刻被人寵著，在含著金湯匙的十六年生涯中，也理所當然地被人給寵壞了。也因此，在他即位後的短短兩年，這位年少的皇帝就顯現出了一切昏君的特質。

他愛酒、好色、喜歡玩樂，既要大興土木建造宏偉的新宮殿，新殿建好後住不了兩天，卻又要出宮遊幸。而諸般遊幸中他最喜歡的一項活動，就是去驪山「打夜狐」。

顧名思義，「打夜狐」，就是晚上出去捕獵狐狸。狐狸生性晝伏夜出，這一招可眞夠陰損缺德的，如此一來二去，驪山狐不聊生，狐妖老巢的族長可就動了怒！

「再這樣下去，子子孫孫都要被那皇帝殺盡了，著實可恨，」狐族的族長，黑耳姥姥戳著酸棗木拐杖怒道：「我們狐族與凡人一向井水不犯河水，就算祖上曾有幾位娘娘出山，謀死過幾個皇帝、斷送過幾朝江山，那也無不是受人所託、成人之事罷了，與我們又有什麼相干……」

遠的不提，就在大約八十年前，有位皇子因爲不忿自己的王妃被父親所奪，就曾託一位老道引薦，許下了這驪山方圓五百里的地界做報酬，要狐族幫他造個替身進宮——這位有名有姓的紅顏禍水後來在馬嵬坡金蟬脫殼位列仙班，八十年來一直被狐族們津津樂道，也因此，如今的驪山狐族遇到皇帝「打夜狐」這樣的飛來橫禍，自然也將腦筋動在了「紅顏禍水」這四個字上。

於是狐族的二當家，灰耳姥姥爲族長獻計獻策：「姥姥，一晃八十年了，我們狐族的魅樹上早已又結出了一粒金丹，事不宜遲，不如再安排位姑娘出山，將那無惡不作的皇帝給收拾了吧！」

黑耳姥姥聞言，卻是癟著嘴猶豫不決：「那皇帝雖說兇殘，卻到底是玉皇大帝欽點的天子，咱狐族可從沒主動出過手，這次沒有女媧娘娘授命，也沒有皇親貴胄請託，我們貿然行事，只怕要遭天譴……」

「哎，姥姥，您再猶豫，我們狐族的日子可就沒法過了！」就在灰耳姥姥說話間，山外似乎又傳來捕獵的號角聲，族裡的狐子狐孫們遠遠聽見，無不夾起尾巴瑟瑟發抖。黑耳姥姥到底是一族之長，豈能無視眾狐的生死存亡，她看在眼裡急在心頭，最後終於狠狠心咬牙道：「好吧，去叫翠凰來！」

翠凰是這八十年來，驪山狐族裡出落得最有出息的姑娘，不但有著傾國傾城的容貌，法力更是高強。據說她被黑耳姥姥寄以厚望，所以一直養在深閨，驪山裡狐狸雖多，卻沒幾隻有幸目睹過翠凰姑娘的風姿呢。

眾狐一聽族長有請翠凰，當下無不精神抖擻，紛紛奔相走告等著瞧熱鬧。黑耳姥姥也命左右捧出了驪山狐族的至寶魅樹——這是一株栽在金盆裡的，兩尺來高的寶樹，只見碧玉般的枝葉中央，嬌嫩欲滴的綠葉正簇擁著一顆金燦燦的果實。

這果實即是狐族至高無上的法寶「魅丹」，狐妖服食它之後，不僅能夠功力大增，容貌亦能嫵媚到極致、進而一舉魅惑帝王心，端的是效用無窮！只是這魅樹四十年一開花四十年一結果，因此也只有歷代族長、或者肩負大任亟待出山的狐妖，才有資格享用它的果實魅丹。

一時之間，狐妖老巢裡狐頭攢動，大家都翹首以盼著，一起期待翠凰姑娘的出現。而與此同時，在一個不起眼的角落裡，一個獐頭鼠目的姑娘正拉扯著一個與她一般大的、乳臭未乾的黃毛丫頭，努力穿過擠擠挨挨的狐群，湊到近處找了個視野開闊的地方坐定。

在狐狸的巢穴裡，我們實在不該形容某個姑娘「獐頭鼠目」，然而，這個姑娘也確然是個另類。不同於驪山狐狸們白裡透紅的桃心臉，她的臉蛋偏黃，下頷尖尖的，像一枚秋天裡最飽滿的榛子——但凡熟悉妖精變化的人看到這裡，心裡就一定會清楚，這姑娘並非一隻狐狸精，而是由一隻黃鼠狼變來的。

「咳咳，咳咳，大家都別吵……」黑耳姥姥敲敲酸棗木拐杖，巢穴裡的狐狸們頓時都安靜下來。隨著姥姥話音剛落，一陣香風就突然飄進了眾狐的鼻子，大家立刻又蚊蠅一般嗡嗡鬧起來，悄聲議論這香味是像紅糖炒米，還是更像桂花年糕。

坐在最前排的那位榛子臉姑娘不以為然地白了一眼身後眾狐，小聲咕噥了一句：「你們懂什麼，這叫女人味……」

她的話還來不及被眾狐聽見，大家的目光便已被吸引到了巢穴的中心，榛子臉姑娘慌忙轉回腦袋，這才發現原來不知不覺之中，翠凰姑娘已悄然出現在族長面前。但看她身穿一件綠瑩瑩碧玉瓔珞珍珠衫，水綠色的襦裙正被不知何處而來的風輕輕吹起，奶黃色的輕紗飄帶恰到好處地揚入半空，就像彈過柳梢頭的幾縷月光，使她既顯得仙姿縹緲離塵脫俗，又不失莊嚴的寶相。

待她微微側轉了螓首蛾眉，眾狐這才看清楚了傳說中的翠凰姑娘，她的面龐有著一種描摹不出的風華，似乎風花雪月都被揉進了她的一顰一笑，她淡淡的眼神如掃過秋水的長風，笑靨像迎著春風綻開的第一朵牡丹，襯著雪堆似的肌膚，只要借著一點點光，臉龐就能散發出滿月般皎潔的光華。

這一刻，在場的沒出息的狐子狐孫們，腦中都閃過一樣的念頭——每朝每代傾國傾城的紅顏禍水，必然就是長成這副模樣的吧？備受矚目的翠凰在眾狐驚豔的目光中卻毫不露怯，只見她挺直了腰身兩手一福，盈盈對族長黑耳姥姥拜下，嬌聲如珠玉相叩：「小女翠凰，拜見姥姥。」

黑耳姥姥欣慰地點點頭，上前將她扶起，順手將魅樹上的果實指給她看：「翠凰丫頭，妳瞧這魅丹已經成熟，今天我當著全族的面把它交給妳，望妳服食此丹後，能夠不負族中所託，入宮迷惑那荒淫無道的皇帝，促使江山易主、改朝換代。不過妳當謹記，凡事需智取，除非萬不得已，切勿觸犯殺孽。」

「多謝姥姥賞識，翠凰今日受命，必當竭盡所能、不辱使命。」翠凰欣然領命，傾國傾城的臉上卻仍是不苟言笑，只是再次躬身朝黑耳姥姥拜了一拜。

這時灰耳姥姥在一旁笑呵呵幫襯道：「如此甚好，還請翠凰姑娘進族中內殿沐浴更衣，再擇吉時摘下魅丹服食。」

翠凰並無異議，微微頷首輕移蓮步，由灰耳姥姥引著進入內殿。眾狐見再沒熱鬧可瞧，漸漸也就各自散去，一時間巢穴裡恢復了安靜，只有巢穴正中央的七寶琉璃供案上，金盆裡的魅樹還在靜靜流動著瀲灩的光。

驀然，靜悄悄的巢穴裡卻有了異動！空蕩蕩的大廳角落裡竟冒出了兩道鬼鬼祟祟、拉拉扯扯的人影。只見那打頭蠢蠢欲動的，正是方才那位榛子臉的姑娘！她躡手躡腳靠近了供案，兩隻圓溜溜的眼睛緊盯著魅樹上雀蛋大的金丹，屏息凝神地偷偷伸出手去……

「姐姐！」一直跟在她身後的姑娘嚇壞了，一張桃心臉像抹了二斤胡粉似的，白裡泛青不見血色：「姐姐不好這樣做啦，這金丹可是不得了的寶貝，妳偷拿會闖大禍的！」

那榛子臉姑娘眼珠一轉，瞪了自己的妹妹一眼：「我都不怕，妳怕什麼！」

那桃心臉的姑娘頓時畏縮起來，一雙無辜的小鹿眼眨了眨，轉眼間就淚濛濛的，似乎下一刻就要掉下淚來。榛子臉姑娘顯然是拿她這招沒轍，只好歎了口氣語重心長道：「不怪我老生常談，妳瞧瞧妳這沒出息的樣子，哪裡像是狐狸種？虧妳還是吃我媽媽的奶長大的，可憐我從小沒了爹爹，親娘又做了妳的乳母，害我連自己娘親的一口奶都吃不上，我容易嘛我？虧我自己命大活了下來，結果長大了還要做妳的丫鬟，陪著妳這嬌滴滴的大小姐一起沒出息，我容易嘛我……」

桃心臉姑娘一向最害怕自己的姐姐這樣碎碎唸，當下乖乖收起兩包眼淚，可憐兮兮地反倒哄起自己的姐姐來：「別這樣啦，我，我錯了還不行麼，都，都聽妳的……」

榛子臉姑娘這才得意地一笑，閉嘴作罷。

好啦，現在我們從這段對話裡就可以弄明白，爲什麼黃鼠狼出身的榛子臉姑娘，可以和桃心臉的狐狸姑娘互稱姐妹啦！原來她們是金蘭姐妹，黃鼠狼姑娘的媽媽是狐狸姑娘的奶娘，而黃鼠狼姑娘雖被狐狸姑娘客客氣氣地叫上一聲姐姐，但實際上是她的丫鬟，而比實際還要實際的現實是，她身爲丫鬟，也能夠將狐狸姑娘治得死死的！

於是黃鼠狼姑娘心情大好地伸出罪惡之手，毫不膽怯地一把拽下了魅樹上的魅丹，將那金光燦燦的果實遞到了狐狸姑娘的面前。

「做，做什麼……」那狐狸姑娘還在害怕，怯怯退了半步，驚疑不定地望著自己的乾姐姐。

「一人一半，吃下去。」黃鼠狼姑娘到底沒有得意忘形，知道自己在驪山出身低卑，闖禍也要拉個墊背的。

「嗯，不要，不要……」狐狸姑娘一邊淚汪汪地掙扎，一邊含恨吞下了被黃鼠狼姑娘分開的半顆魅丹。

見狐狸姑娘將魅丹嚥下了肚子，黃鼠狼姑娘這才放心地將自己那半顆放進嘴裡。

「嘶──好酸！」黃鼠狼姑娘覺得牙都快被酸倒了，不禁捧著自己的腮幫子，問神色自若的狐狸姑娘：「妳不覺得酸嗎？」

「不酸呀。」狐狸姑娘弱弱回答：「挺好吃的。」

這傻丫頭，什麼都覺得好吃。黃鼠狼姑娘翻了個白眼，略過這等小細節，開始激動地等待魅丹生效。

很快她們身上各自起了變化，有暖騰騰的白氣分別從她們的天靈蓋上冒出來，她們十三、四歲乳臭未乾的身體開始變得豐潤，發黃的細辮子也忽然散開，眼見著變成了烏黑的雲鬢，她們的雙眼變清變亮，開始盈盈泛著一層勾魂的水光，面頰也忽然白裡透紅，像五月沾了露水的薔薇花……

黃鼠狼姑娘像照鏡子一樣盯著自己的妹妹，知道自己的身體也同樣在發生著這些迷人的改變。她不禁快活地翹起嘴角，剛想發出一兩聲得逞的笑，卻在這時聽見內殿裡傳出一聲雷霆般的厲喝：「飛鸞輕鳳！妳們在做什麼！」

剛偷吃了魅丹的兩個姑娘聽見暴喝聲，嚇得渾身一激靈，戰戰兢兢回過頭去，就看見灰耳姥姥從內殿裡衝出來，朝她們揚起手中的拐杖：「好個膽大包天的小畜生！看看妳們做的好事！」

「嗚……」狐狸姑娘兩眼淚汪汪地抱住腦袋，嚇得渾身哆嗦成一團。

所幸灰耳姥姥還有一絲理智，知道她是出身大家的狐族貴小姐，因此適時將杖頭改對準了黃鼠狼姑娘：「黃輕鳳！妳這記吃不記打的臭丫頭，又攛掇飛鸞跟著妳淘氣！妳知不知道今天妳闖了多大的禍？！」

黃鼠狼丫頭，也就是黃輕鳳小姐，當然知道自己闖了多大的禍，她擺出闖禍被抓時一貫的膿包態度，耷拉著腦袋裝死——這一次爲了變漂亮，上刀山下火海她也拚了！

就在灰耳姥姥的拐杖將要敲上輕鳳的腦殼時，族長黑耳姥姥與翠凰也從內殿裡走了出來。族長看著暴跳如雷的灰耳姥姥，擔心她氣過頭下手太重，慌忙喝止道：「二當家的，手下留情，打狗也需看主人。飛鸞她是先任長老的遺孤，妳傷了她乳母的女兒，也就傷了和氣。」

灰耳姥姥聽了這話手下一停，逃過一劫的黃輕鳳依舊在閉目裝死，族長的「打狗」之說被她聽在耳中，卻使她暗暗齜了齜牙。

跟在黑耳姥姥身後的翠凰將黃輕鳳的一舉一動都看在眼裡，卻只是默不作聲。她剛剛沐浴完畢，身上換了一件月白的春衫，一頭青絲濕漉漉地搭在肩後，正泛著潤澤的水光。

在場眾妖都對這突如其來的變故感到措手不及，只有灰耳姥姥仍在氣急敗壞地搶白：「姥姥，您瞧現在該怎麼辦？八十年才結一粒的魅丹，就被這兩個討債鬼給糟蹋了，難道我們的計畫就要這樣泡湯嗎——」

「二姥姥何出此言？難道沒有魅丹，我就不能行事麼？」一直旁觀的翠凰忽然開口，清冷的聲音裡微含著不悅：「憑我自己，也能完成姥姥交託的任務。」

凡事總愛嘮叨的灰耳姥姥冷不防被翠凰打斷，足足愣了片刻，才悻悻回答：「也不是說不能，就是成功的把握會沒那麼大……」

翠凰聽到這裡，一向疏朗的眉心終於微微蹙起來，忍不住出言反駁：「恕翠凰愚鈍，難道翠凰多年的修爲，竟敵不過一粒魅丹嗎？」

不料翠凰話音未落，一向寵愛她的黑耳姥姥這一次竟在一旁開口道：「何止敵不過，簡直差得遠了。」

這話使心高氣傲的翠凰面色一白，多年波瀾不興的內心頭一次賭了氣，因此冷著臉拂袖轉過身去，再也不發一語。

如今的黑耳姥姥顧不上照顧翠凰的情緒，只想著該如何處理眼前這堆爛攤子。她看著蜷縮在地上的兩個罪魁禍首——已經變得粉白可愛楚楚動人的小丫頭，終於逼不得已下出這樣一步臭棋：「好吧，這一次我們的計策，就安排她們兩個去完成吧。」

這話剛一出口，灰耳姥姥已是一個腦袋兩個大，她當即揚聲反對：「姥姥！您可不能這樣糊塗！這，這完全是胡鬧呀！她二人能有什麼慧根？！別說吃了一粒魅丹，就算是吃下一大碗公的魅丹，那也是扶不上檯面的小雞雛呀！」

灰耳姥姥嚷嚷完，像是要印證自己的話似的，對著地上的飛鸞和輕鳳又指又戳，就見縮在地上的飛鸞哭得更是直打噎，而黃輕鳳依舊耷拉著腦袋裝死，只是趁著灰耳姥姥不留神的時候，又偷偷齜了齜細小的銀牙。

等到急性子的灰耳姥姥發洩完，族長黑耳姥姥才悠悠歎了口氣，對在場的三狐一鼬開口解釋：「並非我不願意讓翠凰去，只是你們不知道，她的性子太冷傲孤高，恰恰是男人最不喜歡的類型。我們狐族將她獻上去，固然可以吸引那年少的皇帝一時貪鮮，可惜終歸難以固寵，做不得長久的打算。我原指望可以用魅丹將她的脾性調化調化，奈何天不遂人願，魅丹叫這兩個小鬼吃了，好在她們也算嬌嫩可人，如今不妨順水推舟，一個不夠兩個湊，將她倆都送進宮去，興許能成氣候也未可知。」

灰耳姥姥愣愣聽完族長一席話，卻是不以爲然道：「那輕鳳古靈精怪也就罷了，不怕她吃虧，飛鸞一向是個老實孩子，如何會討男人的歡心？她又是先任長老的遺孤，萬一有個閃失可怎麼好？」

黑耳姥姥胸有成竹地微笑，走上前伸手挑起了飛鸞的下巴，對灰耳姥姥道：「妳瞧，她這樣的小臉我見猶憐，去了人間又怎麼會吃虧呢？狐族服下魅丹後散發出的氣質，是凡人絕對無法抗拒的，這點就和輕鳳不同，妳看同樣是服下半顆魅丹，因爲她非我族類，效用就不大……」

灰耳姥姥聽了族長的話，仔細打量了這兩個丫頭，果然嘖嘖有聲地感歎起來：「姥姥您說的果然不錯，妳看輕鳳這丫頭服了魅丹，臉還是這麼黃……」

這時賴在地上的黃輕鳳依舊在裝死，只是這次她耷拉著的腦袋垂得更低，小牙也齜得更厲害了。黑耳姥姥瞥了她一眼，沒好氣地一戳拐杖，肅然呵斥：「黃輕鳳！快起來聽命！妳還想裝死到什麼時候？！」

黃輕鳳頓時渾身一顫，死也不敢再裝了，慌忙爬起來對著黑耳姥姥磕頭：「姥姥饒命！姥姥有話只管吩咐，輕鳳赴湯蹈火萬死不辭。」

「哼，若不是妳母親哺育飛鸞有功，今天我豈能饒妳性命！」黑耳姥姥瞪了戰戰兢兢的輕鳳一眼，囑咐她，「今日我派妳和飛鸞出山，妳當謹記肩上重任，必須處處照料好飛鸞，不得忘了本分！妳聽明白了嗎？」

「姥姥放心，輕鳳若有違背，天打雷劈！」黃輕鳳心中暗喜，忙不迭叩了幾個響頭，將黑耳姥姥的吩咐都答應了下來。

在場只有灰耳姥姥面露難色，不知該怎麼安慰失去魅丹的翠凰，她吶吶張開口，還沒來得及說上點什麼，卻見翠凰頭也不回地離開，逕自消失在內殿裡。

「這孩子，」黑耳姥姥看著翠凰不聲不響遠去的背影，也只能無奈地歎了一口氣：「也怪我把她寵壞了……」

大計一定，黑耳姥姥立刻秘密出山，找上了八十年前爲皇子和狐族牽線搭橋的老道，請他替驪山狐族做主。這位老道早已年過期頤，卻鶴髮童顏，已然是個地仙，聽了黑耳姥姥的請求，頷首笑道：「這事包在我身上。」

李唐一向崇道，老道身在名山，勢在朝野，不消三天就打點好了一切，於是我們知慕少艾（意指愛慕美麗的少女）的君王很快就收到了一個好消息：浙東國將向天子進獻兩位國色天香的舞女，進貢的隊伍即將抵達驪山行宮。

此時已是十二月隆冬，這一晚驪山一帶紛紛揚揚下了好大一場雪，翌日清晨，但見數百里峰鑾銀裝素裹，只有華清宮裡的溫泉水還在騰騰冒著熱氣。

滿心惦記著美人的唐敬宗李湛一早醒來，睜開眼第一句話就是笑著問身邊的宦官：「今天浙東國送來的舞女也該到了吧？」

李湛說得高興，他的貼身宦官劉克明便也笑嘻嘻地答道：「回陛下，浙東國進獻的舞女過了午時就能到了，聽說那兩個姑娘身輕如燕，漂亮著哪！」

年少的唐敬宗登時龍心大悅，連忙起身穿戴好冬季的常服，一邊吹著口哨，一邊袖著手踱到殿外賞雪去了。劉公公忙著為天子張羅早膳，在吩咐手下往殿外交差時，卻與之交換了一個詭異的眼神。

「帶話出去，今日計畫不變，一切相機行事。」劉公公輕聲輕氣地說罷，臉上露出了一抹慈藹的笑。

這一天白晝再沒有落雪，天氣清寒，浙東國的進貢隊伍在午後順利地進入了華清宮。一身錦裘的唐敬宗被宦官們簇擁著，坐在龍輿上翹首以盼，只見那雪地上一路撒了粗鹽，浙東國的護衛隊吹吹打打著，在一片鼓樂喧天中，將一輛華麗的馬車引到了華清宮的丹陛前。

唐敬宗剛想叫一聲好，不料隨著錦帳一揭，浙東國的侍衛們竟從馬車上抬下了一個櫃子！

那櫃子通身嵌著螺鈿七寶，晶亮的瑪瑙和玉石在櫃門上拼出了一幅劉阮遇仙圖，櫃子的邊角都用黃金包裹，紫檀木在陰霾的天色裡依舊能映出柔潤的光——這流光溢彩的寶櫃端的是件好寶貝！可是唐敬宗睜大眼瞅了半天，卻只是納悶地眨眨眼睛，回頭問左右：「不是說獻人麼？怎麼送來一個櫃子？」

多虧劉公公經驗豐富，一早就悄悄命人跑下去問了問，這時便附在皇帝的耳邊笑嘻嘻道：「陛下，美人就在這櫃中藏著呢。」

唐敬宗聽罷一怔，不禁伸手指著殿前的寶櫃，望著左右嘿笑：「嘿，這算哪一齣？你們倒說說？」

劉公公心裡當然清楚這是個噱頭，就像趙飛燕的留仙裙、壽陽公主的梅花妝似的，古往今來的美人不都講求個包裝嗎？！但這種大實話他可不會對皇帝直說呀——他得順著天子的心意，隨時隨地哄著他：「陛下，這您就有所不知了。浙東國這次進獻的舞女可不一般，據說這一對姑娘嬌嫩輕盈，就像那白雪捏成的一般，禁不得風吹也禁不得日曬，因此這才鎖在櫃裡，千里迢迢地送到長安來。」

「哦？雪做的人嗎？這倒有意思了。」唐敬宗聽著有趣，索性親自起身走下丹陛，命人將寶櫃打開。

於是一路上顛得昏昏沉沉的黃輕鳳與胡飛鸞，在睜開眼重見天日的第一刻，就看見了她們將要禍害的皇帝——那還是一位唇紅齒白的少年郎，身穿著南粵進貢的青藍色浮光裘，細細的腰上束著一根夜明犀腰帶。他正站在雪地裡嘻嘻地壞笑，少不經事的臉龐顯得古靈精怪，即使過早染上了酒色衰敗的戾氣，卻依舊光彩奪目，就彷彿這陰沉冬日裡西偏的昃陽，透著說不清的漂亮，卻也隱隱透著一股不祥。

一直窩在櫃子裡打瞌睡的一狐一鼬看見了自己的金主，怔愣了好一會兒才反應過來。多虧了黃輕鳳從小乖覺機靈，她暗暗掐了飛鸞一把，拽著她一起爬出了寶櫃。

「民女胡飛鸞、黃輕鳳，拜見陛下。」兩隻小妖裝模作樣地跪在地上，朝面前的少年天子磕了個頭，溫暖倦怠的身子在雪地裡經風一吹，瑟瑟發抖的模樣分外惹人憐愛。唐敬宗看著輕鳳飛鸞二人遍身瓔珞覆體，頭戴顫巍巍細珠鸞鶴輕金冠，修眉螓首吐氣如蘭，也是相當的滿意。

「飛鸞、輕鳳，這兩個名字倒是起得輕盈。聽說妳們倆經不得風吹日曬，身子比雪做的還嬌貴，我倒要瞧瞧，」只見李湛揚起手臂擊了擊掌，筆直的腰身繃成一個緊張有力的弧度，顯得分外挺拔漂亮：「來人啊，就在殿中設下舞筵，我倒要看看她們是不是真的身輕如燕。」

「飛鸞輕鳳領旨，陛下萬歲萬歲萬萬歲。」黃輕鳳嘻嘻一笑，趁著無人注意的間隙，拉著自家六神無主的大小姐胡飛鸞悄聲道：「妳就隨便唱一個，其他的我來想辦法。」

飛鸞吸了吸凍紅的鼻頭，粉嫣嫣的小嘴張成一個小圈，一口接一口地呵著白氣：「好，好……可我唱什麼呢？」

「就唱個時興的。」黃輕鳳笑著牽住飛鸞的手，與她一同沿著華清宮的玉階拾級而上，一時之間裙裾蹁躚金釵搖曳，嬌軟婀娜的身段彷彿真的要在這獵獵冬風中飛起來。

這時教坊的樂伎們已經奏響了千篇一律的宮調，飛鸞清亮的瞳仁中綠光一閃，暗暗施了一個小法術，使自己一張口便能夠唱出宮人們耳熟能詳的穆宗宮詞：「千葉花開香色殊，夜深撲得玉腰奴。絳絲絆腳光生鬢，勝似滕王舊蝶圖……」

飛鸞婉轉的歌聲無可挑剔，就算在狐族之中也是數一數二的，只是凡人六根不淨，所以從他們耳中聽來，飛鸞的歌聲固然能夠繞梁三日，但也不見得有多神奇。好在黃輕鳳深諳譁眾取寵才是硬道理，趁飛鸞唱到一半時掏出了一管笛子，送到唇邊滴溜溜吹響：「滴哩哩，滴哩哩——」

在凡人耳中平凡無奇的笛聲，實際上卻是我們黃鼠狼姑娘的殺手鐧，驪山裡的百鳥聽了，無不聞風喪膽：「滴哩哩，滴哩哩——驪山百鳥皆來聽命，若有違抗，你們開春就別想安心築巢生蛋啦！急急如律令！」

於是在唐敬宗眼裡看來，浙東國進獻的這兩名舞女可真是神了——否則哪裡有歌舞到一半，就聽見殿外撲棱棱盡是鳥雀的搧翅聲，驪山的百鳥聽見了她們的歌聲，竟然在冬天裡齊聚到華清宮來！這可不就是天女下凡麼！

他又進而聯想起自己出生時的傳說，那也是一個百鳥翔集的奇蹟！不由龍心大悅。

只是換在飛鸞輕鳳，還有浙東國的「侍衛們」眼中看來，眼前這幅場面就只有「混亂」兩字可以形容了。就看到山裡的鳥雀火燒屁股一般趕到場，圍著黃輕鳳有叫小祖宗的、有喚姑奶奶的，還有尊一聲黃大仙的，無不是求她別再搗毀他們的鳥窩，也別再偷吃他們孵了一半的鳥蛋，一定要放他們一條活路云云。

驪山的狐狸們此時都很羞愧，什麼叫「恥與爲伍」？——這就叫恥與爲伍！

於是百鳥翔集的中心，老實孩子胡飛鸞越唱表情越扭曲，倒是黃輕鳳依舊老神在在的用笛聲指揮個不停：「灰喜鵲順著飛鸞腦袋上轉圈，對，就是這樣；杜鵑圍著我轉，對，圈子再繞大點；小老鴰你來蹭蹭我們的裙子，模樣要乖巧，小雞啄米會不？學著點兒……」

下完命令她一邊收起笛子，一邊又拈了個輕字訣，腳尖在厚厚的舞毯上一點，便與飛鸞一同躍到空中翻了個筋斗，將長長的水袖像流水般拋舞開，但看兩人的身影在輕快的音節中飛旋穿梭，令人眼花繚亂目不暇接，只覺得滿目裙裳旋舞、金冠瓔珞流光璀璨，眞如彩雲逐月飛星颯遝，望之不覺目眩神馳。

就這樣好不容易鬧騰完一曲，百鳥們痛哭流涕著散場，舞筵上空留一地翎毛。華清宮的文武百官們皆是歎爲觀止，一向喜歡熱鬧的唐敬宗李湛當然是龍心大悅，噔一聲從龍椅上跳下來大笑道：「好！好！好！身輕如燕果然不是虛言，一曲歌舞就能把百鳥引來，也當得起鸞鳳二字。等回到大明宮裡，我要用玉爲妳們琢個芙蓉寶台，專供妳們歌舞用；妳們怕風吹日曬，我就築金屋寶帳，不怕妳們像雪一樣悄悄化咯！快起來受賞吧！」

黃輕鳳聞言竊喜在心，與胡飛鸞一起嬌滴滴禮畢起身，這時李湛作爲一位稱職的昏君，自然也唸出一句十分老套的戲詞：「美人，抬起頭來給我瞧瞧。」

輕鳳和飛鸞抬起頭，狐族魅丹的效用就在這一剎那發揚光大。李湛不禁瞠圓了雙目，他眨了眨眼睛，又眨了眨眼睛——通常色狼看見美人都會對上眼珠子，但目下有美女二人，所以李湛先是散了瞳，跟著他拚命眨了兩下眼睛，終於區分出兩個美人的高低來；再然後他就親手扶起了小狐狸飛鸞，親切而曖昧地衝她微微一笑：「先進殿歇著吧，今晚賜浴華清池，等著我……」

被晾在一旁的輕鳳立刻眼睛一斜，在肚裡罵了一句：我呸！

果然被姥姥說中了，她吃了魅丹只美了一點點，十個媚眼都抵不上人家一個傻笑，人生還能有比這更鬱悶的事兒麼？黃輕鳳十分鬱悶，想吐血也只能乾噈口吐沫。

而在場的狐族們看來，情勢可是十分的順利——我們的飛鸞與皇帝才剛一照面，就已經把皇帝給迷惑得魂不守舍，可了不得！你瞧，還要花大錢給她打造芙蓉寶台和金屋寶帳，這樣鋪張浪費，簡直就是亡國的好兆頭啊！

於是狐族——也就是浙東國的侍衛們，圓滿交了差。

而此時，百鳥翔集的勝景卻勾動了唐敬宗的玩性，使他並不急於和飛鸞輕鳳們打交道，而是又吩咐左右牽出鷹犬備好快馬，準備往驪山打獵。這在冬天是常有的事，有宮詞為證：

雪晴北苑獵騘疾，裘上浮光映日迷。

薄暮不須施蠟燭，腰間常佩夜明犀。

這首詩說的就是唐敬宗李湛，浮光裘和夜明犀腰帶都是他的穿戴打扮。據說那夜明犀是南昌府進貢的寶貝，李湛命人拿它做了條腰帶，每逢遊獵時佩戴著，夜裡腰帶發出的光亮就跟白晝似的，根本不需要再往風燈裡添什麼鯨油。

面對這樣頑劣的皇帝，文武百官們早就習以為常，卻讓行將告辭的浙東國侍衛們心中駭然——就這麼個打獵法，驪山的生靈遲早要受滅頂之災，還是姥姥的美人計英明啊！

待得唐敬宗的獵隊浩浩蕩蕩出發後，宦官們將飛鸞和輕鳳棲身的寶櫃順理成章地搬進了皇帝的寢宮，而驚惶的飛鸞坐不住，東摸摸西摸摸，就又和輕鳳鑽進了寬敞舒適的櫃子裡。她們在櫃子裡仍是人形，卻跟標準的狐狸和黃鼠狼一樣盤著身子，只差一根毛茸茸的尾巴用來搔搔面頰了。

此時輕鳳仍在酸溜溜嫉妒，趁著自家小姐沒防備時突兀開口道：「侍寢很疼喔！」

「啊？！有多疼？」飛鸞渾身一激靈，兩隻水汪汪的眼睛在暗中怯怯盯著輕鳳，她多少聽說過一點人事，因此除了戰戰兢兢地問輕鳳，又添上一句供她比較：「能比從樹上跌下來還疼麼？」

她小時候從樹上跌下過一次，所以印象深刻，不料輕鳳卻把眼睛一瞪，煞有介事地恐嚇她：「比那個疼上十倍！」

「嗷嗚……」飛鸞果然中招，蔫蔫兒地現出原形躲在尾巴裡哭。輕鳳撇撇嘴不理她，伸了個懶腰翻身睡去。

這一睡便是天昏地暗，到了後半夜，輕鳳還是被飛鸞給搖醒的。當黃輕鳳從睡夢中迷迷糊糊睜開眼時，就聽見飛鸞在她耳邊帶著哭腔小聲道：「外面有，有動靜……是不是該我侍寢了？我不要我不要，嗚嗚……」

輕鳳睡眼惺忪地皺皺鼻子，聞見一股酒氣，她在黑暗中眨了眨眼睛，側耳細聽著櫃子外面的動靜，隱隱覺得有什麼地方不對：「噓，快別哭了，妳聽，這聲音不對！」

這聲音是不對！她們在皇帝的寢宮裡，怎麼會聽到掙扎聲、悶呼聲、衣料摩擦聲、粗重的喘息聲，就彷彿一個人被人掐住了脖子、按住了手腳，正在垂死前使勁兒蹬腿掙扎呢？！

輕鳳好奇起來，將榛子似的小臉湊近了櫃門，又伸手悄悄將櫃門推開了一條細縫。

大殿裡沒有點蠟燭，到處都是黑漆漆一片，這卻難不倒夜行獸類的眼睛。輕鳳的眼珠在黑暗中發出幽幽的綠光，將夜色掩蓋住的一切看得清清楚楚——唐敬宗李湛衣衫凌亂，頭髮披散著，正被一名將領模樣的人按在地上。他的脖子被那人扼住，好容易張著嘴發出幾聲破碎的呼救，卻全部被殿外的觥籌交錯聲掩蓋住。他在垂死前極力掙扎，爆發出的蠻力終於使他掙脫了兇手，可就在他翻身剛想爬起來逃走的當口，他的後腦卻遭受到銅槌致命的一擊。

年少的天子爆發出一聲狂呼，撲在地上抽搐著斷了氣。直到這時，黑暗的大殿裡才悄然走進幾個人，開始次第爲大殿點上蠟燭。當虛晃的燭光漸漸照亮半座大殿時，一道模模糊糊的人影恰好走進輕鳳的視線，而那剛剛弒君的兇手竟也喘著粗氣迎上去，對那進殿的人道：「大事已了，快點想個善後辦法吧。」

這時燈檯上一朵燭花恰好一爆，照亮了前來接應兇手的人的臉，那正是白天還在對唐敬宗俯首聽命的劉公公！輕鳳倒吸一口涼氣，第一次看見一張比妖怪還要可怕的人臉，她的身子忍不住軟軟往後一跌，靠在櫃中對飛鸞吶吶道：「皇帝死了……我們的任務……完成了？」

飛鸞一聽輕鳳這般說，立刻又驚又喜地掩著嘴輕呼：「皇帝死了？！那我們不就可以回驪山向姥姥覆命了嘛？！我也不用侍寢了！太好了太好了！」

輕鳳聽了她這番沒出息的話，咬咬唇半天不作聲，末了眼珠一溜，斬釘截鐵道：「不成！我們今天才剛出來，皇帝就死了，這不對！」

「有什麼不對？」飛鸞懵懂地望著輕鳳，又蔫蔫兒沒了主意。

「你瞧，」輕鳳將兩根手指豎在飛鸞眼前晃了晃，給她擺事實講道理：「我們兩個都吞了魅丹，卻只害死一個皇帝，回去覆命的時候，這皇帝算是妳搞定的呢？還是我搞定的呢？」

「這……」飛鸞眨了眨眼睛，望著輕鳳心虛道：「要麼，就算是妳搞定的好咯……」

「我的大小姐啊！」輕鳳聽了飛鸞沒出息的話，急得恨不能一巴掌拍醒她，她害怕被殿中人聽見，只得按捺住火爆脾氣，咬著飛鸞的耳朵道：「妳怎麼總是這樣不爭氣呢？我們好不容易才爭取到出山的機會，妳竟然就鬧著回家！可憐我從小跟著妳受罪，連親娘的奶都喝不上一口，妳現在卻這樣打退堂鼓，妳對得起我嗎？」

飛鸞的耳朵被喋喋不休的輕鳳呵得直發癢，她趕緊縮頭縮腦地妥協道：「好，好啦，我都聽妳的還不好嘛……」

黃輕鳳的臉上終於露出一抹得逞的壞笑，她又將臉湊在櫃門上向外瞄了瞄，這時原本待在殿中的人不知出於什麼原因，忽然走得乾乾淨淨，空蕩蕩的大殿裡只有唐敬宗李湛的屍體仍舊伏在地上。黃輕鳳眼珠一溜，自言自語：「現在外面沒人了，我出去看看。」

飛鸞仍舊沉浸在不能回家的憂傷之中，兀自抱著膝蓋囁嚅：「我不去，我不要看死人。」

輕鳳聞言撇了撇小嘴，也不強求她，自己一個人從櫃中跳了出去。此刻大殿裡正竄著颼颼的冷風，將原本就不夠亮的燭光吹得忽明忽滅，黃輕鳳輕輕跳了幾步便湊近了李湛的屍體，繞著他轉了一圈：「哎，嘖嘖，真的死透了。」

她伸出小腳踢了踢唐敬宗的身子，又好奇地蹲下，歪著腦袋仔細觀察他的死狀。忽然她發現李湛的手有些蹊蹺——他僵硬蒼白的手指正奮力向前方伸出去，好像要抓住什麼東西似的，在昏暗的燭光下顯得猙獰可怕。輕鳳順著他手指的方向看了看，不意間竟發現不遠處的錦簾下，露出了一角白瑩瑩的東西。她當下好奇地將那東西撿起來一看，才發現是一塊玉石雕成的印章。

「受命於天，既壽永昌……」輕鳳喃喃唸出印章上的八個篆字，冷不丁反應過來，「哎呀，這是傳國玉璽啊！」

輕鳳迅速在心裡盤算起來：自古以來，歷代帝王都是憑玉璽傳承帝祚，哪一朝的皇帝若是丟失了這枚玉璽，那就是名不正言不順的白板天子。如今唐敬宗糊裡糊塗地就駕崩了，搞得她和飛鸞也都糊裡糊塗的，根本弄不清任務到底完成沒有，那麼有朝一日回到驪山，該怎麼和姥姥邀功呢？嘿，有了這枚玉璽，一切不就好交代了嘛！對，就這麼辦！

輕鳳一邊想著，一邊將玉璽藏進懷裡，以便回驪山狐妖巢穴時可以邀功。藏好玉璽後她還想在四周轉轉，忽然殿外卻響起一聲細微的動靜，輕鳳耳朵一動，很機敏地跳回了寶櫃，緊緊關上櫃門。

與此同時，一位宦官無聲無息地走進了大殿，在李湛的屍體前靜靜站了好一會兒。那是一位很年輕的宦官，身材清瘦修長，穿著一身杏黃色平金繡宮袍，一張毫無血色的尖臉蒼白卻清秀得出奇，修眉鳳目中透著一股子寒氣，左眼下生著一粒藍色的淚痣，使他看上去更加的冷。

那名宦官在李湛的屍體旁蹲下，伸手在他身上摸索了好一會兒，卻因爲一無所獲而蹙起眉。

跟著他抬起頭，冰冷的目光在殿內梭巡了一圈，又起身將台案上的盒子一個個打開，之後是書架、櫥櫃，甚至是牆上的暗格，直到他眼中升起一絲疑惑，才稍稍停下了手中的動作。

那宦官低頭沉吟了片刻，驀然像想起了什麼似的，目光終於越過內殿簾幃，盯上了飛鸞和輕鳳藏身的寶櫃。他輕輕邁開步子，從厚厚的波斯氈毯上走過，冰涼的指尖在剛要觸及櫃門時，卻不巧聽見殿外傳來一陣急匆匆的腳步聲。

那宦官警覺地回過身，只見好幾個同他一樣打扮的宦官也從殿外匆匆走進來，在看見他時立刻催促道：「花內侍你怎麼還在這裡？外面正亂著呢，趕緊過去！」

那宦官不動聲色地點了點頭，若無其事地跟在那幾人身後走出大殿，卻在出殿前不甘心地回過頭，冷冷盯著飛鸞和輕鳳藏身的櫃子看了一眼。

與此同時，輕鳳也在櫃子裡拍著胸口慶幸道：「好險好險……」

倒是飛鸞不以爲然地吸吸鼻子，嘟著嘴對輕鳳道：「姐姐妳怕什麼？我們有法術的，哪怕被他發現呢，我們就施點法術，嚇死他！」

「妳懂什麼，」輕鳳揉揉自家小姐的腦袋，循循善誘道：「咱們出來混，用法術勝之不武，再說啦，多一事不如少一事，現在最好不要叫人發現咱們，因爲我撿到一個寶貝，妳瞧……」

說罷她從懷中掏出玉璽，遞到了飛鸞的面前。飛鸞不禁發出一聲驚呼，睜大眼睛盯住了輕鳳手裡的寶貝，這塊當年秦始皇下令用和氏璧雕成的玉璽，通體瑩潤潔白，在黑暗中依舊散發著溫潤的光彩。飛鸞不禁伸手摸了又摸，又驚又喜道：「這不是傳國玉璽嗎？果然和《人間圖譜》裡畫的一樣。」

《人間圖譜》是狐族專用的教材，專爲成精後的狐妖普及各類需要知道的人間常識。

「嗯，剛剛外面那個人，也許就是在找這個，畢竟現在皇帝死了，還能有什麼東西比這個更重要呢？！」輕鳳對飛鸞擠擠眼睛，得意洋洋道：「我們一定要藏好它！不過現在這裡太亂了，咱們得趕緊躲到別處去。」

這一夜驪山兵荒馬亂，又下了一場小雪。飛鸞在清冷的空氣裡打了個噴嚏，吸著鼻子抱怨：「做人眞麻煩，渾身光溜溜地不長皮毛，好冷……」

「妳笨！這才是做人的樂趣，可以今天穿紅的，明天穿綠的，夏天穿單的，冬天穿綿的，多有意思，」輕鳳不以爲然地反駁飛鸞，與她一同趴在窗櫺上曬太陽，看著華清宮的妃嬪們對鏡描眉：「還能往臉上塗脂抹粉，眞好看……」

昨夜她們施了點小法術，混進了後宮嬪妃們所住的偏殿，令所有人都以爲她們在獻舞之後就待在偏殿裡，一直等著唐敬宗的寵幸，彷彿昨夜血腥的一幕已跟她們毫無關係。飛鸞又呆呆欣賞了一會兒妃嬪們畫眉毛，忽然瞪著眼睛詫異道：「哎呀不對啊，皇帝駕崩以後，不是不能打扮嗎？她們也穿了孝了，看來不是不知道噩耗，怎麼還化妝？」

「嘻嘻嘻，」輕鳳發出一陣壞笑，伸手點了點飛鸞木頭似的腦瓜：「這妳還不懂嗎？等新皇帝坐穩了龍椅，一聲令下，她們才會哭喪呢。這都是哭給新皇帝看的，所以要哭得好看，哪怕沖掉了腮上的胭脂呢，那也叫『相思血淚』，有來頭的！再說了，淡妝不是妝。」

就比如她自己，因爲疑心自己臉黃，所以今早上偷偷搽的那二兩胡粉，以及爲了配合胡粉而勻上的胭脂，就絕不能算作「化妝」。

「那新皇帝什麼時候來呀？」飛鸞一派天眞地問。

「快了，」輕鳳胸有成竹道：「群龍豈能無首？江山豈能無主？這些事情，自然有那些大男人們替我們操心，哦不，他們不能算男人，他們是太監！」

「也不都是太監啦，那些大臣們也很急。」飛鸞小聲提醒道。

「大臣？大臣們不濟事，」輕鳳滿臉鄙夷地斜著眼睛：「我沒出驪山的時候就知道，如今的皇帝都歸太監管，要不然，昨天那些太監們敢殺皇帝嗎？」

「噓……」飛鸞示意輕鳳噤聲，小心地盯著打不遠處路過的一名宦官，等他走遠之後才又悄聲道：「那我們是不是要等到新皇帝即位了，再去禍害他？」

「對！」輕鳳十分肯定地點點頭，卻將逍遙人間的打算略過不提。

「啊，那求新皇帝趕緊即位吧，這樣我們禍害完兩個皇帝，就可以回家了！」飛鸞抬頭望著驪山頂上蒼茫的天空，虔誠地祈禱。

輕鳳拿自家傻乎乎的大小姐沒有辦法，只能一邊含糊地敷衍她幾句，一邊暗暗翻了個白眼。

卻說劉公公一黨在合謀除掉了唐敬宗之後，也的確很爲下一任皇帝的人選而操心，他們在經過一番精心篩選之後，最終假冒敬宗的旨意，選立了敬宗的叔叔、絳王爺李悟做代理監國。當那位二十頗有餘、三十尚不足的王爺趕到驪山來爲敬宗主持葬禮的時候，輕鳳遠遠瞧見了他，可是相當的不滿意。

我呸！怎麼是個老頭子！輕鳳在心裡罵了一句，掉過臉一本正經地對飛鸞說：「我說，其實死了一個皇帝就算夠本了，我們還是回驪山吧。」

「這怎麼行？說好了我們倆一人除掉一個皇帝的，現在新皇帝來了，我們怎麼能走？」飛鸞向來一根筋又有責任心，所以這一次反倒換她回絕了回驪山的提議。

在這裡我們實在不能責備輕鳳稚嫩的審美觀，她與飛鸞雖是修行多年的小妖精，換成人類的年齡卻也不過才十三、四歲，在這樣的豆蔻年華，誰會喜歡上一個至少比自己大一輪的「老頭子」呢？

黃輕鳳對於大小姐不再聽自己的話這件事，感到非常的憤怒，於是她和飛鸞披麻戴孝，混在妃嬪哭喪的隊伍裡一路走回長安大明宮的時候，她一直都在假惺惺地抹著眼淚唸叨飛鸞：「妳叫我說妳什麼好啊？！侍寢這麼痛苦的事情，我哪忍心看著妳去受罪呀？！我本來想著，那皇帝就算是妳害死的，我不邀功領賞，只拿著玉璽去向姥姥交代，事情也許就能對付過去啊，妳卻把我的好心當作驢肝肺，唉，可憐妳一口一口喝著我娘的奶長大，倒拿我不當自己人，我的命怎麼這麼苦啊……」

就這樣一路從驪山嘮叨到長安，飛鸞的耳朵裡簡直要結了繭子，輕鳳老驢拉磨般的軲轆話，配合著隊伍裡哀而不傷的淒厲乾嚎，讓飛鸞的心境也不禁跟著悽惶起來，她眞不想使從小陪著自己一起長大的好姐妹爲難，所以開始反省自己，是不是不該那麼堅持……

就在飛鸞左右爲難的時候，大明宮裡的那些「男人們」同時也在謀劃著一個秘密。

原來劉公公一黨擁立了絳王之後，又商議著剝奪其他宦官手中的權力，這可就惹惱了左右樞密使王守澄、楊承和以及左右神策軍中尉魏從簡和梁守謙——在那個年月，任這四樣要職的宦官們被稱爲「四貴」，是宦官中的實權人物。

王守澄等人聯合朝中元老，趁絳王李悟進宮時，借討逆之名派出左右神策飛龍軍將劉公公一黨盡數誅殺，連絳王李悟也死在亂兵之中。當這一切發生在眼前時，輕鳳與飛鸞混在亂作一團的妃嬪佇列中，眞是驚訝得說不出話來。

「兩、兩、兩，兩個皇帝了！」飛鸞結結巴巴地喊道，覺得心中一塊大石落了地。

如釋重負的輕鳳也點點頭，剛想說她們可以打道回府的時候，她卻一眼瞥見了宦官四貴們擁立的少主——那是唐敬宗的弟弟，江王李涵。

當那位即將年滿十六歲，被沉重的十二章袞服壓身，在數九嚴寒和腥風血雨中顯得弱不禁風，卻又沉靜接受命運巨變的蒼白少年，以琉璃般脆弱卻高貴的帝王之姿，遙遙出現在宣政殿上的時候，她黃輕鳳終於知道，自己除了好吃懶做、自私自利這些優點以外，還會見了帥哥就走不動路。

「姐姐，現在已經死了兩個皇帝了！我們總算可以回家了！」

「不，那個只是代理監國，不算皇帝，這個才是第二個皇帝……什麼都別說了！妳吃了我親娘的奶，就得聽我的！」

於是，我們的小黃鼠狼和小狐狸的故事一直講到這裡，才算眞正的開始……

第二章　春遊

話說當日，那個讓輕鳳走不動路的江王李涵登基以後，一晃已過了三年，如今天下正是唐文宗太和三年——各位看官不要納悶這個故事為何要在此處跳躍，因為對於黃輕鳳來說，這三年壓根兒是空白的，所以略過不提也罷。

若論我們神通廣大的黃輕鳳為何會拿一個少年皇帝沒轍，這可就說來話長了，不知道大家讀過〈上陽白髮人〉沒有？其中有這麼兩句：

皆雲入內便承恩，臉似芙蓉胸似玉。

未容君王得見面，已被楊妃遙側目。

這說的雖是天寶年間楊貴妃的事，在這裡拿來比輕鳳，倒也算「雖不中，亦不遠矣」。原來江王李涵在成為天子前，本已經納了兩位妃子，分別是如今的王德妃和楊賢妃，而李涵又很寵幸其中的楊賢妃，偏巧這位妃子也和天下所有善妒的女人一樣小心眼，李涵用情專一再加上妒妃固寵有方，被遠遠安置在大明宮外歌舞教坊裡的黃輕鳳，得興多大的風才能在不喜享樂的李涵跟前掀起浪呢？

所以說對於一個妖孽來說，要勾引一個荒淫無道的皇帝很容易，要勾引一個用情專一的皇帝卻很難，要勾引一個勤儉務實又對悍妻用情專一的皇帝，那更是難上加難！

話雖如此，我們的黃輕鳳可絕不會承認自己無計可施，她將這三年來自己與李涵之間毫無進展，統統歸罪於她和飛鸞作為「先帝遺寵」，必須為那短命的敬宗李湛守孝三年。

文宗李涵生性崇尚儉省，在繼承了哥哥的帝位後，先後遣散了數千名宮人，飛鸞和輕鳳之所以沒有被送出宮去，除了輕鳳的拼死請願以外，敬宗的遺詔也起了相當大的作用——大家應當都還記得那日敬宗在欣賞過飛鸞輕鳳的歌舞之後，是如何興高采烈地說出這樣一番話的吧：等回到大明宮裡，我要用玉為妳們琢個芙蓉寶台，專供妳們歌舞用；妳們怕風吹日曬，我就築金屋寶帳，不怕妳們像雪一樣悄悄化咯！

對！就是這麼一番話！所謂君無戲言，當日李湛的一言一行，可都有史官在一旁記著呢，更有那些喜歡溜鬚拍馬的人，皇帝一發話，他們早早便將消息放了出去，以期回到大明宮之後，天子能夠龍心大悅，進而嘉獎這些善於「揣摩聖意」的賢能。

因此當唐敬宗的靈柩被扶回長安時，飛鸞和輕鳳的玉芙蓉寶台、金屋寶帳早已列入了內侍省的計畫。等到江王李涵繼承哥哥江山的時候，便無可無不可地接收了這兩位「浙東國」進貢來的舞女，甚至連打造芙蓉寶台金屋寶帳的計畫，也沒有被勾銷。

這一切正中輕鳳的下懷，哪怕需要假惺惺為先帝守孝三年呢，那點時光對於她們來說，也實在太過微不足道。

唯一使輕鳳心癢難耐的，是她自己與飛鸞寄身教坊司，還沒搬進大明宮裡，與李涵之間隔著好幾道宮牆，很有點咫尺天涯的意思。

不過這一點輕鳳也不怕，對於一個肩負著魅惑君王敗壞朝綱的妖孽來說，這點子距離，還能算難處麼？於是在太和三年春天脫掉孝服的黃輕鳳，抱著天生麗質難自棄的自信，在這天清晨例行公事地搽過二兩胡粉和胭脂之後，對依舊窩在帳中賴床的飛鸞嗤之以鼻：「瞧妳這點出息！」

「唔，不知怎麼的，一到春天人家就容易睏啊……」飛鸞縮在被子裡喃喃回答輕鳳，連眼皮子都懶得睜開一下。

「妳哪個季節不這麼說？換套說辭行不？」輕鳳頗爲不滿地白了她一眼，又回頭對著鏡子左照右照，勻了勻胭脂，「要是都像妳這樣不思進取地墮落下去，我們何時才能勾引到皇帝呢？」

「都已經三年了……」飛鸞自暴自棄道，「皇帝連看都不看我們一眼……」

「妳可不能這麼悲觀，妳瞧，我們住在這金屋寶帳裡，冬天不穿綿、夏天不流汗；吃的是荔枝香榧子、龍腦和金屑，妳知道宮裡的人怎麼議論咱們嗎？說我們是『寶帳香重重，一雙紅芙蓉。』嘿，再這麼折騰下去，皇帝遲早也會對我們留心的。」

飛鸞在被窩裡翻了個身，懶懶打了個哈欠：「妳說妳這不是窮折騰嘛，說到荔枝香榧子，那我也是喜歡吃的，可金屑龍腦妳也問內府局要，有什麼用？聽說皇帝可不喜歡奢侈浪費了，妳這樣，當心他更不喜歡……」

「說妳笨妳還不高興，要是咱們不會折騰，如今能過得這樣舒心嗎？若不是教坊的善才以爲咱們不能受風吹日曬，還能由著妳這樣賴床睡懶覺？再說了，沒有龍腦內服外用，咱們一隻狐狸一隻黃鼠狼，那氣味能聞嗎？」輕鳳把眼一瞪道：「金屑那是留著備用的，等我攢夠份量了，我就一次把它們都熔成金錠。我們現在雖在宮外，卻也不是自由之身，比不得在民間沒有後顧之憂，可以拿樹葉子變錢騙人，等有朝一日進了宮，也好方便我們四處打點，這就叫錢能通神！」

哼哼，這三年真是多虧了她輕鳳冰雪聰明，否則日子哪能過得像現在這樣有聲有色呢？

「嗯，嗯……」飛鸞對輕鳳的話左耳朵進右耳朵出，隨便哼了兩聲，轉眼便又睡死了。

黃輕鳳衝飛鸞撇了撇嘴，逕自起身望著窗外晴好的春光，悄悄蹙起了眉。如今一切都好說，唯一擺在她面前的難題是：天子李涵勵精圖治、杜絕奢靡，已經許久不曾舉行宴樂，召教坊的歌舞伎進宮侍奉了，那她該怎樣邀寵呢？

正當黃輕鳳冥思苦想的時候，老天爺這三年來竟然頭一次睜開眼睛，將一塊餡餅從天上扔下來，準準地砸在輕鳳搖搖晃晃的腦袋上。

只見一名綠衣宦官同著教坊裡的善才從黃輕鳳窗下經過，頭一抬正巧看見了俏生生的輕鳳，笑咪咪地同她招呼：「喲，輕鳳姑娘，明天是清明節，陛下在麟德殿宴請百官，完後在玄武門下還有拔河賽，妳去不去？」

正無精打采的輕鳳一聽此言，登時喜出望外地拍著窗櫺大喊：「去！我當然去！」

眨眼到了第二天，這日黃輕鳳起了個大早，神清氣爽地把飛鸞從被窩裡拉扯出來，激動地催促道：「快起來！決定命運的時刻來到了！」

飛鸞昨夜和輕鳳玩了一宿的雙陸，此刻被她吵醒，簡直比死還痛苦：「唔……年年都決定命運，命運不還是這樣……」

「不管怎麼樣，妳趕緊給我起來！」輕鳳把眼一瞪，惡狠狠地看著飛鸞，直到她唯唯諾諾地起床才罷。

「看哪，這不是能起來嘛，每次妳都能這樣爭氣點該多好，非要逼我又唸叨妳……」輕鳳監督著飛鸞穿好裙子，自己也換了一身光鮮衣裳，照舊對著鏡子搽了二兩胡粉，打扮得漂漂亮亮的，這才與飛鸞一起等著往大明宮裡去。

每年到了清明時節，長安城的男女老少們便傾城出動，乘著車跨著馬，去園圃或者郊野搭起帳篷，在一片明媚的春光裡舉行探春之宴。正是：

九陌芳菲鶯自囀，萬家車馬雨初晴。

這一天人們不但踏青野炊，還要進行各式各樣的娛樂活動，例如蹴鞠、秋千、拔河、馬球等等。大家在窩了一個冬天之後，趁著二月這乍暖還寒的晴朗天氣，當然要好好活動一下筋骨！

文宗早在前兩天的寒食節就賜下了秋千、氣毬、馬鞭和球杖，因此今日的大明宮裡自然是遍地笑語，文武百官和神策軍們混在一起，有在飛龍院打馬球的，有在毬場蹴鞠的，嬪妃宮女們則聚在一起打秋千、鬥百草，正是：

蹴鞠屢過飛鳥上，秋千競出垂楊裡。

好一派初春勝景！

黃輕鳳一進大明宮內廷，就心潮澎湃、鬥志昂揚，簡直要隨著太液池上的春風一起飄飄然起來。這一次她又拿出笛子故技重施，可惜驪山的鳥雀這幾年場子趕多了，不免心生怠慢，這次只稀稀拉拉來了幾隻，藉口自己要趁著春天覓食孵蛋，只繞了兩圈就拍拍翅膀飛走了，氣得黃輕鳳在笛聲中直罵。

在與教坊各部的歌舞伎們一起獻藝之後，輕鳳便一直左顧右盼著尋找聖駕。只有飛鸞還在傻乎乎地一邊嚼著子推餅，一邊喝糖粥。

「妳缺心眼啊！」輕鳳忍無可忍，拍掉飛鸞手中的湯匙：「到了後宮還只顧著吃，後宮是什麼地方？心眼多的鑽被窩，沒心眼的在嘮嗑，缺心眼的在傻喝！妳就是那個缺心眼！」

「那我們表演完了能幹什麼？」飛鸞十分委屈。

「走，拔河去！」

拔河，古稱牽鉤，起源於戰國時期楚國水軍的一種戰術練習，發展到唐文宗的時候，早成了清明節盛行的一項娛樂活動。早在天寶年間，唐玄宗就曾在宮中組織過一次空前的大型拔河，足有一千多人參加，當時戰鼓如雷呼聲震天，盛況真是驚天動地，無論是番邦還是大唐的看客，都被這樣壯觀的勝景震驚。

輕鳳和飛鸞匆匆趕到玄武門下的時候，只見門樓下已聚集了幾百名宮女，而放在地上的拔河用的大繩足足有五十丈長，手臂那麼粗，繩索兩頭還分出數百條小繩索，供更多的人拉索。

輕鳳存心想出風頭，於是轉了轉眼珠子，對飛鸞道：「妳到那邊去，我在這邊，咱們分開玩兒，不然沒意思。」

「噢，好。」飛鸞想也不想便答應下來，樂顛顛跑去了另一邊。

這時宮女們紛紛拽起繩子，大繩正中插著的大旗虛晃著，等大家準備好之後，隨著宦官一聲號令，頓時鼓聲喧天，聚在四周圍觀的人興奮地叫好助威。

不料兩邊勢均力敵，久久僵持不下，大繩上的旗子始終在兩條「河界線」裡徘徊，最後飛鸞沒了耐性，暗暗使了個力字訣，立刻千鈞的力道聚在她手掌上，眼看著繩索就被她一步步扯走。

繩索另一邊，輕鳳這方陡然陷入劣勢，宮女們納悶地驚呼，輕鳳愣了一會兒才反應過來：「啊呸！死丫頭妳敢耍詐！」

這時玄武門上忽然冠蓋雲集，輕鳳眼珠往上一瞥，心知她天天記掛的男人此刻已站在了城樓上。她早下定了決心要吸引李涵的目光，可這要是輸了，誰會注意她呢！

當下輕鳳也不再猶豫，同樣在心中唸了個力字訣，頓時輕鳳這方的劣勢就被扳了回來。另一邊飛鸞發覺，以爲是自己沒使足力氣，趕緊又唸力字訣，和輕鳳拉鋸起來。

其餘幾百人的力量成了輕描淡寫的點綴，這場拔河實際上已成了輕鳳和飛鸞兩人之間的較勁。漸漸的四周的吶喊聲更響了，半是因爲天子在看，半是因爲大家都瞧出了端倪——這場比賽不尋常！

輕鳳咬著牙，使出吃奶的勁拚命拉繩，心中早把飛鸞唸了個半死：妳個死丫頭就不知道讓讓我，成心和我作對是吧！打小吃我娘的奶長了力氣，倒來欺負我這沒奶吃的苦命孩子！我怎麼這麼倒楣……

飛鸞卻想：凡人的力氣也很大啊，我都使法術了還敵不過，真奇怪……我可不能再膿包了，省得姐姐她又罵我……

眼見著成人手臂粗的麻繩，漸漸從中間被一點點撕扯開，圍觀眾人無比驚駭，最後隨著一聲驚叫，繩索繃斷，拔河的宮女被無比強大的慣性帶得紛紛跌倒在地，一時哀叫和著香風甚囂塵上，令玄武門上正在觀賞拔河的文宗李涵目瞪口呆：「如此粗的麻繩都能被扯斷，這還是宮女在拔河嗎？下去看看……」

卻說玄武門下，輕鳳與飛鸞自作孽不可活，一時統統跌了個狗吃屎。輕鳳七葷八素地摔在地上，皺起小臉正要罵娘，卻聽見一旁的宦官唱禮道：「聖上駕到——」

黃輕鳳在一片此起彼伏的山呼萬歲聲中霍然驚醒，深刻地意識到命運的轉機終於出現！

冷靜，冷靜，一定要把握住機會！

她雙眼賊溜溜一轉，暗暗握拳。

「眾卿平身，」只見李涵徐徐步下城樓，在二月和煦的春風中淺笑，彷彿一位從朗月中走下的謫仙，真是比那春色還要風光迷人：「怎麼這繩子竟繃斷了？諸位沒受傷吧？」

說罷他接過宦官奉上來的斷繩察看，根本不曾留意爬到他腳邊搔首弄姿的輕鳳，只專注地自言自語道：「這斷口沒有刀割的痕跡，竟真是生生被扯斷的，實在奇怪……」

輕鳳抬起頭，淚眼汪汪地望著與自己闊別已久的李涵——這份「闊」別，不僅跨越漫長的時光，也隔著遙遠的距離，使她不由得替李涵唏噓人生苦短，而自己還白白錯過了他三年好光陰。

可惜文宗李涵一雙桃花眼天生風流，此時黑眸凝睇，倒彷彿他手中的斷繩才是那絕代的佳人，急得輕鳳火上心頭。她皺起眉靈機一動，索性捂住小腿咿咿呀呀假哭起來，矯揉造作的哭聲倒真引起了李涵的注意，不料天子的好奇抵不上姐妹的關心，還沒等輕鳳抬起頭亮給李涵一個梨花帶雨的照面，飛鸞竟已一頭撞進她懷裡，大驚失色地叫嚷：「姐姐妳沒事吧？嗷嗚……」

黃輕鳳頓覺不妙，還沒來得及叫上一聲糟，事態的發展便已印證了她不祥的預感——關鍵時刻，狐族魅丹的作用再一次立竿見影，只見文宗望著飛鸞微微一怔，下一刻便親自將她扶起，關切的話湧到唇邊卻鬼使神差地改了口：「妳叫什麼名字？」

這一剎那黃輕鳳恨不能捶胸頓足吐血三升，連想死的心都有了。

「我，我叫胡飛鸞……」飛鸞仰著臉怯怯望著唐文宗，想起了自己的使命，不禁艱澀地呑了呑口水：「飛鸞見過陛下，陛下萬歲萬歲萬萬歲……」

「嗯，妳在哪個宮侍奉？」文宗李涵看著滿臉稚氣的飛鸞，以為她是個宮女，便和善地問道。

「呃？我不住宮中。」飛鸞一愣，還待說什麼，這時候卻被清醒過來的黃輕鳳搶了話。

「黃輕鳳見過陛下，陛下萬歲萬歲萬萬歲，」輕鳳睇著眼衝李涵一笑，想嫵媚卻更像諂媚：「回稟陛下，妾身與妹妹飛鸞三年前入籍教坊，一直住在宜春院金屋寶帳之中，今日入宮得見聖顏，實乃上蒼垂憐、三生有幸。」

說罷她盈盈一拜，又暗中扯了扯飛鸞，才叫那隻小傻狐狸恍然大悟，趕緊也有樣學樣地跪下去拜了拜。

「嗯，都平身吧。」李涵溫和地應了一聲，也留心看了看黃輕鳳，覺得她尖尖圓圓的榛子臉上，一雙黑眼睛動得甚是有趣，忍不住會心一笑。

這一笑就把輕鳳給笑蕩漾了，她像浮在雲裡一樣飄飄然望著李涵傻笑，可惜天不遂人願，李涵的殷勤很快又盡數給了飛鸞，只聽他略一沉思便開口：「妳和妳姐姐近日便入宮，移居紫蘭殿吧。」

飛鸞張著粉嫣嫣的櫻唇聽完李涵的口諭，一時竟驚訝得忘了領旨謝恩——魅丹的效用可太靈驗了！她喜出望外地偏過腦袋，想跟輕鳳一同分享喜悅，卻發現姐姐的臉色比哭還難看。

當晚輕鳳和飛鸞回到教坊準備入宮，巨大的打擊之下，輕鳳整個人都蔫蔫兒地提不起神來，飛鸞看著她無精打采的樣子，不禁湊到她身邊安慰道：「姐姐妳別怕，也許這次我們仍能像上次那樣，用不著侍寢也可以完成任務，到時候我們就能回驪山了！」

飛鸞驢頭不對馬嘴的安慰就像一點火星，落在了輕鳳這塊憋屈了許久的炭塊上，讓她終於在一瞬間爆發，一躍而起抓住飛鸞的肩膀拚命搖晃：「妳就欺負我吧！你們狐族就欺負我吧！憑啥一樣吃了魅丹對我就不管用？欺負我是黃鼠狼是吧！你們狐族眞是可惡可惡……」

「嗚嗚嗚……」飛鸞驚恐萬狀地目睹輕鳳火山爆發，仍舊不明白自己做錯了哪一點，能令她如此觸景傷情。

輕鳳一氣發洩完，筋疲力盡涕泗橫流地倒進臥榻，又從枕下摸出一方白瑩瑩的玉璽，摟在懷裡充滿呵護地撫摸：「虧我還對你們忠心耿耿，把這玉璽藏了三年，讓他一直做著名不正言不順的天子……早知如此我就該把這玉璽送給他，起碼能討他歡心……」

一頭霧水的飛鸞望著哀怨的輕鳳，實在是不明所以，只得在一旁小心翼翼地對她示好：「姐姐，妳到底怎麼了？嗯，妳要是不放心我，進宮以後，我一切都聽妳的就是咯……」

飛鸞的話很是乖巧中聽，讓輕鳳多少恢復了點元氣，她往自己嘴裡塞了一把香榧子，仍是免不了有點沮喪地張大嘴道：「我比不得妳，自小在族中就是養尊處優的大小姐，我想要點什麼，都得靠自己去討去騙、去動腦筋。本來還以為偷吃魅丹就能徹頭徹尾轉大運，唉……要不怎麼說魅丹是狐族的至寶呢，我這個外族好容易偷吃了，也沒搞到多少靈力……」

飛鸞懵懵懂懂地聽完輕鳳一席話，卻仍是無法開竅：「為什麼要轉運呢？妳轉運做什麼？」

「哎，妳怎麼那麼笨？！別是吃我娘奶造成的後遺症吧？」看來養孩子是得堅持母乳餵養啊，輕鳳胡亂揉了揉飛鸞的腦袋，忍無可忍地為她啓蒙：「難道妳就不想要一份完全屬於自己的逍遙日子嗎？那種連黑耳姥姥也管不著妳的好日子！想吃啥吃啥，想喝啥喝啥，可以每天都和自己心愛的……那個啥，嗯，男人，朝夕相伴，這才叫神仙過的日子，懂不懂！」

在驪山裡撿榛子、喝泉水、掏鳥蛋、抓田鼠的倒楣日子，她過夠了！

聽完輕鳳的描述，飛鸞不由自主地睜大了眼睛，簡直不敢去想像那種完全陌生的生活，她甚至覺得有點心驚膽戰，彷彿輕鳳的話為她開啓了一扇充滿誘惑而危險的大門：「我從沒想過，我，我們能過那樣的生活嗎？」

「當然能，能的。」輕鳳再次揉了揉飛鸞的腦袋，滿懷希望地笑了笑，卻笑得比哭還難看——這個從小搶她奶吃的傻丫頭，竟然又要跟她搶男人了，啊咧咧，自己這條小命怎麼就這麼苦呢？！

輕鳳的目標是——在後宮興風作浪。

她的理由是：「後宮是什麼地方？那是吃人不吐骨頭的地方！就算妳心慈手軟，別人也不會手下留情的！」

何況她想贏得天子李涵，就非得動些腦筋不可。於是輕鳳與飛鸞在搬進紫蘭殿後，當夜便溜遍了文宗的三宮六院。按說作為狐妖和黃鼠狼精，她們在踏入皇城的第一刻，就該拜一拜這座皇宮裡的城隍爺的，然而至少目前輕鳳並沒有這個打算，她要麼是成心要麼是裝糊塗，總之硬是將自己當成這皇城的座上賓，堂而皇之地四處閒逛。

「咱不拜神，這年頭，神可太多了，」輕鳳在潛入楊賢妃住的含涼殿時，這般教育飛鸞：「如今就哪怕一個尋常的倉庫，那也是酒庫裡祭杜康、茶庫裡祭陸羽、酸菜庫裡供著蔡邕，咱拜得過來嗎？何況咱們是真命天子御旨請來的，又不是名不正言不順的妖祟，否則也犯不著在外面耽擱三年，妳說是不是？」

飛鸞心悅誠服地點頭稱是，與輕鳳一同現出原形，隱著身子躍過半捲的簾櫳，進入了含涼殿。

此時正是初更時分，楊賢妃剛剛沐浴完畢，只見滿殿侍女正殷勤地簇擁著她，明晃晃的燭光映照著她豐腴的胴體，就彷彿那身子可以自己發出粉潤的光來。兩隻小獸悄悄鑽進牆洞鼠穴，探頭探腦地向外偷窺，對殿中美人評頭論足。

「嘖嘖，真一般，」輕鳳黑豆子似的眼睛滴溜溜直轉，對那楊賢妃橫挑鼻子豎挑眼：「比不過我們狐族當年冒充的那位楊貴妃，簡直沒法比！」

「那位楊貴妃妳見過嗎？反正我是沒見過，」飛鸞老老實實地蹲在輕鳳身後，兩隻前爪無聊地按著地：「我只見過族裡的翠凰姑娘，她的確要比這位妃子美得多，可是……我也不覺得這種屬於人的美，對我們狐狸有什麼好處……」

「那是妳還沒開竅呢，」輕鳳回頭朝飛鸞擠擠眼，神秘兮兮地對她笑道：「我們要擒賊先擒王，妳看仔細了沒有？這可是如今最受皇帝寵愛的妃子哦！」

飛鸞慌忙又湊上前細細瞧了一番：「原來就是她啊，那我們現在該怎麼辦呢？」

「好辦，妳牢牢記住她的樣子，就行了。」輕鳳胸有成竹地壞笑了一下，搖了搖尾巴引飛鸞離開含涼殿，「走，我們再去王德妃那裡看看。」

二隻小獸又照原樣溜出含涼殿，噌噌繞著太液池跑了大半天，終於到達湖北面的含冰殿。飛鸞剛一進宮就湊著門縫好奇地一瞅，立刻興致勃勃地嚷起來：「喲，她有小寶寶了！」

輕鳳一聽這話臉便沉了下來，一張榛子小臉不但硬生生地拉長，還分佈了許多橫肉，看上去十分可怕。她怨念重重地覷了一眼殿中人隆起的小腹，酸溜溜卻力持淡定地發表意見：「嗯，很正常。」

這說明李涵很正常，王德妃很正常，他們的關係也很正常——嗯，一切都再正常不過了，就連她渾身散發出的醋味都顯得異常和諧。只有飛鸞還有一點點想不通：「不是說楊賢妃最得寵嘛？怎麼最先有寶寶的是這個妃子？」

「妳笨啦，有沒有寶寶，還要看運氣的！」輕鳳噘噘嘴，語氣中頗有些不平：「雖然後宮裡母憑子貴，不過這寶寶對王德妃來說，恐怕也不是什麼好事。那個楊賢妃可不是省油的燈，妳看吧，要是這一次她生了個兒子，指不定以後會遇到什麼不幸呢！」

輕鳳說得眉飛色舞，又因為參雜了個人情緒，因此將一場虛構的宮鬥戲渲染得活靈活現，唬得飛鸞一驚一乍。兩人勘察結束後打道回府，一路商量著該怎樣接近皇帝，正討論得不亦樂乎時，冷不防一抬頭，竟望見從遠處姍姍走來一列宮娥。

原本大明宮裡花木扶疏、山石錯落，有的是機會供輕鳳和飛鸞逃脫，偏偏她們臨時起意，腦袋瓜裡也不知怎麼想的，竟默契地避到一處假山後幻化回人形，又笑嘻嘻地從山石後繞出來與宮女們照面。

於是只聽宮女們發出「噭」地一聲慘叫，淒厲的鬼哭狼嚎霎時響徹靜謐的御花園，正在附近宿衛的神策軍亦聞聲趕來。不明所以的黃輕鳳倉皇四顧，在看見飛鸞的時候，也差點嚇得背過氣去：「妳，妳的臉……」

怪不得宮女們被嚇得一佛出世二佛升天，我們的飛鸞小姐平素馬虎慣了，再加上學藝不精，竟然在關鍵時刻犯了個致命的錯誤——她在幻成人形時動作不夠協調，竟然忘了在第一時間將臉變好，此刻儼然一個人身狐首的怪物，可不得把大傢伙兒給嚇死嘛！

「了不得！」黃輕鳳趕緊拉著飛鸞一起變回原形，一溜煙鑽進了怪石嶙峋的山子洞中。此時抓妖怪的喊打聲此起彼伏，一串串宮燈紛紛聚攏來，在夜色中像一條鱗光斑斕的長蛇，其間混雜著宮女們驚魂未定的啼哭，在春風徐徐的太液池上，匯成了一片風聲鶴唳的喧譁。

一狐和一鼬縮在山石的罅隙裡避風頭，飛鸞內疚得直打嗝，輕鳳望著她淚汪汪的糗樣，忍不住噗哈哈笑起來：「有意思有意思，好久沒這樣被追獵過啦！不如咱們分頭跑，你往北回紫蘭殿，我引開他們！」

「我，我隱身回去。」飛鸞對自己方才的「失態」很介懷，不過她也不想令玩興正濃的輕鳳掃興，因此只是逕自轉身跳開，倏然消失在濃濃夜色裡。

輕鳳咧咧嘴，存心逗弄一下心驚膽戰的宮人們，於是將身上的宮紗裙變了個顏色，又用手裡的紈扇掩住臉，三兩下便跳到了人前。

「嗚啦——」她眯著眼對滿臉蒼白的宮女笑，跟著將團扇一揭，赫然露出半張毛茸茸長著髭鬚的臉，嚇得眾人再次雞飛狗跳。

「嘻嘻嘻……」輕鳳咯咯笑著將神策軍甩開，沿著波光粼粼的太液池一路飛速往東，彷彿一隻在夜色裡乘風而舞的蝶。她在御花園裡左撲右閃，將亂成一鍋粥的宮人們遠遠拋在身後，漸漸地連一點嘈雜聲也聽不見，四周又恢復了靜謐。輕鳳正在洋洋自得間，卻驀然聽見不遠處傳來一陣沙沙的落雨聲，而在那淅淅瀝瀝的雨聲中間，竟藏著一道悠揚的蘆管聲。

那曲調幽咽裡帶著長恨，令善吹笛子的輕鳳不覺聽得癡了，她想知道是誰在這爛漫春夜裡還會如此無奈憂傷，不禁用團扇遮住半張臉，悄悄往那雨聲處尋去。

今夜晴朗的天空只有繁星閃爍，那隨著春風撲面而來的雨滴，都是從太液池畔的自雨亭上灑落的。只見自雨亭邊巨大的水車將泉水不斷汲上亭子，讓清澈的泉水順著屋簷滴淌下來，像一幕不斷流動的水晶簾；而輕鳳尋找的那個人就立在水晶簾後，孤獨而優雅的背影，在這除了女人就是宦官的大明宮內苑裡，還能屬於誰？

輕鳳的心像陷入網中的小鹿，突突撞了兩下，卻只能發出兩聲呦呦的哀鳴，最終徒勞地淪陷。她隔著雨幕望著亭中人，就彷彿又回到三年前第一次看見他時，不經事的心裡充斥著無法言說的悸動——這悸動說不清、道不明，也捉摸不透，卻叫她整顆心都軟了下來。

虧她，虧她一直都以為自己是驪山竹林中的一棵筍，嘴尖皮厚腹中空，向來都是沒有心的呢……

就在輕鳳魂不守舍的時候，獨自在亭中消磨時光的李涵恰好回過頭來，看見了神遊天外的輕鳳——眼前少女用紈扇遮住了大半張臉，露出的一雙黑眼睛略顯怔忡，卻令他無端覺得熟悉，就像兩顆落在白玉盤上的黑色棋子，圓溜溜似曾相識，卻扣成了一個費他神猜的謎局。

「妳是哪座宮裡的？」李涵信步走出自雨亭，在宮燈微弱的光暈中笑著問輕鳳：「我好像在哪裡見過妳？」

黃輕鳳心裡突突直跳，她佯裝害羞地用紈扇遮住臉，忽然意識到自己的半張臉還是小獸模樣，慌急慌忙唸咒還原，不料一時心慌意亂，小臉竟變不回人了！

該死該死，她命中的邂逅，怎麼可以就這樣成爲夢幻泡影？！輕鳳攥著扇子欲哭無淚，望著李涵隨意敷衍著行了個禮，戰戰兢兢後退了一步。她這樣的態度倒引起了李涵的好奇，使他執意想看清楚那紈扇半掩的小臉：「妳不必驚慌，將扇子放下吧。」

輕鳳哪裡肯依，圓溜溜的眼珠轉了轉，在心中道：我若把扇子放下，驚慌的可就是你了。

她卻沒反應過來，自己這樣的舉動就是抗旨不尊。好在此刻花月正春風，心情甚好的李涵不以爲忤，他只是輕輕踏前一步，隔著扇子微笑著逼視輕鳳，看著那嬌小玲瓏的姑娘在自己面前畏縮起雙肩，彷彿進退兩難似的，不斷抬眼偷瞄他。

她身上飄著龍腦的香味，一雙黑溜溜的眼珠像小獸一般靈動，眞是有趣。

「妳叫什麼名字？」李涵忍俊不禁，存心逗逗她，故意將臉微微一板：「再不說，我可就要叫內侍們過來了。」

這一晚他特意支開那些形同附骨之蛆的宦官們，才求得片刻清閒在自雨亭中獨坐，此刻當然不會因爲一個突然出現的美人，把那些煩人的傢伙們再招來。不過我們單純的輕鳳可就當了眞，她心中的咒語越唸越亂，左唸不靈右唸不靈，最後只得慌道：「不要……」

說還是不說，這是一個問題！說吧，自己一張獸臉萬一叫他看見，往後還怎麼在宮裡混？不說吧，他把內侍們叫來，等下自己脫不了身，勢必還得用法術……輕鳳想了又想，終是捨不得錯過這一次難得的相遇，於是她輕輕吐出「紫蘭殿」三字，便轉身飛快地跑開。

李涵見狀匆匆追出幾步，剛循著美人芳蹤繞過一處山石，便奇異地跟丟了人。他心下訝異，正四處張望著想要尋找，卻看見不遠處有一群宦官跌跌撞撞跑來。他立刻皺起了自己那雙俊秀的眉。

「陛下，陛下，」趕來的宦官們伏在地上，個個面如土色地顫聲道：「請陛下速速回宮，方才含冰殿附近發現有狐妖出沒，值夜的洪中尉正領著神策軍搜捕呢，臣等唯恐邪祟驚擾聖駕，還請陛下速速回宮。」

這時就像與宦官們一搭一唱似的，洪中尉帶著大批神策軍忽然登場，紛紛在自雨亭四周圍著李涵跪下。李涵厭惡這種團團包圍像逼宮一樣的陣勢，他相當不快，站在肅然靜默的侍衛們當中，微微挑起眉尖，聽那自雨亭上發出的沙沙雨聲。

「哦，狐妖？」沉吟了許久之後他才應了一聲，唇上若有似無地笑了笑，終是無可奈何：「好吧，我回去，你們平身吧。」

宦官們立刻起身上前，打起羅傘架起龍輿，簇擁著李涵離去。待到眾人走散後，只有變作黃鼠狼的輕鳳還躲在假山石的縫隙裡，對著剛剛被自己拋落的一方絹帕捶地：「可惡可惡，只差一點點就能被他撿到了……」

恨只恨自己功力不濟，節骨眼上竟跟飛鸞一樣出紕漏，無功而返的輕鳳只得鬱鬱回到紫蘭殿裡，同飛鸞在寶帳中悶頭睡了一夜。不料就在她們酣睡之際，三宮六院中的暗流已是來回湧動了好幾遍，因此當她們轉天睡醒時，耳朵一動，便聽見殿外的宮女們在傳遞這樣的消息：

「昨夜王德妃的宮裡鬧狐妖，讓含涼殿的楊賢妃受了驚，後半夜就開始生病了呢……」

宮女們的話令輕鳳與飛鸞面面相覷了好一陣，之後飛鸞從枕下摸出一張紙人，很無辜地遞到輕鳳面前：「怎麼回事？我才把紙人剪好，還沒唸痘痘咒呢。再說這咒語也只會讓人長痘，不會讓人生病呀？」

那紙人維妙維肖，畫的正是楊賢妃的模樣，飛鸞唯恐自己畫得不像，還特意在紙人的肚子上寫了「楊賢妃」三個字。

「嗯，我知道妳沒唸，」輕鳳撓撓肚子，瞇起兩隻眼睛：「唔……這恐怕是個陰謀，有人在利用我們。昨夜我們分開後，妳去過楊賢妃那裡沒有？」

「當然沒有，」飛鸞連忙搖搖頭，對自己昨夜的出糗依舊耿耿於懷：「我昨晚和妳分開後，就直接回紫蘭殿啦，哪兒都沒去。」

「這就對了，妳我後來都沒到含涼殿去，那楊賢妃怎麼會受驚？」輕鳳撇撇嘴，揉揉飛鸞的腦袋：「我看是那楊賢妃想借這件事打壓王德妃呢，這樣吧，妳先別對楊賢妃下咒，咱們先避避風頭，再見機行事。」

「好。」飛鸞點點頭，將紙人重新藏在枕頭下，窩起身子蹭了蹭輕鳳，由衷感慨：「這金屋寶帳真好，咱們說悄悄話也沒人聽見。」

輕鳳嘻嘻笑了兩聲，算是回應飛鸞的土老帽。她抬頭望著掛在帳頂上的金熏球，皺著鼻子嗅那金熏球裡吐出來的龍腦香煙，在那濃烈得能使人上癮的香味中陶陶然笑道：「嗯，凡人的屋子我也住不慣，空蕩蕩的老是竄風，還是這樣的窩舒服。」

無所事事的兩個人懶得出帳，就從枕下摸出些香糖子吃了充饑，之後又絮絮叨叨嘮了一陣嗑，結果眼睛一閉一睜又睡了半天，在春日午後閒適的陽光裡，她們無比靈敏的耳朵就聽見殿外在討論一條更加匪夷所思的新聞：

「原來昨夜王德妃宮裡鬧狐妖，也讓王德妃受了驚，後半夜她就腹疼不止，現在似乎又有小產跡象，含冰殿裡聚了好多太醫……」

這下輕鳳和飛鸞傻了眼，飛鸞一張小臉白了又白，六神無主地顫聲道：「不會吧？」害人性命是最造孽的，何況剛出生的小娃娃？！她們雖爲妖精，輕易也不敢做這樣折損道行的事，當年的妲己娘娘敢胡作非爲，那是因爲背後有女媧娘娘撐腰呢！

飛鸞慌了神，倒是輕鳳心裡仍然有點主意，安慰飛鸞道：「妳別慌，這恐怕是那王德妃的對策，孩子到底掉不掉，還要過陣子才知道……」

就在她說話間，兩隻小妖耳朵一動，聽見紫蘭殿外隱隱傳來喧譁，跟著就有一名宮女匆匆走進內殿。她們趕緊拍了拍裙子掀開錦帳，一本正經地板起小臉問：「什麼事？」

「回兩位美人，內侍省的花少監來了，說因爲宮裡狐妖作祟，要搜查紫蘭殿呢。」輕鳳和飛鸞還沒定誥封，因此宮女這般答道。

輕鳳和飛鸞默然對視一眼，結伴走了出去。一出內殿她們便看見殿外堵著不少宦官，輕鳳睖著眼遠遠望去，就看見那爲首的宦官非常年輕俊秀，只是整個人氣質很清冷，冷得簡直像塊寒冰。除此之外，他俊秀得也怪異，左眼下生著一點藍色的淚痣，讓人看得久了，竟能從他冷漠的神情之中，咂摸出一點妖氣來。

然而眼前這宦官的確是個人，還是個不男不女的閹人。輕鳳眼珠轉了轉，不明白這宦官隱藏在眼底的敵意從何而來——她們可是吞下魅丹後人見人愛花見花開的小妖精哪！

輕鳳與飛鸞走上前乖巧地福了福身子，甜甜笑著，端的是一對令人賞心悅目的姐妹花：「黃輕鳳、胡飛鸞，見過少監大人。」

這兩隻小妖所拜的少監，正是如今內侍省炙手可熱的宦官花無歡，也是三年前敬宗李湛駕崩之日，出現在內殿中的那位神秘人物。當時輕鳳和飛鸞躲在櫃中，並沒有看見花無歡的臉，自然也不會知道她們與眼前這宦官竟有過一櫃之隔的緣分。

「嗯，」只見少監花無歡微微點了點頭，依舊冰著一張臉：「昨夜宮中出現狐妖，爲了各位貴人的安寧，聖上已下旨搜查各宮，若有打擾的地方，還請二位貴人原諒。」

兩隻小妖聽了這話，心中同時咯噔了一聲——雖說這次風波的始作俑者的確是她們，可眼前這位宦官未免撲得也太準太快了點。向來老實的飛鸞強自鎮定地點點頭，一旁的輕鳳卻是眉間一蹙，反問花無歡：「昨夜宮裡出現狐妖？那大人您這個時辰來搜查，搜得到嗎？現在可是大白天。」

跟著花無歡的宦官們沒料到輕鳳人小鬼大，竟敢反駁宮裡冷傲出了名的花少監，一時皆是面面相覷，不敢作聲。

「白天自然有白天的益處，」花無歡慢條斯理地瞥了輕鳳一眼，復又垂下眼去，伸手撣了撣自己平順熨帖的袍袖：「如果鄙人沒記錯，昨天除了鬧狐妖，也是兩位貴人入宮的日子吧？」

輕鳳一怔，沒想到眼前這宦官竟然將矛頭直指自己，不禁乾笑了一聲：「大人您千萬別這樣說，我和妹妹一向膽小怕事，您這樣可嚇煞我們了。」

「鄙人怎敢恐嚇二位貴人，只是今日事出突然，還請二位貴人配合，這樣對我們雙方都有好處。」花無歡若無其事地一笑，左眼下的淚痣微微一晃，襯得他一雙吊梢鳳眼透盡涼薄，活脫脫一副令輕鳳咬牙切齒的刻薄相。

輕鳳自恃身懷妖術，還怕鬥不過這區區幾個宦官？於是她也不再與花無歡僵持，側過身將他們往殿中讓：「既然大人有令，我們姐妹怎敢不配合？往後我們姐妹在後宮裡侍奉聖上，還要靠大人您多提點照應呀。」

「好說，」花無歡漫不經心地應了一聲，負手踱進紫蘭殿裡，冷著臉對左右下了一聲令：「搜。」

飛鸞與輕鳳默然對視了一眼，不動聲色地跟隨在搜查的宦官身後，任由他們翻箱倒櫃。漸漸地饒是單純的飛鸞都瞧出事情不對勁，輕輕扯了扯輕鳳的衣角：「他們不像是在搜狐妖呢，好像在找什麼東西。」

「妳才發現呀……」輕鳳咧著嘴角輕聲回答飛鸞，冷笑著看宦官們將箱籠中的衣裳拋了一地，又打開一只只奩盒寶匣，將五光十色的珠玉瓔珞隨意撒在案上。

隨著手下們不懈地翻找，花無歡的一張臉卻是越來越陰沉，他緊抿了雙唇，皺著眉頭在四下轉了轉，最後終是踏入內殿，一步步朝輕鳳與飛鸞的九重寶帳走去。

「少監大人且慢，」一直冷眼旁觀的輕鳳忽然出言阻止，望著回過頭的花無歡訕笑道：「那帳中的東西看不得，還請大人恕罪。」

花無歡聞言挑起半邊眉，冷冷笑道：「如何看不得？」

「大人您有所不知，這帳中有我們姐妹倆的閨私，不方便給人看的。」黃輕鳳嘻嘻一笑，還故意憋了一口氣，使自己搽了二兩胡粉的臉竟然微微一紅。

不料花無歡將輕鳳既羞且臊的表情看在眼裡，卻是不為所動地笑了笑：「這後宮裡連一根針尖也不能私藏，二位貴人既然已經進了宮，難道這點規矩還需要鄙人教麼？」

黃輕鳳眼珠一溜，忙碎步搶上前替花無歡撥開流蘇帳，低了頭含笑道：「大人您教誨的是，這些怕男人們瞧見的東西，難道還怕給大人您看嗎？」

在場除了懵懂單純的飛鸞，輕鳳這番話讓殿內所有人都變了臉色。首當其衝的花無歡自然是怒意最熾，只見他面色一白，對準輕鳳的目光越發陰寒起來，簡直就像鋒利的碎冰，害輕鳳忍不住打了一個寒噤。

花無歡盯著輕鳳冷冷看了許久，最後到底收斂住脾氣，不敢耽誤正事。他逕自上前撥開寶帳一重復一重的帷幔，隨著五色流蘇悄無聲息地漾開，帳內便逸出一陣濃郁的龍腦香味，令人忍不住嚮往其中隱藏的銷魂溫柔鄉。

紫蘭殿的宮女們也沒親眼見過寶帳中的奧妙，因此這一刻紛紛睜大了眼睛，想看看先帝下旨為美人打造的寶帳裡如何春光旖旎。只可惜暴露在所有人眼前的，是比狗窩還不如的一團狼藉。

誠然，在飛鸞和輕鳳的帳中，鋪設著大唐朝最上等的墊子、褥子和被子。來自波斯的羊絨毯上染著鮮紅的石榴花；輕軟的絲絮填滿了新羅進貢的朝霞綢，製成雲彩般的衾被；用罽賓國進貢的波斯錦縫製出的靠枕柔軟而飽滿，還用金線鑲著邊。然而這些華麗的織物顯然都飽經蹂躪，散發著一股濃烈的龍腦香，也不知多長時間沒被整理過，並且距離上次拆洗的時間也十分可疑。

花無歡素有潔癖，乍然目睹了這般景致，只覺得額角上青筋一暴，連嘴角都忍不住跟著抽搐起來。他的手指開始遲疑，不知道應不應當繼續翻找下去，臉上情不自禁露出的厭惡神情徹底破壞了他的冰冷自持。而此時在花無歡身後，兩隻小妖無辜地對視了一眼，不理解她們舒適的窩為何令花無歡如此不快。

嘴角抽搐的花無歡最終還是鼓足了勇氣，逼自己僵硬的手指落在了揉成一團的枕頭上——當精緻的枕頭遠遠飛到一邊，花無歡在聽見一陣令他毛骨悚然的嘩嘩摩擦聲之後，滿心的不快終於忍無可忍！

「妳們——」他倏地挺直了腰背，盯著枕頭下不計其數的果核、栗子肉、香榧殼，面色鐵青地厲聲叱道：「先把這裡給我收拾乾淨！」

早就叫你不要隨便看姑娘家的「閨私」的嘛……兩隻小妖被訓得滿頭包，瞇著眼睛直掏耳朵。輕鳳等搜查的宦官們統統撤出紫蘭殿後，才從枕下掏出沉甸甸的白玉璽掂了兩下，吐著舌頭壞笑：「嘿嘿，一點障眼法，不好意思啦……」

儘管自夜探大明宮之後，後宮的雞飛狗跳都已經不關輕鳳和飛鸞的事，但事態卻似乎越演越烈，沒有一點平靜的跡象。這幾天許多宮女被嚇病，幾乎夜夜都有人目擊到狐妖出沒，哪怕我們的輕鳳和飛鸞那時正熟睡如死豬，壓根兒沒有出過紫蘭殿。

與此同時，含涼殿裡的楊賢妃依舊頭疼腦熱，王德妃宮中的太醫也沒有撤出的跡象——儘管王德妃同樣也沒有小產的跡象。一來二去，文宗李涵終於被近日宮中的風波擾得不勝其煩，決定請華陽觀的女冠們入宮打醮。

像這般請道士入宮做法事，在大唐朝的後宮裡並不鮮見。李唐皇室向來重道，不但齋醮盛行，連宮中都建了三清殿、大角觀和玄元皇帝廟，在宮中設壇醮祭時，道士們可以自由出入宮廷。此外歷代都有公主自請出家，例如李涵的姑姑永嘉公主，如今就住在先代皇帝唐代宗爲愛女華陽公主修築的華陽觀裡，而李涵的兩個妹妹義昌公主和安康公主，竟也少有奇志一心向道，跟隨著姑姑一同長居宮外修身養性。

這些公主們雖在宮外清修，每逢節慶卻也經常回宮與天子團聚，今次宮中設壇打醮，請的自然也是她們。

如今天下道士沽名釣譽的居多，而眞正得道的卻罕有，對於飛鸞和輕鳳來說，那些嬌滴滴的皇家公主們則更加不足為懼，因此後宮裡這場聲勢浩大的醮祭，她們索性就當熱鬧來看。

且說到了三清殿醮祭這一日拂曉，隨著三千響晨鼓催發，位於長安城東華陽觀裡的羽客女冠們，便從永崇坊出發，打由夾城進入了大明宮。這所謂夾城，就是用兩堵城牆闢出的一條宮道，連接著大明宮與曲江芙蓉園，專供皇家的車輿行走；若是皇帝和后妃們一時興起要去曲江離宮遊樂，那麼他們的龍輿鳳輦就會從這夾城裡經過，而長安的百姓們除了偶爾聽見幾聲鑾鈴輕響，根本不會知道天子的行蹤。

此時內苑的妃嬪們也紛紛漱洗穿戴，悉心為今日的齋醮做準備。輕鳳和飛鸞同樣起了個大早，她倆化出原形在御花園裡蹭了一身的露水，就著露水認認真真搓洗了一通，比之人類的沐浴倒真是方便了許多。

浴畢兩隻小妖精神抖擻地變回人身，一邊在內殿裡嘻嘻哈哈地追逐打鬧，一邊將繁瑣而綺麗的衣服穿上身——衣對裳、鞋配襪，孔雀藍對鸚鵡綠、杏子黃配石榴紅，就連最怕麻煩的飛鸞也不得不承認，有時候搭配這些鮮豔的衣服和亮閃閃的首飾，的確非常非常有樂趣。

「走，到三清殿看看去。」搽完胡粉抹過胭脂的輕鳳將粉撲一丟，拿起紈扇就要往外跑。不料飛鸞髮髻上的金步搖卻纏在了一起，她只能一邊笨乎乎地撥弄著珍珠穗子，一邊屁顛顛地跟在輕鳳身後也跑了出去。

兩隻小妖一出紫蘭殿，便聽見了教坊宮伎演奏的道樂，悠揚的鐘磬聲伴著一股檀香味從三清殿遠遠地飄來。飛鸞和輕鳳頓時激動起來，由宮女陪著，興致勃勃地往三清殿走。一路上她們不時能看見宮外來的道士，有男有女，女冠們頭戴星冠、腳踩雲履，身上穿著鶴氅羽衣，料子是在初春裡略顯單薄的黃色羅綺，經風一吹便如煙似霧般縹緲綽約，遠遠望著像踩在雲上，簡直比飛鸞輕鳳她們還要派頭。正是：

霓軒入洞齊初月，羽節升壇拜七星。

「哎呀呀，就算翠凰來了，也不過如此吧？」飛鸞訝然讚歎著，水汪汪的眼睛裡閃動著豔羨的光。而輕鳳顯然比自家小姐更開竅，她一雙眼睛不住地打量著男道士們，目光一會兒像學究一會兒像商賈，不亦樂乎。

「呵，妳快看！」不大一會兒，就聽輕鳳忽然對飛鸞咂舌道：「快看那個小道士！」

不明所以的飛鸞眨了眨眼睛，順著輕鳳的指點望過去，就看見三清殿外祭酒道士隊伍的末尾，站著一名非常年輕的弟子，正在那裡靜靜傾聽著殿內傳出的誦經聲。

那真是一位謫仙人，側臉的額頭、鼻準、唇珠、下頷，線條無不精緻，膚色又像白蓮潤出水來，默默地沉浸在香霧和唱經聲裡，宛如一塊玉。

一瞬間飛鸞看得連口水都下來了，斷斷續續對輕鳳道：「他，他真好看，好像白麵蒸的……」

飛鸞質樸的比喻立刻讓輕鳳嘻嘻尖笑了兩聲，跟著她皺起鼻子使勁地嗅，好像飛鸞身上抹了蜜似的，最後壞壞地慫恿飛鸞：「沒錯喲，沒錯喲，妳是不是動心了？」

「動心？」飛鸞懵懂地睜大眼，再一次向那少年道士望去，不料彷彿心有靈犀似的，下一刻那少年竟也猛然掉過臉來，直直望了飛鸞一眼。飛鸞來不及用扇子將臉遮住，就這麼傻傻地與那少年照了一次面，因為偷看人家而發虛的一顆心，果然不偏不倚地怦怦跳了兩下。

這就是心動的感覺嗎？

飛鸞立刻捫心自問，卻問不出個所以然。她眨了眨眼睛，仍舊糊裡糊塗：「動心？我動心了嗎？」

這時輕鳳把臉神秘兮兮地湊過來，像一切慫恿自家小姐勾搭書生的丫鬟們一樣，嘴臉赤誠而又邪惡地問：「我問妳，妳的心是不是在跳？」

跳？那的確是在跳的，這一點誠實的飛鸞不能否認：「嗯，有在跳。」

「這就對啦！」輕鳳像找到了最有力的佐證似的，繼續捕風捉影循循善誘：「妳既然會心跳，那就是動心啦！現在妳是不是想去見見他，和他說說話，問問他叫什麼名字，有沒有中意的姑娘？」

「嗯……」飛鸞被輕鳳連珠炮似的逼問攪得頭昏腦脹，她歪著腦袋，皺起一雙罥煙蛾眉，仍是不確定地囁嚅：「我，我沒有啊？我心動了嗎？」

「這我還能誆妳嗎？」輕鳳白了飛鸞一眼，用力戳了戳她的腰：「妳想啊，多少戲文上都是這麼寫的。再說了，妳什麼時候聰明自覺過？小時候哪次吃飯不是我叫妳？每次我問妳餓不餓，妳都說不餓，但碗一端起來，不是吃得比誰都要香嘛？」

「嗯，這倒是。那，那現在我該怎麼辦？」飛鸞終於害羞起來，用扇子將臉嚴嚴遮住，不敢再往那三清殿上看。

「嘻嘻，很簡單，」輕鳳嘴角咧開，笑得像個老虔婆：「走，我們這就去會會他！」

直到多年以後，李玉溪回想起自己與飛鸞的初見，還是會很春風蕩漾地傻笑起來。

那是個什麼樣的姑娘呢？簡直無法形容……除了飛鸞，他再沒見過一個可以像她那樣壓倒春光的女子，而她那天不過就是雙鬟鴉雛色、單衫杏子紅，但笑起來的一剎那就彷彿聚攏了四周的光色，令人眼中再也看不到其他——這眞是一種很可怕的美，能夠從單純的盡頭透出一股邪豔，簡直像妖。

後來每當李玉溪對飛鸞描述那一刻的時候，飛鸞卻總會忿忿不平地強調：「誰說人家只有雙鬟鴉雛色？人家明明有戴金絲編的輕金冠，還有金步搖！」

李玉溪聽了飛鸞的強調總是不置可否地笑笑，他不想反駁她，也不會改變自己的想法——畢竟除了她，還有誰可以當得起雙鬟鴉雛色，單衫杏子紅呢？

而我們博聞強識的輕鳳姑娘，在聽過飛鸞唸叨此事之後，卻擺出了一張晚娘面孔：「我看不是他傻，是妳傻了吧？他唸的這兩句酸詩，是回憶美好的初戀的，男人最喜歡的就是這種初戀的感覺。妳懂不懂？」

「初戀的感覺？」飛鸞懵了，很無辜地睜大眼：「初戀的感覺有那麼不準嗎？爲什麼我會給他那種感覺呢？」

「不知道，大概是因爲魅丹吧。」輕鳳揉了揉飛鸞的腦袋，因爲嫉妒，又齜著牙用力拍了拍。

言歸正傳，現在還是讓我們來聊一聊，爲何我們唯恐天下不亂的輕鳳姑娘，一定要攛掇飛鸞對別人動心呢？這一切自然不是爲了那個莫名其妙的小道士——她可眞是日月可鑑！天地良心！完完全全出於一片忠義之心！

而什麼是輕鳳所秉持的忠義呢？這就好比如今她已經喜歡上了皇帝李涵，可李涵卻顯然比較喜歡飛鸞，假使飛鸞也喜歡上李涵呢……那她再往裡摻和，就是不忠不義！

所以爲了皆大歡喜，也爲了自己既忠且義，輕鳳決定防患於未然，趁早給飛鸞物色個好人選。只可惜偌大的大明宮裡就只得李涵一個男人，所以這次道士們入宮正是個好機會！

於是兩隻小妖各懷心事，支開了紫蘭殿的宮女，搖著紈扇若無其事地繞開了成群的妃嬪，一點點靠近三清殿。可隨著鐘磬和唱經聲越來越響，三清殿丹爐中的檀香味也越來越濃，道行一般的飛鸞和輕鳳漸漸開始撐不住，在看見三清殿上懸掛的桃木劍時，一種類似暈船的噁心感覺終於襲上她們的心頭。

「暈……」飛鸞呻吟了一聲，毅然決然地打響退堂鼓。

輕鳳向來識時務者爲俊傑，因此也立即扶著腦袋遠遠跑開，同飛鸞一起躲進了三清殿旁的林苑裡：「哎喲喂喂，眞是三個臭皮匠頂個諸葛亮，沒想到幾百號人同時唸經，倒眞把我給鎭住了。」

「嗯，」飛鸞相當認同地點點頭，水汪汪的眼睛裡泛著淚花，心有餘悸地囁嚅：「他是道士，我，我不要對他動心了……」

「喂，妳可要給我爭口氣，這才多大點難度嘛！」輕鳳漸漸緩過勁來，臉上又恢復了狡黠的神氣，「我看他資歷淺，不像是已經入道的。這年頭，出家還俗比掏鳥窩還容易，再說了，妳有見過幾個男子，像白麵蒸的呢？」

飛鸞一怔，臉立刻不由自主地紅起來，結結巴巴猶豫道：「我……還是算了吧，我們出來是爲了勾引皇帝，等完成了任務，還要回驪山的。」

輕鳳俏眼一瞪，立刻抓住飛鸞的一雙手捧到自己胸前，聲情並茂極富感染力地歎了一口氣：「哎，我這可都是爲了妳好……」

她頓了頓，繼而又語重心長道：「妳瞧，其實我心裡另有計較，三年前那皇帝算妳害的，所以這一次的皇帝算我的。那麼妳做什麼呢？妳看，自古以來，秦有盧生徐福欺君，漢有太平道黃巾起義，晉有五斗米道孫恩叛亂；秦皇漢武魏皇帝，哪個不被妖道耍得團團轉？所以我想讓妳從道家入手，到時候妳我雙管齊下，不愁這天下不大亂啊！」

輕鳳滿嘴天花亂墜，終於忽悠住了傻乎乎的飛鸞，只見她低頭想了一會兒，一張桃心小臉便悄悄漲紅：「好，好，那我就去接近那個道士……可這一次，我還要侍寢嗎？」

「傻瓜，」輕鳳冷不丁壞笑起來，將紅豔豔的嘴唇湊到飛鸞耳邊：「勾引道士不叫侍寢……就叫陪睡覺。」

「呀，呀。」飛鸞嚇得渾身一激靈，緊張得忍不住從林苑灌木中跳出來，竟冤家路窄一般撞上了方才那個白麵蒸的小道士。這一對少男少女同時愣住，吃驚地望著彼此，誰也沒有先開口說話。

飛鸞手足無措地攥緊自己的裙子，泥金文彩的嫩黃色裙裾隨風輕輕揚起，露出裙下一點鳳頭履。那年少的小道士就立在山徑間傻傻地看著她，白色的道袍也被風吹得微微掀動，使得他衣裾間的長條不住打晃，令人錯覺那飄揚的絲條會將他的細腰越勒越緊，他在春風中是那樣瘦削，彷彿一株亭亭靜植的玉樹。四周的唱經聲似乎也越來越遠，只有金黃的朝陽穿透林翳，盡情揮灑在他們肩上，於是二月春風中顫巍巍的豆蔻梢頭，就在這一刻盡情開起花來。

第三章　情竇

潛伏在灌木叢中的輕鳳瞧見了這一幕好戲，不禁得意洋洋地輕咳了一聲，跟著故意「嘩」一聲從樹叢裡鑽出來，扠著腰對那小道士瞪眼斥道：「登徒子好大膽！這皇宮裡的女子，也是你能隨便亂看的嗎？」

「小生不敢。」那小道士臉一紅，立刻像所有戲文裡那些邂逅完小姐、又撞見剽悍丫鬟的書生們一樣，彎下腰狠狠給輕鳳作了一個揖：「小生偶然途經此地，冒撞了兩位貴人，實在是罪該萬死。」

「嗯，的確是很該死，」輕鳳輕輕嗤笑一聲，繞著那小道士轉了一圈，將話鋒一轉又問道：「你叫什麼名字？多大了？」

「小生名叫李玉溪，『藍田碧玉藏深溪』的玉溪。今年虛歲十七。」

輕鳳趁李玉溪說話時留神他的牙口，確定他沒撒謊，這才點點頭又問：「你也是華陽觀中的道士嗎？」

「不，小生我還沒有入道，只是常與華陽觀往來，勉強算半個俗家弟子。因爲今次華陽觀做法事人手不夠，這才讓我入宮湊數的。我也就是跟在祭酒道士身後聽聽經罷了，根本沒資格也不會誦經呢，」李玉溪說罷臉一紅，又輕輕補上一句：「我求華陽觀的全法師讓我跟來，就是想進宮開開眼界的，求兩位貴人可千萬不要對別人說啊。」

不想我們對別人說，你自己不會不要說啊！輕鳳眼珠一溜，心想自己給飛鸞配的男人可真靠譜——除了飛鸞，她還真沒見過這麼又傻又憨的人呢，足見這兩人是天生的一對、地造的一雙啊！

不料輕鳳這廂還在心裡嘀咕，飛鸞的臉上就已露出了一種深感惋惜的神情：「啊？原來你不是道士哦……」

輕鳳一凜神，心想不好，這隻呆頭鵝又要瞎認真了！她趕緊扯扯飛鸞的袖子，像個最標準的媒婆一樣笑得春花爛漫：「哎呀，不是道士才好呀！公子你少年才俊，這麼早入道那才叫可惜了！」

說罷她暗暗拍了拍飛鸞的背，示意她上前與李玉溪寒暄一番，又在收到飛鸞疑惑的眼神時，不容置疑地瞪了她一眼。於是摸不著頭腦的飛鸞只好乖乖言聽計從，上前幾步對李玉溪深深一福，嬌聲細語道：「小女名叫胡飛鸞，『九天雲上飛鳳鸞』的飛鸞，見過李公子。」

說罷她仰起臉來，瞇著眼對李玉溪咧開一個心無城府的大大笑容，明眸皓齒的模樣一瞬間便讓李玉溪失了神——狐族魅丹的力量，果然是一丹當前、萬婦莫敵呀！

此刻二人成功對上眼，黃輕鳳看在眼裡，喜在心頭！她用紈扇遮住自己小人得志的嘴臉，嫋嫋娜娜地上前促狹道：「哎呀呀，不成體統不成體統！這宮中人多眼雜，你們這樣對著眼死瞪，也不怕被人看見！」

這一語頓時驚散一雙鴛鴦，李玉溪雙頰一紅，慌忙低下頭作揖避讓，嘴裡不住地告饒：「小生罪該萬死、罪該萬死……請兩位貴人高抬貴手，就饒了我放我走吧……」

飛鸞忙紅著臉舉高紈扇，剛想順口答應一聲，不料卻被輕鳳搶先一步嘿笑道：「饒你可以，有什麼好處沒有？」

「啊？」李玉溪聞言一怔，立刻苦著臉躊躇起來：「這宮中什麼稀罕物件沒有呢？不知兩位貴人想要什麼，才能放過小生我……」

輕鳳眼珠一轉，將他上上下下打量了個遍，毫不客氣地嘲笑：「李公子果然身無長物啊，咱們也不為難你，趕緊把你身上的零碎東西都掏出來我瞧瞧！」

李玉溪無法，只好將腰上掛的袖裡藏的，統統掏出來遞給輕鳳看。輕鳳撇開不値錢的方巾香囊荷包，單從中間挑出一枚白蓮花玉佩來，嘻嘻一笑：「就要這件吧，抵償你驚擾後宮妃嬪的大罪！」

只見李玉溪果然面露難色，白玉似的臉頰上透出些無奈的緋紅，小聲囁嚅：「換一樣行不行？這件是……」

「不行不行，你拿什麼換？這些方巾香囊荷包都是不値錢的，宮裡哪樣沒有？」輕鳳虎起臉搖了搖扇子，又把紈扇往李玉溪肩上一拍，催促：「快走吧！再不走侍衛們就要過來了！」

單純的李玉溪果然上當，他被輕鳳的話嚇得一刻也不敢多留，在匆匆一禮後便像受驚的白鴿似的，轉身飛快往林苑外的三清殿跑去。輕鳳兀自留在原地扠著腰咯咯直笑，倒是飛鸞實在看不過去，皺著眉上前微帶責備道：「姐姐妳何必為難他呢？這玉佩的確太貴了……」

「傻瓜，這妳就不懂了吧！先讓男人心疼錢，接下來他才會心疼妳，笨男人這兩者不分的。」輕鳳見飛鸞臉上露出不以為然的表情，便又笑嘻嘻地揶揄她：「喲，開竅了嘛？都曉得心疼妳的小情郎了？！」

「才，才沒有！」飛鸞慌忙白了輕鳳一眼，紅著臉辯白，鼻尖卻緊張得沁出一層薄汗。

「哈哈，好好好，妳說沒有就沒有咯，」輕鳳嘴上敷衍著，卻不由分說地將玉佩塞進飛鸞手心，叮囑她：「好好拿著，這就是你們今日定情的信物啦！」

「定情信物？」飛鸞頓時扭捏起來，她捏緊了玉佩，卻仍舊小小聲地猶豫道：「哎，還是不成，他不是道士呢。」

「是不是道士有什麼要緊呢，哎，說妳不開竅就是不開竅！不過沒關係，以後妳就懂了，反正聽我的準沒錯，」輕鳳得意洋洋地笑起來，眼角忽然瞥見林苑另一頭有幾個黃衣宦官走來，慌忙拉起飛鸞的手快步跑開：「哎，有人從那邊來了，我們快走……」

她們的身影像蝶一樣輕快，因此當花無歡領著手下走進林苑時，山徑間已空無一人，只有幾聲銀鈴似的笑隨著微風若有似無地飄來。他不由得皺起眉，再想側耳尋找那笑聲時，卻只能聽見模模糊糊的鐘磬聲從三清殿遙遙傳來。

「看來有人在這宮裡，快活得很。」他面無表情地說完，雙唇依舊緊緊向下抿著，只有冷冷的目光像朝陽下的碎冰，隨著心思微微地閃動。

這一夜宮中醮祭結束，華陽觀裡的道士女冠們紛紛乘夜魚貫出宮，但見點點燈燭彷彿一條長龍，從巍峨的東內大明宮一路延伸到城東的華陽觀。

當年唐代宗爲愛女華陽修築的華陽觀，曾傾注上萬勞役之力，比照內苑宮殿修築，其華麗程度分毫不輸大明宮。此時更深夜靜，主持華陽觀的幾位公主又順道去了興慶宮和太皇太后敘舊，因此觀中眾人倒比平日更自由些。

「全姐姐請吃茶，」此時三更已過，李玉溪待在全道士的廂房裡，將一杯釅釅的陽羨茶奉給她：「這是今天聖上剛賜下的貢茶，妳嚐嚐好不好？若是好，分我一杯嚐嚐？」

眼下正被李玉溪用心伺候的全道士名叫臻穎，原是侍奉永嘉公主的宮女，數年前因爲公主要出家，便也跟著公主出宮做了女冠。如今她正當雙十妙齡，豐潤鮮豔得像盛夏枝頭正待採摘的蜜桃，從頭到腳俱是甜膩的風流。只見她乜斜著星眸接過李玉溪遞來的茶水，帶著睏倦的睡意慵懶地問：「昨天你答應買給我的玉佩呢？」

「呀，」李玉溪聞言一怔，將雙手無奈地一攤：「說到這個，我剛要同妳說呢，玉佩被人要去了。」

「要去了？」全臻穎訝然半啓櫻唇，繼而嬌嗔著啐了李玉溪一口：「呸，你撇得倒乾淨！快給姑奶奶我從實招來，今天你到底又勾搭了哪隻妖精？」

李玉溪被她說得羞臊起來，面紅耳赤道：「什麼勾搭妖精，姐姐妳說話眞是羞死人！哎，只怪我白天聽經聽得無聊，就想偷偷往四處逛逛，不料在一處林子裡撞見了兩位宮中的娘娘，惹惱了她們，所以要走了我買給妳的玉佩。」

全臻穎到底也是在宮裡待過的人，聽了這話自然覺得不對勁，她眼珠一轉，皺著眉啜了一口茶：「這事不對，如果你冒犯了她們，那要你的玉佩又算怎麼回事？」

「要我的玉佩，當個賠禮唄。」李玉溪一邊溫柔笑道，一邊寬去自己的道袍，只穿著一件雪白的紗羅中衣，懶洋洋躺在全臻穎身邊。

「我呸，就你那西貝貨（即「賈」貨，意指假貨）也能當賠禮？你當宮中的女人同我一樣好哄呢？換作往日我在宮中的時節，還能把你的東西放在眼裡？」全臻穎笑著罵完，將手中剩的半盞茶遞還給李玉溪，靠在錦枕上笑咪咪看他吃了，接著又盤問：「你再仔細給我說說，那兩個女人長什麼模樣？是怎麼同你說話的？」

當下李玉溪也不敢隱瞞，將事情始末一五一十都對全臻穎細細說了，聽得全臻穎不住偷笑，末了又「呸」了一聲，伸出塗著蔻丹的食指點了一下他的腦門：「你這小傻瓜！她們肯定不是宮裡的正經娘娘，也不知是從哪裡竄進宮的妖婦，一心想著勾搭你呢！」

「怎麼會？我不信，」李玉溪聞言笑起來，白玉似的臉在燈下興奮地泛著光：「我都靠姐姐妳照應，才能進一次宮長長見識。今後哪怕中了進士、魚躍龍門能夠踏上宣政殿呢，後宮內苑只怕也是沒機會再去的，她們沒事勾搭我做什麼？」

他雙手枕在腦後，一雙黑亮的眼睛在燈下閃動著迷離的光，末了還不忘央求全臻穎：「好姐姐，妳可千萬別將這件事說出去，我怕惹禍。」

「呸，知道怕幹嘛還要說給我聽？」全臻穎紅唇一彎，俯身攀在李玉溪身上，彎起食指羞了一下他的鼻梁：「來，實話告訴姐姐，既然那個姑娘長得那麼漂亮，你動心了沒有？」

李玉溪眸中一亮，繼而悵然歎了一口氣，卻又情不自禁地笑起來。跟著就見他仰臉望著青紗帳頂，不假思索地緩緩吟道：「偷桃竊藥事難兼，十二城中鎖彩蟾。應共三英同夜賞，玉樓仍是水晶簾……」

「呸，小色鬼，又作這樣叫人不明不白的詩。」全臻穎聽罷忍不住笑起來。

「嘿嘿，這樣才好，」李玉溪歪著腦袋衝全臻穎嘻嘻一笑，故作神秘地眨了眨眼睛：「這詩若讓人聽明白了，就壞了。」

全臻穎笑著白了他一眼，看窗外天色實在不早，便起身噘唇吹熄了燈燭，又借著矇矓的月光卸完了妝，這才半掩了窗牖爬上床榻，在獸爐吐出的香氣和窗底吹來的春風裡，擁著李玉溪雙雙入眠。

就在二人沉入夢鄉的前一刻，全臻穎卻悄悄半張開嫵媚的睡眼，帶著全然的獨佔欲眈了一眼懷抱中的少年——十七歲的李玉溪，是她全臻穎一個人慧眼相中的天才，在與華陽觀往來的公子王孫中，只有他最合自己的心意。他敏感又單純，一顆玲瓏心通了七竅又缺一個心眼，簡直就像愛在人膝上撒嬌的玉猧兒那樣可愛，並且他好讀書又有作詩的天賦，他日必當貴不可言。

這樣好的孩子，能夠在她懷裡多待上一天，她就一定會再多留他一天……

在這萬物復甦的春夜，連泥土都彷彿在沙沙萌動，半塊明月緩緩滑過長安上空，陪伴著所有不眠的人——也只有清冷寂寞的深宮，才能使苦短的春宵也變成一種漫長的折磨。此時興慶宮的偏殿庭院裡，一位看上去三十開外的美人正隻身沐浴在月光下，險惡的深宮歲月並沒在她臉上刻下多少痕跡，只除了眉心間的一道淺痕，多少破壞了一點她眉宇間的嫻靜。

「漳王已經睡著了，」那美人仰頭望著天邊的月亮，驀然自語道：「每次也只有等到漳王睡著，我才有空抬起頭來看一看。」

這時彷彿回應她的話似的，原本靜謐的庭院裡竟忽然響起一陣難以察覺的腳步聲，來人輕輕踩過滿地的辛夷花瓣，在一片氈毯般柔軟的紫色落英中緩緩駐足。

那美人聽見了聲音卻並沒有回頭，依舊對著月亮輕聲吟道：「江畔何人初見月？江月何年初照人？人生代代無窮已，江月年年望相似……」

隨著她的淺吟低唱，銀亮的月牙浮出雲影，照亮了站在她身後的人——那竟是白日裡冷面如冰的花無歡，也許是因為此刻月光如水，他的臉色看上去竟帶了幾分柔。

「卑職花無歡，見過秋妃。」花無歡的聲音依舊清冷似琉璃，卻帶著與平日裡截然不同的謙卑，向那美人的背影低下頭去，順手牽起衣裾悄然跪落。

被花無歡稱作秋妃的女子這時回過頭來，看著跪在月光裡的花無歡，雙目不覺便帶了些暖意：「無歡，快起來。」

「卑職謝過秋妃。」花無歡眸中微光一動，在夜色中小心翼翼地起身，輕聲向秋妃稟告：

「玉璽還在找，不過這一次……也許很快就能有下落。」

「是嗎……」那秋妃聞言長歎一口氣，低下頭在庭院中輕輕走了幾步，望著自己的影子出神：「這一晃都三年了，我杜秋，實在是辜負先帝所託。」

她的話令花無歡忍不住皺起雙眉，因為他知道，秋妃口中的先帝永遠都只有一個，那就是憲宗李純。

眼前這女子正是歷經四朝、長居深宮二十餘年的杜秋娘，她在十五歲時被鎮海節度使李錡收為侍妾，三年後李錡謀反被誅殺，她也因而獲罪被沒入掖庭宮。在宮中她遇見了時年三十的唐憲宗，那時她十八歲，所以一切風花雪月都是那樣水到渠成。她陪在憲宗身邊十二年，度過了女人一生中最美好的時光——也許光是這段時光就足夠令她刻骨銘心，使得後來的歲月彷彿都在她身上停滯下來，這些年她心如止水，連容貌都改變得很少。

在憲宗崩逝後的九年中，憲宗的三子穆宗即位，因為依然倚重她，所以就將自己的四子漳王李湊託付給她養育。不料四年後穆宗服食丹藥身亡，他的長子敬宗李湛即位，兩年後又死於非命。如今的文宗李涵是穆宗的次子，在他即位後，憲宗的皇后與妃嬪都移居到了大明宮南邊的興慶宮，而她作為憲宗遺妃，自然也帶著還未成年的漳王搬入了興慶宮。

這些年她一刻都不曾忘記憲宗，當然也不會忘記他對自己說過的話——「李唐王朝，不能落在閹黨手中；堂堂帝王，不能再被宦豎們掣肘！」這些年她已經不想再去追究憲宗何以暴斃，但是她還記得他的志向，所以她再也不會坐視李唐被宦官們控制。

「漳王再過兩年就可以行冠禮了，雖說十五歲就行冠禮早了些，但他的確是個好孩子。」杜秋娘若有所思地笑起來，雙目在月光下如秋水含情，其中的光采卻並不屬於花無歡。

花無歡看著杜秋娘完全沉浸在自己的思緒中，只能垂下眼輕聲回答：「是，等漳王殿下行過冠禮，就可以搬入十六宅和穎王殿下同住了。」

「嗯，還有兩年，兩年……」杜秋娘一邊自語，一邊走過花無歡身畔，停在花期已過的辛夷樹下抬起頭，望著略顯蕭疏的花枝悵然道：「勸君莫惜金縷衣，勸君惜取少年時。有花堪折直須折，莫待無花空折枝……無歡，我還記得那一年冬天在梅苑看見你，滿苑的梅花還有你，都是不快樂的。」

「無歡也不曾忘記，」話一出口才驚覺忘情，花無歡立即寒著臉低下頭，刻意地恢復了淡漠與自持：「卑職還要多謝秋妃賜名，秋妃的恩德，卑職沒齒不忘。」

「呵呵，那是因爲你不願意告訴我你的名字，」杜秋娘心不在焉地笑了笑，望著紫紅色的辛夷花瓣不斷從枝頭墜落，喃喃道：「還因爲，當時我也不快樂……」

在深宮裡寂寞徬徨的人和寂寞開落的花，都不會有快樂。

「這後宮裡一向只缺男人，就是不缺怨婦！出牌！」此時紫蘭殿中，輕鳳和飛鸞一起玩葉子戲，正因爲輸牌而煩躁，因此口氣相當不好：「所以說這怨氣一多，她們能不生病做噩夢嘛？反正請和尚唸經也好，請道士打醮也罷，都不關我們的事，隨她們鬧去。好！獅子鎮寶帖！該妳擲骰子了，快！」

「哦，好。」飛鸞擲完骰子，拈著葉子牌挑挑揀揀，又嘟著嘴道：「那我們還要繼續作法嗎？上次爲楊賢妃剪的紙人還沒派上用場呢。」

「不急，宮中這法事才做完，咱們先避避風頭，」輕鳳此刻只關心自己手中的紙牌，隨意敷衍道：「不如咱們再玩兩天，等過了上巳節再說……哎？妳這麼積極，是不是希望那個小道士再進宮哪？」

「才，才沒有！」飛鸞的臉刷一下紅起來，慌忙否認。

輕鳳見飛鸞分心，樂得嘻嘻直笑，故意湊近了她的耳朵低語：「我跟妳說哦，剛剛我聽見外面在議論，因爲最近大明宮裡不清靜，所以皇帝準備這兩天去曲江離宮玩哦！只要我們跟著他出了宮，到時候妳想去找那個小道士，要多方便有多方便！」

「哎呀，我沒想去找他……」飛鸞又急又氣，不自覺地推了輕鳳一把，被她趁機狡猾地瞄了一眼牌。

「哎，不想就不想唄，」輕鳳裝模作樣地撓撓腮，啪一聲丟出一張牌：「鳳凰壓金盆！哈哈哈，出錢出錢……」

煙水明媚的曲江位於長安城東南，一向是長安百姓的遊覽勝地，江畔行宮巍峨、樓台林立，又有百司廨署，附近還有芙蓉園和杏園，恰是「簫管曲長吹未盡，花南水北雨濛濛」，儼然一方人間仙境。

文宗李涵在太和元年發動神策軍三千人疏浚曲江，於江畔建造了紫雲樓和彩霞亭。每年春夏之際，他都會與妃嬪們移居曲江離宮，往往住到立秋後才回大明宮。上巳節這一天，李涵會在曲江宴請群臣，由京兆府大擺筵席，招待文武百官，而宮女妃嬪們就在堤岸上的彩幄翠幬中鬥草踏青，又有教坊宮伎們吹奏的絲竹應和著柳梢鶯囀，正是一派綺麗的盛春風光。

雖說我們的文宗李涵一向恭儉勤政不近女色，但拔河那天與飛鸞電光石火的一次照面，狐族魅丹餘威仍在。因此這一次李涵擺駕曲江離宮，紫蘭殿的兩隻小妖自然也都奉召隨駕了。

於是我們的輕鳳姑娘再一次燃起鬥志，在出發這天起了個大早，塗脂抹粉妝扮一新，隨後拉扯著昏昏欲睡的飛鸞一同登上馬車，跟在楊賢妃和王德妃等人的鑾駕之後，一路打著瞌睡到達了曲江。

三月三日天氣新，長安水邊多麗人，輕鳳和飛鸞入住曲江離宮之後，在盛宴上例行了「妃嬪老三樣」——歌舞、問安、拋媚眼，終於再次成功地吸引住了李涵的目光。

於是傍晚由宦官們傳來噩耗：李涵翌日夜晚將召幸胡飛鸞。

輕鳳聞訊悲憤地握住拳頭，簡直想嘔血三升——枉她聰明一時，結果卻被半顆魅丹給玩死了。正當輕鳳懊惱得滿床打滾時，她忽然瞥見身旁的飛鸞因為要侍寢而惶惶不安，不由眼珠一轉，計上心來。

「嘿，我說，皇帝既然已經被我們給吸引啦，那麼計畫就可以展開了！」

「計畫？什麼計畫？」飛鸞吸吸鼻子，對輕鳳顛三倒四的計畫依舊一頭霧水：「我們來之前定計畫了嗎？」

「我們當然有計畫啊！」輕鳳彷彿恨鐵不成鋼似的，伸手揉了揉飛鸞的榆木腦袋，「按照原計畫，皇帝由我來解決，妳去找那個小道士李玉溪嘛。」

她刻意忽略掉李涵欽點飛鸞侍寢的事實，而飛鸞也完全沉浸在可以逃避侍寢的喜悅裡，開心地睜大雙眼，眨巴著問輕鳳：「那我怎麼去找那位李公子呢？」

「玉佩，玉佩！」輕鳳示意飛鸞拿出那枚白蓮花玉佩，得意洋洋地笑道：「有了它你還怕找不到那個李公子嗎？妳瞧，我英明吧！」

「嗯，」飛鸞點點頭，隨即紅著臉瞥了輕鳳一眼：「那這麼說，明天就要妳去侍寢咯？」

「咳咳……」輕鳳一口陽羨茶活生生嗆進肺裡，不禁面色猙獰地用力捶了捶胸口，「嗯，嗯，這個妳不用擔心啦……實在萬不得已時，也只有靠我上了……」

飛鸞立刻雙眸盈盈閃光，無限膜拜地望著輕鳳感激道：「姐姐，妳真好……」

她才不好！輕鳳在心裡嘀咕道，只是人定勝天、鼬定勝丹，她認準了李涵就一定要堅持到底，就不信她會輸給區區半顆魅丹！

翌日三月初四，宜行車、行舟、行房，一大早黃輕鳳便笑咪咪地將飛鸞從床榻上拽起來，開始細心替她打扮。她先幫飛鸞梳了個黃花大閨女的雙螺髻，用兩把玉梳插在髮髻裡做裝飾，又在她腦門上貼了兩個水紅色的小花鈿，這一下看上去螓首蛾眉，還真像一隻傻乎乎的夏蟬。

輕鳳很滿意自己的傑作，捧著飛鸞的下頷左看右看，得意洋洋道：「這下可謂萬無一失，那傻小子不被妳迷死都不行了……」

說罷她又翻箱倒櫃，取出一件嫩黃色寬袖衫襦和一條水綠繡花鬱金裙來，再加上一條碧紗披帛，將飛鸞打扮得像根小水蔥，這才心滿意足地點點頭：「好了，現在妳可以出發了。」

飛鸞進宮後還很少穿得這樣簡約，她笑著點點頭，正打算輕裝上陣，卻忽然皺起了眉頭：「我好餓，不能吃過飯再走嗎？」

「哎呀妳還真是事多，」輕鳳趕緊從水晶盤裡撿了塊福餅塞進她嘴裡，迭聲催促：「快走吧，再遲都要過午時了！」

主要飛鸞誤事是小，她自己晚上還要去見李涵，這不還沒開始梳妝打扮嘛！

飛鸞聽了輕鳳的話，趕緊匆匆吞下福餅，戴上李玉溪給的蓮花玉佩，跑到行宮外找了個僻靜無人處，幻化成原形溜出了曲江離宮。此時已近午時，天上還零星落著點小雨，整座長安城都濕漉漉的，看上去有些陰沉灰暗。飛鸞唸了個隱字訣，隻身從修政坊一路跑到長安東市，卻哪裡找得到李玉溪的人影。

「不對呀……」她在雨中喃喃自語，抖了抖身上的雨珠，有點著急起來。最後她憑自己的靈力終於找到了玉佩的靈氣源頭，不料那卻是東市中的一家玉器鋪子。

原來輕鳳和飛鸞都以爲那白蓮花玉佩是李玉溪的貼身之物，卻不曾想它是李玉溪剛從玉坊裡買來的，放在袖中不過才短短一天，還沒焐熱呢。

飛鸞知道自己撲了個空，有點沮喪地蹲在玉坊門口向裡望了望，耷拉下了一雙耳朵。不料這時隔壁星貨鋪裡養的大黃狗竟猛然竄了出來，衝著隱身的飛鸞一陣狂叫。

飛鸞被嚇了一跳，慌忙躲進一條小巷裡變成人形，看那黃狗被主人制住後才稍稍鬆了一口氣，索性趁著沒人注意偷偷現了身。哪知現身後她才發現做人的麻煩——她出門忘記帶傘了！並且剛才自己搖頭甩掉雨珠的傻瓜行為，直接導致她現在蓬頭散髮！

「哎呀！」飛鸞慌忙把手往腦袋上摸，發現兩枚玉梳幸好都還在，只是雙螺髮髻已經鬆了，時刻都有散落的危險。

「做人真麻煩！還是趕緊回去吧……」她沮喪地咕噥了一聲，剛轉過身，卻在濛濛細雨中看見了李玉溪。

此刻他正撐著傘迎面朝飛鸞走來，神遊天外的思緒在到達玉坊的時候收回神，兩隻眼睛便恰好看見了飛鸞：「呃？胡……胡貴人？」

這一下連飛鸞都無法解釋這種奇妙的緣分了——其實這很好解釋，李玉溪又被他的全姐姐敲竹槓了唄，所以才會又光顧玉器鋪子——這一刻飛鸞只能想起輕鳳說過的那些曖昧話，因此她的桃心小臉無法遏制地紅起來，吞吞吐吐道：「嗯，是我，你，你怎麼會在這裡？」

「我是來買東西的，」李玉溪笑著伸手指了指玉坊，忽然發現飛鸞還在淋雨，不禁「啊」了一聲趕緊將傘湊過去，「妳出……門沒帶傘嗎？」

「嗯。」飛鸞躲在李玉溪的傘下羞澀地笑了笑，這時令她更加羞澀甚至羞恥的事情就發生了——她一口氣跑了半個長安城外加用法術，乍然見到彷彿白麵蒸的李玉溪，饑腸轆轆的肚子就毫不客氣地嗚叫起來，唱出咕嚕咕嚕的調子讓李玉溪聽見，直把飛鸞羞得泫然欲泣。

「哎呀妳餓了，」沒心沒肺的李玉溪就像宣告天在下雨一樣將事實大聲嚷了出來，拉起面紅耳赤的飛鸞就往北跑：「走，我帶妳去勝業坊吃蒸糕，可美味了！」

長安勝業坊的薛家蒸糕遠近有名，生意很是興隆。李玉溪和飛鸞冒著雨跑到勝業坊，還沒看見蒸糕鋪子，就已經聞見了一股甜糯糯的香氣瀰漫在雨天清冷的空氣中。

「就是這家了。」李玉溪帶著飛鸞躲進薛家蒸糕鋪的屋簷下，收攏了羅傘嘩嘩甩著雨水，站在他身旁的飛鸞已經完全被剛出籠的蒸糕吸引住，仰著臉盯住那些在騰騰白氣中亮相的蒸米糕，垂涎三尺。

「妳要切個什麼形狀的？」李玉溪一邊看著蒸糕一邊問飛鸞，等了片刻聽不到她的答案，納悶地側過臉，才發現飛鸞早已專注得進入了忘我狀態。李玉溪不禁笑了笑，伸手示意夥計從圓圓的蒸米糕上劃下了兩塊雪白鬆軟的糕來。

「給。」他將一塊米糕盛在箬葉裡遞給飛鸞，兩個人又走進鋪子裡點了壺紫筍茶，落座後說說笑笑吃起來。

「哎，胡……姑娘，妳是怎麼從那裡出來的？」李玉溪小心翼翼地左右張望了一下，將臉半藏在蒸糕後面，忐忑不安地問飛鸞。

飛鸞抬頭靜靜望了他一眼，又低頭看了看自己手中的蒸糕，跟著將長三角形的蒸糕咬掉一個

尖，捧在手裡撥弄了一下糕面上的黑豆蜜棗紅綠絲，將蒸糕遞到了李玉溪面前：「看，像你。」

李玉溪忍不住噗哧一聲，放下茶杯咳了咳：「哎，我在說正經的呢……那，胡姑娘，妳原籍是哪裡人？」

飛鸞剛想說驪山，話到嘴邊留了個心眼，用假冒的籍貫回答了他：「浙東。」

「浙東？」李玉溪聞言立刻高興起來，恭維道：「浙東好啊，小時候我跟著父親在浙東住過幾年，那時候他在浙東幕府任職，我到現在還忘不了那裡的山水……不過，聽妳說話倒不帶浙東口音呢。」

飛鸞壓根兒沒到過眞正的浙東，因此她答不上話，只得一邊靜靜吞著蒸糕，一邊望著蒸糕鋪外迷濛的雨霧出神。

李玉溪俊臉一紅，悻悻低頭咬了一口蒸糕，兩人之間的氣氛頓時便有點尷尬，這時反倒換飛鸞先開了口：「李公子，爲什麼你不眞的去做道士呢？」

「呃？」李玉溪被飛鸞的問題給難住了，他壓根兒就沒考慮過要當道士，難道這還要羅列理由嗎：「嗯……我還年輕，家裡人要我參加科舉呢。入道雖好，卻終歸太消極了，暫時不是我的志向。」

他的話令飛鸞多少有點沮喪：「哦，原來是這樣。那天你打扮成道士入宮，我還以爲你想出家做道士呢。不過，你若是願意做道士，那該多好啊……」

「這我還眞沒想過呢，」李玉溪被飛鸞殷切的希望給弄糊塗了，他低下頭，紅著臉交代：

「其實我來長安是準備科舉的，只不過，現在時常住在華陽觀裡。」

「住在華陽觀裡？爲什麼呀？」飛鸞無意間多問了一句，就害得李玉溪支吾個不停。他斜著眼睛偷瞧飛鸞，看著她一派天眞燦爛的笑容，就死活也不好意思告訴她自己心儀華陽觀的全道士。

「哎，雨停了，天也不早了，不如我們回東市吧？我還有東西要買。」李玉溪掏出一只精美的繡花錦囊來，從中摸出一串錢，拆了十個銅板付給夥計。他爽快而瀟灑地付錢動作若是被輕鳳看見了，一定會得她讚許有加，只可惜我們傻乎乎的飛鸞只覺得不好意思，倒是好幾個在店中吃茶避雨的客人，這時候紛紛向李玉溪投來複雜的目光。

飛鸞一路跟著李玉溪走出蒸糕鋪，此時長安細雨初停，兩個人並肩走在濕漉漉的街道上。未有功名加身的李玉溪按律穿著素白的衣袍，與嬌小玲瓏的飛鸞並立在一起，一對妖童媛女恰如玉樹瓊花一般，煞是引人注目。

長安東市在雨停之後更加熱鬧起來，街上行人熙熙攘攘，李玉溪很是體貼地讓飛鸞靠著街邊走，藉以避讓紛亂的車水馬龍，而他自己則不時與路人擦肩而過，偶爾還會有人不小心撞上他的肩，打斷他與飛鸞愉快的閒聊。

這般馬大哈的少爺做派果然很快就給李玉溪帶來了麻煩，沒過多久就見他忽然大驚失色地一拍腰間，高聲嚷嚷道：「哎呀，我的錢袋呢？！」

「啊？你丟東西了嗎？」飛鸞的臉立刻也跟著開始發白——她因爲丟三落四沒少被輕鳳數落

過，此刻感同身受，也替李玉溪萬分緊張。

「都是我太糊塗了，走路從來都不留神，」李玉溪一想到回去以後又要挨全臻穎的罵，內心就十分沮喪，苦著臉深深自責：「哎，這已經是今年丟的第幾個錢袋了？」

而今年才過了三個月，李玉溪公子果然是個不折不扣的敗家子。

飛鸞認爲李玉溪是同自己在一起才弄丟了錢袋，不禁暗暗內疚，吞吞吐吐地問：「錢袋丟了可怎麼辦？你不是還要買什麼東西的嗎？」

「嗯，我還要去玉坊裡買把玉梳的，這下可糟了……」李玉溪垮下肩，想著今晚納不了全姐姐的貢，腦袋上又要吃她的栗暴，兩眼便痛並快樂地發起直來。

飛鸞一聽他要買的是玉梳，便伸手摸上腦袋，摘了一枚梳子下來：「這個給你。」

「這？」李玉溪吃驚地看著躺在自己手心裡的玉梳，再不長眼都知道這是宮中御用的寶物，慌忙拒絕：「這，這可使不得！胡姑娘妳……」

「不要緊的，」飛鸞指指自己的髮髻，笑著對李玉溪道：「我還有一枚，正好我們一人一個……」

說罷她的臉不由自主地紅起來，因爲又想到了輕鳳說的那些譫語，慌忙低下頭將藏在懷中的玉佩拿出來給李玉溪看：「上次你給了我這個，所以這次你一定要收下我的……」

李玉溪還待說什麼，飛鸞卻忽然覺得羞不可遏，她的臉頰一陣發燒，連身子都彷彿變得又酥又輕起來。這使她不禁感到一陣慌亂和恐懼，她不由分說地背轉過身去，在喧鬧的街市中輕輕向李玉溪告了一聲辭，便輕快地竄進了紛紛人群之中，像一隻撇波而去的小鯉魚一樣，再也覓不見蹤影。

這一廂輕鳳在曲江離宮中沐浴淨身、塗脂抹粉，自是不在話下。

但見她身穿一件楊柳色金縷鸞鳳披衫，腰上繫著絳紅金泥簇蝶石榴裙，雙肩又籠著一條天青色敷金彩輕容紗披帛，整個人看上去金光閃閃花團錦簇，直教四方觀眾們都頭暈眼花。

末了她又戴上瓔珞輕金冠子，往髮髻上斜插了一把鏤花玉梳，這才胸有成竹地搖著團扇前去面聖。

此刻文宗李涵正在自己的宮殿裡批閱奏章，他記得自己欽點了紫蘭殿中的胡美人今夜侍寢，因此在臨近傍晚時多少就有點分神。終於他放下了手中的奏章，不自覺地抬頭望著殿外簷上不住滴落的雨水，有些期待又有些失神。

不光是因爲昨日那場令人目眩神迷的歌舞，在他心裡，還藏著某個夜晚自雨亭畔那一雙靈動的黑眼睛，還有伊人離去前輕輕丟下的三個字——紫蘭殿。

也許她的眞面目就是那面如芙蓉的胡美人了吧？否則何以自己兩次見到她的臉，都會在一瞬間生出一種強烈到令人羞愧的悸動？至於爲何昨日在驚豔之外，他會遺憾她的眼睛看上去遠不如那一夜俏皮生動，李涵對此卻無法作出合理的解釋。

也許是因爲每一處容貌都太精采，反倒分散了她眼眸中的生命力吧？

正在李涵神遊天外之際，內侍王福荃悄聲進殿向他稟告：「陛下，胡美人已在殿外候命，隨時聽候陛下宣召。」

李涵聞言雙目一怔，不覺失笑：「現在似乎有點早啊？」

王內侍跪在地上弓著身，汗如雨下：「陛下所言甚是，卑職也覺得有點早……」

但架不住某人胡攪蠻纏，急著把生米做成熟飯啊！

「好了，你且平身吧，」李涵看著王內侍戰戰兢兢的模樣，放下手中的奏章，並不打算在今天爲難任何人：「宣她進來。」

「卑職遵旨。」王內侍領旨後大大鬆了一口氣，趕緊起身去殿外安撫那隻活鬧鬼。

李涵望著他如釋重負的背影笑了笑，繼續拿起下一份奏章讀起來。須臾，但聽一陣釵環輕響，跟著一股似曾相識的龍腦香味便縈繞鼻端，李涵微微怔忡，抬起頭看著那進殿的美人被宮女簇擁著穿過水晶簾，高舉紈扇停在自己面前，只讓他看見她那包裹著綾羅綢緞的曼妙體態。

「臣妾參見陛下。」美人有模有樣地對李涵行了個大禮，卻依舊用紈扇遮住了自己的臉。

天生麗質的人總比別人更有資格矯情，李涵對她刻意賣這樣的關子並不生氣，反倒興味盎然地問：「美人，爲何要用扇子遮住臉呢？」

「臣妾蒲柳陋質，今日能得陛下眷顧，不勝惶恐，恐言行無狀被他人見笑，故而以扇遮羞。」輕鳳捏著嗓子說完，在扇下吐著舌頭做了個鬼臉——開玩笑，今日她李代桃僵，不遮遮掩掩豈不露餡？

李涵聽出她的客氣話裡全無半點懼意，寬厚地笑了笑，特意爲輕鳳摒退左右：「好了，現在殿中已無閒雜人等，妳且放下扇子吧。」

不料輕鳳依舊沒有聽話，她只將扇子往下移了移，露出兩隻圓圓的眼睛望著李涵，繼續捏著嗓子甜甜笑道：「陛下，按照大唐的婚禮規矩，新婦第一次與夫君見面，都要討一首『卻扇詩』才能拿下扇子的，陛下也爲臣妾作一首『卻扇詩』可好？」

「卻扇詩？」李涵不確信地重複了一遍，卻在看見美人那雙調皮的黑眼珠時，心中一動。

「是，求陛下賜詩。」輕鳳觀察著李涵的反應，發現他望著自己的眼睛不但沒有怒氣，反倒含著笑意，不禁心下一陣竊喜。嗯嗯嗯，就要這樣一步一步來，最好先和李涵稍微培養點感情，也免得他等下發現自己是冒牌貨時大發雷霆——畢竟她現在犯的可是欺君之罪哪！

「好，妳且聽著，」李涵寵溺一笑，徐徐吟道：「殿中嬌顏發紅萼，朝來行雨降宮阿。自有雲衣五色映，何須羅扇百重遮。」

輕鳳得到李涵賜詩，又驚又喜，忙不迭地溜鬚拍馬山呼萬歲，她見李涵始終面色歡愉，覺得時機已經成熟，便緩緩將紈扇從臉上撤開：「臣妾黃輕鳳，謝陛下賜詩……」

滿懷期待的李涵先是看見了一張矯飾一新的榛子臉，跟著他認出了輕鳳，不禁愕然低喃：「竟然是妳？」

那一夜，那雙眼，竟然是妳？

「請陛下恕臣妾欺瞞之罪，」輕鳳立刻不失時機地在李涵面前跪下，哪怕死到臨頭都不忘毛遂自薦：「臣妾的妹妹臨近傍晚時忽患急症，一見風就頭疼，因此現在只能躺在帳中。臣妾怕陛下無人侍奉，這才想出這移花接木的餿主意，請陛下寬恕。」

「我豈會無人侍奉？」李涵冷冷看著輕鳳表情豐富的小臉，板著臉將她渾身上下打量了一番才道：「看來妳為侍寢準備了很久，不像是傍晚時才經歷過變故呢。」

這下輪到輕鳳傻了眼，她還想再撒謊爭辯，卻再次被李涵無情地打斷：「好了不用再說了，妳還想再給自己添上幾條欺君之罪？現在妳犯下的這些錯，都已經夠被杖斃了。」

「陛下饒命啊……」輕鳳趕緊捏起嗓子，裝作嬌滴滴梨花帶雨狀，跪在李涵膝邊乞憐：「臣妾，啊不，賤妾只是因為實在太仰慕陛下，所以才會這樣鋌而走險，如今賤妾知道錯了，求陛下饒命。」

李涵板起臉看著輕鳳滴溜亂轉的眼珠，險些忍俊不禁，他趕緊按捺住情緒，冷酷無情地對輕鳳道：「看在妳剛入宮不久，一切規矩都還不熟的份上，這一次就饒過妳。」

輕鳳一聽李涵已經打算放過自己，立刻喜不自禁地謝恩：「多謝陛下開恩！」

哪知李涵卻淺淺一笑：「不過死罪可免、活罪難逃。」

「哎？」輕鳳聽見活罪二字，頓時傻了眼：「陛下打算如何罰臣妾？」

自然是以其人之道還治其人之身，誰讓妳那夜逃遁，空留我一人。李涵眸中笑意閃爍，清了清嗓子開口：「不曉得妳知不知道，民間守寡的婦人，在夜晚是如何打發寂寞的？」

「啊？」輕鳳不明白李涵為何要提起這個，就在她納悶地想要問個清楚時，只見李涵逕自起身拔出腰刀一揮，將殿中的一幕水晶簾齊刷刷割斷。無數顆透明的水晶珠子立刻像冰雹一樣灑落，劈哩啪啦地散佈在大殿裡的每一個角落。

「好了，現在我罰妳將這些珠子一顆顆撿起來，到明天天亮前必須全部收集完，屆時我會令內侍檢查，哪怕只遺漏一顆，我也不會再輕饒妳了。」李涵說完便躺回芙蓉錦榻上繼續讀奏章，再也不肯多看輕鳳一眼，任她待在原地目瞪口呆、呆若木雞。

啊咧？李涵這是什麼意思呢？輕鳳六神無主，心亂如麻——莫非是在暗示她，今後他會讓自己守活寡嗎？

輕鳳當然知道寡婦在深夜寂寞時會往地上撒豆子，可她明明是來侍寢的呀，為什麼今夜卻是這個下場？她噘著嘴，抱著個金漆柳絲笸籮，老大不情願地坐在地上撿珠子，不時回頭偷瞄一眼批閱奏章的李涵。

就這樣從傍晚偷瞄到入夜，李涵看完奏章又讀書，殿中也陸續點起了紅蠟宮燭。初四的夜晚沒有什麼月光，輕鳳一邊蹲在昏暗的大殿角落裡撿珠子，一邊望著明燭下聚精會神讀書的李涵，終究忍不住開口搭訕，希望好歹能誘他陪自己說說話：「陛下，您看書都看了好久啦，眼睛不累嘛？要不要臣妾給您倒杯茶？」

這時榻上李涵抬起眼，好笑地瞥了一眼輕鳳諂媚的小臉，從容而閒適地又拿起一卷書：「不必了，我也不累。為人君主者，若不能初更理政、二更讀書，如何對得起江山社稷呢？」

「陛下說的眞是至理名言、至理名言……」輕鳳訕笑著打了個哈哈，偷偷翻了個白眼，繼續苦著臉撿珠子，靠著一股天生妖力，此刻她倒是不累不睏，就是無聊得令她抓狂：「陛下啊，有道是春宵一刻值千金，您召人侍寢卻還在寢殿裡讀書，那些起居郎會怎麼記您一筆呀？」

「怎麼記？當然是誇我，」李涵放下書卷，看著輕鳳蹲在地上忙來忙去，裙裾和披帛長長地拖在地上，活像一隻覓食的紅腹錦雞，嘴角不覺掛起一絲笑：「妳這麼一說倒提醒了我。我宣召侍寢的人不是妳，妳卻能躲過旁人那麼多雙眼睛，看來今夜欺瞞我的人，不光是妳一個啊？」

「呃？」輕鳳哪敢說出自己變成飛鸞的模樣，一路過關斬將地來見李涵的眞相，慌忙又捏起嗓子嬌滴滴求饒：「都是賤妾我欺上瞞下，一路用扇子掩著臉來見陛下，旁人都不知道眞相的。求陛下您就饒過他們，啊不，饒過我們吧。」

李涵故意冷笑一聲，對輕鳳道：「妳現在是泥菩薩過江，還替別人求情？我看妳還是自求多福吧。」

輕鳳苦起臉還待爭辯，這時李涵忽然揚聲將王內侍宣進殿來，嚇得輕鳳趕緊低頭裝死。萬幸李涵只是雷聲大雨點小，召了王內侍入殿只是叫了些茶水和宵夜，王內侍在俯首聽命時悄悄瞄了眼蹲在地上的「飛鸞」，昏暗中也沒認出這隻假鳳虛凰，只當她哪裡觸怒了李涵，才會蹲在那裡受罰。

眞是個傻丫頭，當天子是那麼好侍奉的嗎？

須臾，內侍們奉上紅綾餅和陽羨茶，在桌案上擺好後恭敬告退，李涵放下書對輕鳳招招手：「過來，妳餓不餓？」

輕鳳受寵若驚，連忙放下笸籮湊到李涵面前，十分誠懇地口是心非道：「賤妾不餓……不敢餓。」

實際上她爲了這一身穿戴打扮，整整一天都沒顧得上好好吃頓飯。李涵聽輕鳳這樣說，不禁笑了一聲，令輕鳳端著銅盆伺候自己洗過手，事後格外開恩地讓她也洗手吃茶食。

「這紅綾餅通常都是賞賜給進士吃的，妳嚐嚐看呢？」李涵將一塊用紅綾包裹著的餅遞給輕鳳，肚子裡壞笑著準備看輕鳳出糗。

果然輕鳳喜出望外地接過紅綾餅，山呼萬歲之後揭開餅上的紅綾子，對準那白嫩嫩晶瑩剔透的餅團大咬一口，結果一下沒咬斷那黏糊糊的紅綾餅，反倒將餅拽出一尺多長都拉不斷。李涵一下子撐不住猛地笑出聲來，輕鳳急了，咬不斷就想往外吐，這才發現自己的牙齒和上顎都已經被餅黏住，她甩甩腦袋，眼睜睜看著餅被她越甩越長，緊張得鼻尖直冒汗。

原來這紅綾餅是用糯米粉千錘百鍊舂出來的餤餅，口感極黏，輕鳳若是細心些，在揭開紅綾時發現餅上敷的一層粉霜，也就不會害得現在手足無措。李涵笑了一會兒，看著一個勁嘟噥小嘴的輕鳳，也不忍心再捉弄她了。他用筷子幫她將餅扯斷，笑道：「這餅就是用來捉弄妳這樣心急的人的，吃的時候應該先撒一點粉，像這樣。」

說罷他拈起一根小銀匙，從一旁的梅花碟中舀了些豆粉細細撒在自己的紅綾餅上，又用筷子挾下大小適中的一塊送進嘴裡。此時輕鳳嘴裡的餅還黏在上顎上，她只好繼續嘟噥著嘴巴跟餤餅較勁，眼巴巴看著李涵斯文的吃相。

紅綾餅沾了粉後仍舊很黏，李涵細嚼慢嚥，有稜有角的嘴唇潤過茶水，輕輕抿動，漫不經心偏又充滿了誘惑，看得輕鳳心裡直發癢，恨不得撲上去咬一口。

她趕緊低下頭，假裝正經地研究著梅花碟裡的各色粉末，將那五格花瓣裡的粉霜都研究了個遍。她嚐出黃的是豆粉、黑的是芝麻粉、醬紫色的是酸梅粉、赭紅色的是糖粉、綠的是茶粉，不禁高興地問：「陛下您最喜歡蘸哪一種粉呢？」

「這種。」李涵的筷子點了點黃色的豆粉。

「啊？為什麼？」輕鳳覺得奇怪，她最喜歡的是酸梅粉和糖粉。

「因為沒什麼味道。」

輕鳳被李涵的回答囧住，一時說不出什麼話來，只好與他默默對坐著吃餅喝茶。輕鳳原以為吃宵夜會是她這一晚的轉機，不料吃完宵夜後，李涵竟然又拿起了手邊的書，輕鳳看了一眼大殿裡滿地亮閃閃的水晶珠子，只好繼續哀怨地撿珠子玩。

王內侍在進殿收拾碗碟的時候，看見如此男耕女織的和諧一幕，索性又順手給李涵煮了一壺茶。到了五更天時，輕鳳終於忍不住將手中的水晶珠子往外一彈，在叮咚的輕響聲裡問李涵：「陛下，臣妾撿完珠子以後該怎麼辦？」

「哦，撿完了以後就回去吧，不用再知會我。」這時李涵讀書讀得也倦了，終於放下書卷，就在芙蓉錦榻上闔眼入睡。

輕鳳磨了磨牙，憤憤看著地上還沒撿完的水晶珠子，繼續磨蹭了好一會兒，才又輕聲喚道：

「陛下？陛下？」

李涵沒有回答她，看來是睡得熟了。輕鳳眼珠一轉，在心中默唸了一個聚字訣，就見滿殿隱隱發亮的水晶珠子，立刻像荷葉上的露水般緩緩滾動起來，滴滴瀝瀝聚攏在輕鳳的面前。她狡黠一笑，將珠子全部撿進笸籮裡，這才悄然起身撣了撣裙子。

「陛下？陛下？」輕鳳躡手躡腳湊近了李涵，在燭光下細細看著這張讓她朝思暮想了三年的臉。

他現在還不足二十，俊容卻已經有了早熟的沉穩，兩道眉斜飛入鬢，濃密的睫毛在眼下投出一層俐落的陰影，配上刀削般俊挺的鼻準，讓他在沉睡中和清醒時一樣威嚴。唉，李涵李涵，她這不會憐香惜玉的陛下喲！

輕鳳把腦袋悄悄湊過去，紅著臉嘟嘴香了一下李涵，又大著膽子伸出小巧的舌尖，將李涵嘴唇上所有叫她心動的稜角和弧線都描繪了一遍，這才做賊一般飛快地離開。

直到她輕盈的腳步聲在春夜香暖的寢殿中消失，李涵才默默地睜開雙眼，若有所思地一笑。

嗯，春宵一刻值千金，花有清香月有陰，他果然辜負了如此良夜呢。

輕鳳變作飛鸞的樣貌，在內侍和宮女的陪同下回到自己住的寢殿時，已是夜闌將盡時分。飛鸞早在傍晚就已經回來，此刻正窩在錦被中睡得香甜，輕鳳爬上榻時她感覺到臥榻沉了沉，於是迷迷糊糊地睜開眼睛，呢喃著同輕鳳打了個招呼：「妳回來啦？侍寢怎麼樣？」

輕鳳臉上笑容一僵，她鑽進被褥裡懶懶鬆了下筋骨，筋疲力盡般長吁了一口氣：「很好啊……妳呢？和那傻小子相處得怎麼樣？」

「嗯，說了幾句話，還吃了糕……」飛鸞笑起來，因熟睡而顯得紅潤的臉龐在昏暗中發出柔嫩的光。

輕鳳轉轉眼珠子，心想這傻丫頭進展和自己差不多，遂心情大好地湊到她身邊，裹著被子吹噓：「我這一趟還真沒白跑，從昨夜到現在，我掌握了很多有用的資訊。」

「什麼資訊？」飛鸞聽見這話稍稍清醒了一些，眨著眼睛問輕鳳。

「唔，就是這皇帝如今很是勤政，不但夜夜讀書，還飲食清淡不近女色，連起居郎都會誇獎他。看來我們想讓他做個沉溺酒色的皇帝，還是任重道遠哪，一定要多加把勁才行。」輕鳳厚著臉皮回答。

「哎呀，妳可真厲害，我就不行了，」飛鸞仔細想了想，勉強搜到一條稍微有價值的情報告訴輕鳳：「我只知道李公子目前住在華陽觀，可他不想做道士呢。」

「嗯，這樣就成了，」輕鳳本就沒打算讓飛鸞做什麼大事，因而只是打了個哈欠鼓舞她：「妳好好談情說愛就行了……」

翌日輕鳳足足睡到午後才醒來，而飛鸞則早早起了床，不時對著菱鏡發呆。她想了想驪山的姥姥，又想了想李公子，忽然便想再看一眼那枚白蓮花玉佩。

她從懷中掏出玉佩放在掌心，一邊傻笑一邊摩挲了好久，直到輕鳳睜開眼發現她的動作，懶懶笑了一聲：「在想情郎哪？」

「啊？」飛鸞紅著臉回過頭，將掌心中的玉佩不自覺地攥緊了，羞赧答道：「沒……我在想他請我吃的蒸糕，眞好吃……」

輕鳳噗哧一笑，懶洋洋地下榻穿衣：「那也還是在想他，你要是不想他，會想念什麼蒸糕嗎？」

這一次飛鸞沒有否認，而是怔怔出了一會兒神，從來不識愁滋味的臉龐第一次染上了惆悵：「姐姐，妳說，要是我的任務完不成，我該怎麼辦？可要是我的任務完成了，我又該怎麼辦呢？」

輕鳳一怔，乍一聽覺得飛鸞這問題很無聊，細一想又覺得這問題很深奧，因此一時也不知該怎樣回答她：「嗯……我覺得吧，無論怎樣，我們先盡力再說……」

就在兩隻小妖各懷心事時，李涵的聖旨到了。只見王內侍捧著聖旨進殿宣讀：「宮人胡氏可封婕妤，黃氏可封才人。敕：位亞長秋，道毗內理，必資懿範，方被寵章。胡氏等佩服《禮經》，周旋法度，有柔婉之行，既表於天資，有恭儉之儀，可施於嬪則。慕班氏之辭輦，偉馮媛之當熊，思在進賢，義高前史。是用列於紫殿，冠彼後宮，俾洽彤管之榮，式侯金環之慶，欽此。胡婕妤、黃才人，趕緊謝恩吧！」

飛鸞和輕鳳當即跪地謝恩，山呼萬歲，直到王內侍離開後，才漸漸清醒過來。飛鸞知道婕妤這封號不小，不禁結結巴巴地問還在發呆的輕鳳：「姐姐，皇帝封我做婕妤呢！他爲什麼要封我做婕妤啊？」

「因爲妳昨夜侍寢有功啊……」輕鳳臉比搽了胡粉還白，勉強笑著回答她。

爲什麼會這樣，昨夜侍寢的明明就是她啊！李涵他爲什麼……他一定是故意的！輕鳳欲哭無淚，只能暗暗在心裡自我安慰：不要緊，不要緊，才人好歹也是個名分，武則天當年還做過才人呢！

「可是……」飛鸞還是覺得不對——侍寢的明明應該是輕鳳啊，難道皇帝竟認錯人了？她張張嘴還待說什麼，不料殿中竟呼啦啦衝進來一大幫道喜的人，生生將她剛到嘴邊的話打斷。

「恭喜胡婕妤！婕妤您剛進宮時，我就看見您頭頂有紅雲浮動，心裡就知道您將來必定殊貴無匹，今日果然應驗！」從大明宮紫蘭殿一路跟來的宮女腆著臉向飛鸞賀喜，可飛鸞明明曾聽見她在背後說自己和輕鳳的壞話。

「恭喜胡婕妤！昨天傍晚您去侍奉聖上，是小人領的路，路上有顆石子，還是小人幫您踢開的！婕妤您還記得吧？」一名瘦瘦小小的宦官對著飛鸞諂笑，左右手像蒼蠅一樣上下搓弄，可是飛鸞哪裡能記得？

昨天根本不是她去侍寢的好不好！

飛鸞像溺水的人一樣拚命勾頭，目光越過簇擁著她不停獻媚的人群尋找到輕鳳，嚶嚶求救：「姐姐……」

輕鳳遠遠望著被眾人包圍的飛鸞，心中先是五味雜陳，之後便漲滿了濃濃的鬱卒，只能背轉了身子向隅而泣。這向隅而泣四個字用現在的話來說，就叫「蹲在牆角裡哭」。

第四章　春宵

就在李涵慷慨冊封飛鸞和輕鳳的這一天，一大早永崇坊華陽觀的廂房裡，全臻穎趁著李玉溪熟睡之際，從他懷裡摸出了一枚玉梳來。她盯著手中樣式素雅的卷草渦紋白玉梳看了半天，終於騰出一隻手來，給了酣睡中的李玉溪一記栗暴：「冤家！快給姑奶奶我起來！」

「唔……」李玉溪捂著腦門呻吟了一聲，張開惺忪睡眼，一看見全臻穎發青的臉色和那枚雪白的玉梳，再濃的睡意也頓時消散了一大半：「這……你是怎麼找到的？」

全臻穎眼波一橫，充滿威懾地瞪了他一眼，嗔道：「你昨天不是說，錢袋丟了沒買著玉梳麼？那這枚玉梳是怎麼回事？」

李玉溪愣了愣，隨即尷尬地笑笑：「好姐姐，錢袋是真丟了，這玉梳不是我買的。」

「不是你買的？那是撿的？搶的？騙的？」全臻穎盯著支支吾吾的李玉溪，兀自冷笑，「姑奶奶我入道前，好歹也是見識過無數奇珍異寶的人。實話告訴你，這白玉梳不是什麼尋常之物，而是最上等的和田羊脂玉，除了侯府王宅，尋常難得一見，價值何止千金？你這毛頭小子平白得了此物，不是大福就是大禍！快給我從實招來！」

「呃……」全臻穎連珠炮一般的責問轟得李玉溪頭昏腦脹，他無力抵抗，只得老老實實地交代：「我可沒有坑蒙拐騙，這個是別人送的……妳還記得我同妳說過的一件事嗎？就是那次我跟妳進宮做法事，無意中撞見宮妃娘娘的事。」

「嗯，那又如何？」全臻穎先是狐疑地盯了李玉溪一眼，跟著倏然睜大雙眼，試探著小心地問：「你見到她了？這梳子是她給你的？」

李玉溪紅著臉，唯唯諾諾地承認：「我也沒想到昨天會遇見她，而且她還是一副姑娘家的打扮。」

全臻穎豔麗的臉龐變了色：「這些事爲什麼昨天你不告訴我？爲什麼不把梳子給我看？」

「我這不是想著還要還給人家嗎？」李玉溪無辜地望著全臻穎，很是認眞地回答：「我想過了，我還是不能收下這枚梳子，所以有機會一定要把這玉梳還給她。」

不料全臻穎卻不以爲然地笑了笑，反手將那玉梳斜插進了自己的髮髻。李玉溪被她的舉動嚇了一跳，慌忙抬手阻止道：「別，這樣不好啦，等我再替妳買一個……」

「呿，憑你能買什麼好的給我？再說了，你有什麼機會再見到她？」全臻穎打開他的手，笑著轉過身對著菱花鏡照了又照：「呵，你和她還眞是你來我往、忒煞情多，也不怕我惱火。」

「沒有的事。」李玉溪忍不住皺起眉頭辯白，不知爲何看著全臻穎得意的樣子，自己心裡會很不開心。

「沒有？那你倒是替我把玉佩討回來呀？」

李玉溪一怔，想起昨天飛鸞拿出玉佩給自己看時，那張在雨後的街市上顯得羞澀而動人的小臉，心就不自覺地一軟，本能地抗拒全臻穎的要求：「那又不是什麼好東西，還値得特意去討，再說了，我也不會有機會再見到她了。」

「哼，這誰知道，」全臻穎聽出他語氣中含著一絲惆悵，佛然不悅道：「她能撞見你一次，就保不齊有第二次；我倒問你，你知不知道她是怎麼跑出宮來的？」

「這我可不清楚，她只對我聊起過，她近日隨駕住在曲江離宮，因此宮禁並不嚴。」李玉溪此刻已是了無睡意，他索性穿衣下榻，一邊漱洗一邊望著全臻穎婀娜的背影問：「對了，我的行卷都已經準備妥了，什麼時候姐姐能幫我遞給公主看看？」

「急什麼，你明年才參加科舉呢，遲些再替你引薦也不遲。」全臻穎沒有回頭，只是乜斜著雙目往後瞄了一眼，氣定神閒地回答。

所謂「行卷」，就是專門爲「干謁」準備的作品集。唐代的科舉考試前，應試的舉子會將自己平素得意的詩文匯成「行卷」，投給當時在朝堂、文壇上地位顯達的名士以求賞識，從而提高自己的聲譽，這就叫做「干謁」。如果某個舉子的作品能夠獲得青睞，令那些顯貴們向主試官推薦，主試官就會在閱卷之外，再參考這位舉子平日的才學和聲譽，擇優取士。

此舉在唐時蔚然成風，時至今日仍大名鼎鼎的詩人王維當年在參加科舉前，就因爲得到了已經入道的玉眞公主的賞識和推薦，才會在當年的科舉考試中順利一舉奪魁。

李玉溪走的，也不過就是一條尋常路。他如今既有求於全臻穎，也就不便再說什麼，即使聽出她語氣中的敷衍，也只是靜靜地坐在榻上看她梳妝，再沒有多說過一句。

三月天孩兒臉，眼看著這天才晴了兩日，惱人的春雨便又淅淅瀝瀝地下起來。正在曲江上泛舟的胡婕妤和黃才人窮極無聊，同時抬起頭望著灰濛濛的天空，歎了一口氣。

「那個楊賢妃果然厲害啊，我們恐怕還沒得寵就要失寵了，」輕鳳撇了撇小嘴，忿忿道：「李涵已經連著兩天都在楊賢妃宮裡過夜了，再這樣下去，我們只怕要被塞進冷宮啦。」

「啊？」一旁的飛鸞怔怔回過神，眨著霧濛濛的黑眼睛望著輕鳳，一臉呆滯，「我們要進冷宮了？爲什麼呀？」

輕鳳聞言無奈地歎了一口氣，伸手揉揉自家小姐的腦袋，安撫她：「嗯，你就繼續這樣不識人間疾苦吧，也挺好的。妳放心，天塌下來有我撐著呢。」

飛鸞感動得剛想對輕鳳掏一番心窩子，卻又聽她揶揄：「妳這兩天魂不守舍的，盡想著妳那小情人了吧？不如今晚妳就出去會會他？」

「啊？！」飛鸞的小臉立刻漲紅，舉高了扇子遮羞：「姐姐，妳要我去華陽觀找他？可是，我好怕……」

「怕什麼？！」輕鳳聽了飛鸞沒出息的話，立刻攀在她肩頭耳語：「妳瞧，雨打芭蕉的春夜，寄住在道觀的年少書生點上了紅燭、翻開了書卷……此情此景，妳說是不是還差了點什麼？」

「啊，差了什麼？」不開竅的飛鸞依舊懵懵懂懂地問輕鳳。

「傻瓜，當然是少了一隻敲他窗戶的狐狸精啊！」輕鳳尖尖笑了一聲，拿扇子拍了一下飛鸞的肩：「快去吧，我的大小姐。」

唐時長安城的夜晚雖然實行宵禁，但因爲商業的興盛，到了文宗李涵當政的時候，務本坊西門就已經出現了夜市。而與務本坊鄰近的崇仁坊，因爲北臨皇城景風門，南有脂粉風流的平康坊，東南斜角又是東市，因此無論是來長安應試的舉子、還是其他沒有宅第的商賈旅人，都愛在崇仁坊賃屋租住，以至於崇仁坊裡晝夜喧呼，燈火不絕，京中諸坊莫可與之相比。

當飛鸞乘夜冒雨溜出曲江離宮尋找李玉溪時，她並沒有在到處黑黢黢的永崇坊華陽觀找到他。華陽觀裡的一間廂房的確有他的氣味，可是卻空無一人，飛鸞循著誦經聲去了經堂，卻也只看見幾個公主帶著一批女冠做晚課，其中並沒有李玉溪的身影。

飛鸞只好重新吸了吸鼻子，憑著那一天心中牢記住的氣味，一路順著永崇坊往北尋到了喧騰熱鬧的崇仁坊。因此當李玉溪捧著個包袱，從一家酒坊裡走到街上時，便剛好在燈火闌珊處看見了正在屋簷下躲雨的飛鸞。

「怎麼竟是妳？」他不禁笑起來，臉上浮現出一抹連自己都不曾察覺的驚喜，「又沒帶傘嗎？」

「我……」飛鸞一時也不知該說什麼才好，只能在屋簷下眼巴巴望著李玉溪。此刻他穿著一身素白的布襴袍，身上帶著點薄薄的酒氣，混著他腰間的蘇合香囊味，聞上去香甜而醉人。飛鸞緊張地咬住雙唇，就這樣望著他立在街邊銜著自己笑，哪還說得出什麼話來。

「哎，別盡站在這兒，」李玉溪回頭瞥了眼酒坊裡熱烘烘的燈火，揚起手上的包袱對飛鸞笑道：「今天我有喜事，走，我請妳去將軍樓吃宵夜吧，這一次妳不餓，我可餓了。」

飛鸞立刻喜出望外地點點頭，輕快地跑到李玉溪的傘下，跟著他走進酒坊邊的一條小巷。此刻已是三更，雖然崇仁坊的夜市屢禁不止，但到底是違反了宵禁，所以兩個人都是靜悄悄地貼著牆根走，不敢停留說笑，生怕被巡夜的金吾衛發現。

飛鸞一路上和李玉溪打著傘穿過窄小幽暗的裡巷，嘴角不自禁就掛上點羞澀的微笑。將軍樓也在崇仁坊，因此不多時便走到了，只見一排黑漆漆的臨街店面中僅有這一家還在張掛著燈籠營業，使它在雨中看上去多少有點陰森鬼氣，加上來客也是鬼鬼祟祟，這正是唐時還不成熟的夜市被人稱為「鬼市」的原因。

李玉溪引著飛鸞走進將軍樓入座，替兩人各點了一份荷包飯，收了傘笑著對飛鸞介紹：「這家店的荷包飯最好吃！妳一定要嚐嚐。」

飛鸞接過店中夥計奉上的茶水，忍不住彎著眼睛笑起來：「你好像很會吃？」

「當然咯！民以食為天嘛，」李玉溪得意洋洋地掰起手指頭，對著飛鸞如數家珍：「除了上次我帶妳吃的勝業坊蒸糕，還有長興坊的畢羅、輔興坊的胡餅、頒政坊的餛飩、長樂坊的黃桂稠酒……妳要是喜歡，我都可以帶妳去吃！」

「好呀！」飛鸞不假思索地答應，興致勃勃地望著李玉溪。

這下反而輪到李玉溪不好意思了，他想到飛鸞是宮中人，以後哪有那麼多機會再見到她呢？今天這第三次相見，已經巧得令他匪夷所思了：「妳，妳怎麼又從……那裡跑出來了？」

飛鸞哪好意思說自己是專爲出來見他，紅著臉吶吶了幾聲，顧左右而言他：「剛剛你說你有喜事，是什麼喜事呢？」

「啊，是我剛剛乞到舊衣了！」李玉溪被飛鸞一問，立刻想起了自己的大喜事，趕緊將手中的氈包遞給飛鸞看：「今天我和一幫舉子宴請今年的進士，同他們喝了不少酒，就是爲了『乞舊衣』，這衣服還是我在席上作詩贏來的呢！」

「乞舊衣？」飛鸞聽不懂，睜大雙眼看著李玉溪打開氈包露出裡面的衣服，疑惑地問：「這有什麼用？」

「討個吉利罷了，」李玉溪嘿嘿笑道：「這是風俗，據說落榜的舉子討到登科進士考試時穿的衣裳，能給自己下次應試帶來福氣的。我雖然今年沒考，也討來備著。」

飛鸞點了點頭，低頭盯著那氈包中的衣服又看了一眼，雙眸中一道綠光微微閃過，接著她小聲道：「穿這件衣服的人，陽氣虛弱，命也不怎麼好。」

「呃？」李玉溪沒有聽清飛鸞的話，不禁抬起頭問：「妳說什麼？」

飛鸞沒有立刻回答他，這時候他們點的荷包飯剛好上了桌，飛鸞聞到一股濃烈的魚香味，不禁歡呼了一聲：「好香！是魚嗎？我最喜歡吃魚了！」

「是嗎？我也喜歡！」李玉溪嘿嘿一笑，見飛鸞如此高興自己也很得意，竟忘了再追問她說過什麼話。

飛鸞拍拍手，小心翼翼地揭開荷包飯上覆蓋的荷葉，只見裡面是用香米和各種魚肚肉蒸成的飯，她急忙用飯匙舀了一勺塞進嘴裡，立刻笑彎了眼睛：「好吃！」

「好吃吧！」李玉溪坐在飛鸞對面支頤看她，笑問：「你知道這將軍樓是誰開的嗎？」

飛鸞搖搖頭，嘴裡包著飯模模糊糊地問：「是誰？」

「是一位貞元年間卸甲還家的將軍，他曾說：『天下無物不堪吃，唯在火候、善均五味而已。』據說他還能拿舊的障泥做成菜，味道很不錯。」

「障泥是什麼？」飛鸞邊吃邊聽，這時疑惑地問。

「就是馬韉，放在馬鞍下的那層墊子，」李玉溪興致勃勃道：「大概是牛皮做的吧，也不知道用舊了，是個什麼味兒……」

正在胡吃海塞的飛鸞聽到李玉溪的答案，忽然覺得自己嘴裡滑溜溜的魚肉十分可疑，她又想到那些在騎手粗壯的大腿下常年摩擦的髒墊子，日曬雨淋，總是停憩著嗡嗡的馬蠅，就忍不住一陣反胃，將口中食物「哇」地一聲吐了出來。

就在輕鳳將飛鸞支出離宮的這一晚，她悄悄現出原形，潛入了李涵的寢宮。宮中伺候李涵的果然是楊賢妃，輕鳳趴在宮殿的大梁上，看著那二人憤憤磨了一會兒牙。

其實此刻李涵與楊賢妃並沒有做什麼少兒不宜的事，李涵仍舊和那日一樣在燈下批閱奏章，而楊賢妃正站在一旁笑著替他打扇。可我們的輕鳳姑娘對此仍舊很不滿意——想一想，前些天她侍寢的時候，那可是滿大殿地在撿珠子，距離李涵有多遠哪！李涵現在這行爲，完全是親小人、遠賢臣啊！

輕鳳噘著嘴轉了轉臉上的小鬍子，圓溜溜的眼珠在暗中發著光——嘖，她笑得是多麼假，腰傾得是多麼低，那軟塌塌的胸都要從領口裡淌出來了，真叫人噁心！還有李涵，他竟然還在跟她說說笑笑，看奏章看得一點也不專心，哪像那天，她一說話他就板著臉兇她！

輕鳳委屈得簡直要滴淚，小爪子在梁木上狠狠撓了兩下，豎起耳朵聽李涵和楊賢妃都在說些什麼悄悄話。嗯……什麼你叔叔我舅舅，什麼要職爵位的，好無聊……輕鳳耷拉下耳朵，看得出那楊賢妃也覺得這個話題很無聊。

果然沒過多久，就見那楊賢妃輕移蓮步，走到殿柱前撫弄著瓷瓶裡的牡丹花，回頭對李涵笑道：「陛下，您看今年這牡丹花開得真好……」

她這樣半側過身回望李涵，豐腴婀娜的身姿一波三折，嫵媚至極。趴在梁上的輕鳳看得忿忿不平，用小爪子撥了撥梁上的灰塵，故意往楊賢妃的腦袋上撒。

太虛偽啦！她這分明就是項莊舞劍、意在沛公！說什麼叫李涵看花，不過是想勾引李涵看她自己罷了！——輕鳳才不管楊賢妃是李涵的妃子，地位比自己高得多這樣的事實，主觀認定她就是想勾引自己的男人。

果然那李涵也是薄情寡義，忘了與自己在一起的那一夜，傻瓜似的入甕了：「這牡丹開得再好，又哪及得上愛妃妳半分呢？」

輕鳳立刻又在心中給李涵記上了一筆——他不但薄情寡義，還愛撒謊！

「陛下……」只聽那楊賢妃立刻陶醉般呻吟了一聲，幾個大步撲進了李涵的懷中，抬起臉非常有自知之明地對李涵進行批判：「您真會說笑……」

李涵立刻狡猾地將這句批判丟還給楊賢妃，企圖擾亂她的思路：「我說沒說笑，難道愛妃妳會不知道？」

楊賢妃果然識破了李涵陰險狡猾的眞面目，知道李涵眞的是在開玩笑，於是一邊自慚形穢地低下頭去，一邊控訴李涵：「陛下您眞壞……」

輕鳳渾身的毛已經全然豎起，紛紛表示再也看不下去了！

絕不能成全他們，這對狗男女呀狗男女！她立刻從梁上爬起來，噌噌輕竄著，從一個李涵他們看不見的角度溜下了地，趁著他們不注意時竄到了他們身後。

輕鳳蹲下身、仰著頭、眯起眼睛看著楊賢妃與李涵你儂我儂的背影，在心中冷冷笑道：哼哼，今天就要給妳個教訓，讓妳知道牡丹花不是妳能裝的、我也不是好惹的！

說著她便噘起屁股低下頭，用鼻尖挑起了楊賢妃長長的裙裾，扭著身子鑽進了她的裙下。楊賢妃的裙子很長，也有很多層，輕鳳的行動並沒有引起她的注意，因此須臾之後，當一股濃烈的鼬臭味從她的紗裙中透出來時，楊賢妃只覺得莫名其妙。

李涵唰一聲遠離芙蓉錦榻，臉色發青地連連後退，難以置信地瞪著楊賢妃道：「愛妃，妳，妳……」

你也太不矜持了！

這時楊賢妃當然也聞到了那股足以使人窒息的惡臭，她清楚自己什麼也沒做過，因此只能震驚地望著李涵：「陛下，你……」

就像後世的醫藥巨著《本草綱目》中所說：鼬狀似鼠而身長尾大，黃色帶赤，其氣極臊臭。這種臭味能使鼬在遇到侵害時足夠自衛，可見其強烈到何等地步！

當下李涵與楊賢妃皆是面目扭曲，再如膠似漆也得齊刷刷分開了。

「來人哪！」李涵抬起袖子掩住鼻子，將一直在殿外聽宣的王內侍喚了進來：「把這裡……收拾收拾。」

王內侍一進殿，還沒跪下叩拜就忙不迭嚷嚷起來：「哎呀，這殿裡怎麼衝撞了黃大仙呀……」

生活經驗豐富的王內侍一語道破了眞相，可惜在養尊處優的李涵聽來，卻認爲這是王內侍對楊賢妃無禮的諷刺，於是他七分同情三分撇清地呵斥：「閉嘴，楊賢妃只是一時不小心……」

他好心的維護在楊賢妃聽來簡直是赤裸裸的冤枉和羞辱，她瞪大了眼睛望著李涵，氣恨得簡直要掉淚——明明是陛下他自己做的事，可伴君如伴虎，天子說的話她敢反駁一個字嗎？楊賢妃只能滿腹委屈地對李涵行了一個禮，語帶哭腔道：「臣妾告退。」

「嗯，去吧，」李涵正搶著往殿外走，聽見楊賢妃羞愧得快哭，只好停下腳步安慰了一句：「今天的事，妳不要放在心上。」

這樣天大的委屈怎麼可能不放在心上，記恨你一輩子！楊賢妃紅著眼望著李涵離去的背影，在惡臭中掩鼻囁嚅了一句：「臣妾不敢。」

這廂躲在芙蓉錦榻下的黃輕鳳兀自樂得直打滾，她看見李涵和楊賢妃都走了，便也心滿意足地溜出了錦榻，準備動身找李涵去。不料太過得意忘形，當她爬過高高的門檻時，竟被正在開窗通風的王內侍給發現了。

「喲，果然是你喲黃大仙，」王內侍對著輕鳳呵呵笑起來，向她拜了拜，輕聲道：「今天你可做了件好事哪，那個楊賢妃，唉……」

黃輕鳳聽見這話扭過身子，將爪子搭在門檻上歪著腦袋，不明白王內侍爲何說出這些話——他的意思是說楊賢妃不是好人嗎？哼，那楊賢妃固然不是好人，這年頭做太監的又有幾個是好人呢？輕鳳懶得理他，逕自將尾巴一甩，一溜煙地跑開。

哦呵呵，如今李涵身邊無人，就該輪到她咯……

輕鳳得意洋洋，一路竄進了御花園，蹭著百花的露水仔仔細細洗了個澡，這才溜回自己住的宮殿裡換衣服。此時飛鸞出去見李玉溪還沒有回來，黑漆漆的宮殿中空無一人，連侍奉的宮女們也在她們的「安排」下，早早就在耳殿的通鋪上睡熟。

輕鳳瞇著眼輕輕朝半空吹了一口氣，內殿裡便倏然燈火通明，每一根紅燭的頂端都滋滋跳躍起明麗的火苗，分佈在大殿四角的鎏金博山爐裡，也同樣從鏤孔中冉冉吐出了醉人的龍腦香。

輕鳳一邊快活地輕哼著小曲，一邊在濃烈的香氣中翻開箱籠，將箱中每一件衣服都拽出來鋪在地上，一件件地挑選。

襦衫要像青煙，披帛要像霧，長裙要像花隨身，勾出一痕雪脯；既然頭髮還沒乾，索性就散於肩後，美人沐浴後的嬌慵，她肯學又豈會沒有？

「嘻嘻嘻……」輕鳳對著菱鏡發出一陣尖細的竊笑，與濕漉漉的頭髮自相矛盾的，往臉上撲了二兩胡粉，搽過胭脂後她滿意地湊上腦袋，「啵」一聲對著鏡子親了一口，這才鬥志昂揚地跑出了殿去。

殿外正是春雨細無聲，輕鳳撐開羅傘，在雨絲中吸了吸鼻子，敏銳地捕捉到了李涵的氣味。她得意地咧開嘴，小巧的銀牙在暗夜中微微閃著光，開始悄無聲息地向目標靠攏。此刻她的心情就像幼時在驪山捉小鳥，愜意又激動——天子李涵，的確是她覬覦了三年的獵物。

柳暗花明，曲徑通幽，輕鳳很快就看見了李涵——他正坐在涼亭裡，由幾名宮女伺候著對花小酌，閒適從容的排場甚是風雅。輕鳳端詳著李涵俊秀的背影，忍不住舔了舔唇，故意用柔弱的音色和恰到好處的音量，仰起臉衝著涼亭中的人「啊」了一聲，跟著飛快地用羅傘遮住半邊身子。

涼亭中的人一時全回頭看她，王內侍撥開花枝走到明處，盯著遮遮掩掩的輕鳳發問：「妳是哪座宮裡的？敢在這時驚擾聖駕，快放下傘走過來！」

輕鳳心頭暗喜，卻故意裝作戰戰兢兢的模樣，收起傘對著王內侍福了一福：「我是東內紫蘭殿的黃才人……」

「嗯，好好地妳怎麼跑這兒來了，還不趕緊去見過陛下！」王內侍對輕鳳招招手，隨即轉身向著涼亭唱禮：「紫蘭殿才人黃氏，前來拜見聖上。」

「嗯，宣。」亭中李涵聽見了王內侍的唱禮，嘴角不禁微微露出一絲笑。

輕鳳立刻乖覺地走到涼亭前，在一叢牡丹邊嫋嫋娜娜地跪下，低眉順目嬌聲道：「臣妾黃輕鳳見過陛下，陛下萬歲萬歲萬萬歲。」

「嗯，免禮平身，」李涵淡淡說完，看著輕鳳在昏暗中抬起頭望著自己笑，一雙黑眼珠靈活地轉動著，不禁心情大好：「過來吧，陪我小酌幾杯。」

「臣妾遵旨。」輕鳳忙不迭拾級走入涼亭，相當主動地從石桌上拎起酒壺，笑道：「陛下，請讓臣妾伺候您吧。」

「哦？」李涵挑眉一笑，點了點頭，吩咐左右：「既然有黃才人隨侍在側，你們就退下吧。」

輕鳳一愣，看著亭中的宮女齊聲領命退出涼亭，眨眼間便和王內侍一起消失得乾乾淨淨，一顆心不由怦怦直跳。

沒關係，人少，更好辦事！輕鳳趕緊在心底安慰自己，撫了撫手中胖乎乎的酒壺——現在不但人少，並且李涵還要喝酒，情勢實在是對她太有利了！俗話說「茶爲花博士，酒是色媒人」，搞不好今夜李涵一個色性大發，就能在涼亭裡……被她生米煮成熟飯！

輕鳳一顆春心越想越蕩漾，忍不住將懷中的酒壺又揉又摸，逗得李涵忍俊不禁：「愛妃，妳這是……在想什麼呢？」

「啊？沒想什麼，」輕鳳驀然回過神，被「愛妃」這稱呼羞得兩耳發燒，心動之餘，終究還是忍不住哀怨地問：「臣妾只是在想，陛下為什麼封臣妾為才人，卻封……封臣妾的妹妹飛鸞做婕妤呢？」

李涵望著輕鳳哀怨轉動的黑眼珠，不由笑道：「愛妃在怨我？」

「臣妾不敢，」輕鳳趕緊低下頭，給李涵斟了滿滿一杯酒：「陛下您請。」

「嗯，」李涵似乎並不急於消受美人恩，而是又點了點盤中的一盞空杯：「把這只也滿上。」

輕鳳好奇地瞄了李涵一眼，將那只酒杯也斟滿。李涵舉起手中酒杯，對輕鳳笑道：「愛妃，妳未曾侍寢就得封才人，既然沾了妳妹妹的光，就應該高高興興的才是啊。」

啊，原來李涵是不便繞過飛鸞冊封自己，才特意那樣安排的嗎？輕鳳恍然大悟，立刻高興地端起酒杯，與李涵對酌：「是臣妾愚鈍了，陛下，臣妾敬您一杯。」

李涵微笑頷首，與輕鳳碰了一杯，不動聲色地看著她將杯中美酒一口悶乾，繼而露出一副想死的表情：「咳咳咳……這是什麼酒？！」

「椒桂酒，加了花椒和肉桂。」李涵拈起酒杯淺啜了一口，細細地品：「味道辛烈，能利氣驅寒邪，是酒，也是藥。」

「可是好難喝……」輕鳳委屈地放下杯子，咂了咂嘴：「陛下總喜歡味道怪怪的東西。」

「怪嗎？」李涵輕笑一聲，低下頭，鼻間聞著輕鳳身上馥郁的龍腦香，不知為何，對眼前嬌憰怯的美人，竟又興起了逗弄的心思：「好了，愛妃現在不妨和我說說，來找我花了多少工夫？」

「哎？沒有，沒有。」輕鳳連忙笑著否認：「臣妾只是沐浴後散步，恰巧路過這裡罷了。」

說話間，涼亭中一陣冷風吹來，亭外雨絲沙沙打在花上，下得越發大了。輕鳳濕漉漉的長髮被風一吹，令她忍不住打了一個寒噤，臉頰卻反倒生起一股燥熱——偏偏就在這時，李涵竟毫無徵兆地湊近了她，伸出手挑起她的下巴，拇指在她臉頰上輕輕一劃：「哦，是嗎？原來愛妃每次沐浴後，還要搽那麼多粉嗎？」

輕鳳驚愕得瞪起雙眼，黑溜溜的眼珠失措地直打轉，一邊偷瞄著李涵的手指，一邊訕笑：「臣妾，只搽了一點點，一點點……」

「一點點？」李涵曖昧地盯了輕鳳一眼，衝她笑起來：「在後宮待了這麼多年，要是還看不穿愛妃的粉底，我做什麼皇帝？」

輕鳳的臉一下子變得滾燙，紅暈簡直要從那二兩胡粉底下透出來，不料李涵接下去卻道：「若不是妳這雙眼睛，妳這雙眼睛……」

他話到嘴邊，卻不知為什麼又停住，等得輕鳳好不心急：「陛下，您倒是繼續說呀，臣妾這雙眼睛怎麼了？」

「呵呵，好，這可是妳要我說的，」李涵放開輕鳳，一隻手支頤，一隻手拈著酒杯在石桌上輕輕地敲，彷彿心緒可以隨著這一聲聲輕響，從夜雨中回到過去：「那是在我還是皇子的時節，我和幾位皇叔住在長安東北角的十六宅裡。有一年夏天，六叔洋王養的鬥雞一隻接一隻莫名其妙地死了許多，內侍們都說這是因為宅子裡鬧了黃大仙，不過我可不在乎什麼黃大仙，只是心裡暗暗覺得高興，因爲我和六叔相處得並不好……」

輕鳳聽到此處，心頭隱隱覺得不妙，卻只能硬著頭皮聽李涵講下去。

「後來忽然有一天晚上，我聽見了六叔氣急敗壞的叫喊聲，我偷偷推開房門，結果，就在自己的院子裡看見了一隻黃大仙，」李涵說到此處，忍不住笑起來，沒有發現輕鳳古怪的臉色：「我記得那天正好是六月十六，月亮很圓很大，滿庭園就像鋪了一層銀霜，那隻黃大仙就在雪白的月光裡豎著身子，與我對著眼互望。我記得它的腦袋尖尖的，活像一枚榛子，兩隻眼睛黑亮得有趣，牠只看了我片刻，一眨眼的工夫就竄出了我的院子……我說怎麼總覺得妳這雙眼睛看得親切，若不是今天王內侍提到黃大仙，我還想不起來這件事……」

李涵一逕笑得快活，可輕鳳卻是一點也笑不出來，她簡直欲哭無淚——什麼叫萬變不離其宗？這就叫萬變不離其宗！原來她修得人形、偷食魅丹、又搽了二兩胡粉，到頭來還是像一隻黃鼠狼呀！

輕鳳滿臉沮喪，好半天不吭聲，李涵知道她還是生了自己的氣，連忙忍著笑安撫她：「哎，愛妃別生氣，據說看見黃大仙是福氣。當時內侍們都那麼說，結果那一年冬天，我就繼承了哥哥的皇位……」

話到此處，李涵卻忽然收起笑意，望著亭外迷濛的雨夜凝肅起來。輕鳳不明白李涵的情緒爲何會無端低落，只好靜靜陪他坐了一會兒，而後試探著問：「陛下，您怎麼忽然又不開心了？」

李涵深深看了輕鳳一眼，沒有直接回答她，只是望著亭外的牡丹搖了搖頭：「沒什麼，只是忽然又想起了另一些事……」

輕鳳聽李涵有心避而不談，訕訕揉了揉裙子，故意憨笑著追問：「陛下想到什麼，不妨說給臣妾聽聽呀？」做一朵解語花，可是虜獲男人心的殺手鐧！

「那些事呀，愛妃還是不要知道比較好。」李涵漫不經心地笑了笑，低頭繼續品酒，不再對輕鳳傾吐任何事。

輕鳳皺起眉毛，總覺得此刻的李涵好虛渺，就像九天上飄忽不定的柳絮，哪怕她上得天、入得地，卻獨獨抓不住他；偏偏此刻她又得裝淑女、裝賢媛，再著急都不可以抓耳撓腮，因此只好將身子坐得直板板的，動腦筋另找話題：「啊，陛下，臣妾記得第一次見到陛下的時候，您在吹蘆管呢。」

「哦？妳總算願意提起那天的事了啊，」李涵聽輕鳳主動提起這件事，心緒忽然開朗了些：「我以爲愛妃打算和我裝傻一輩子呢。」

「那天是臣妾一時慌亂，對陛下失禮了，」輕鳳瞇著眼甜甜笑道：「陛下恕罪。」

「恕妳無罪，」李涵笑道：「吹蘆管是我做皇子時偷偷學的，那天一時興起，不想卻被妳聽了去。對了，那天妳爲什麼一直拿扇子掩著臉呢？」

「因爲……因爲當時臣妾臉上正在發桃花癬，不敢給陛下看到啊！」輕鳳老臉皮厚地扯謊，繼而老臉皮厚地自薦：「陛下，您會吹蘆管，臣妾也很會吹笛子呢！」

「嗯，我聽過不少次，」李涵見她得意洋洋地賣弄，忍不住故意打擊了一句：「可惜妳笛聲雖美，曲中卻無情，到底欠缺了些。」

「呃？無情嗎？」輕鳳很不甘心，追著李涵問：「那怎樣才算有情呢？陛下您點撥點撥臣妾呀？」

懵懂處子，焉能多情？李涵目光曖昧不明地瞥了輕鳳一眼，勾起唇角壞笑：「妳要我就在這裡點撥妳嗎？」

「好呀！」輕鳳只當李涵眞的想與自己切磋曲藝，頭腦沉浸在先與李涵高山流水做知音，再琴瑟和鳴做夫妻的單純念頭裡，根本沒意識到她這隻剛出山的小妖精，已經輸給了道行深的凡人。

身爲妃嬪嬌娥，竟然完全不懂接招，這眞是，叫他如何調戲得下去？李涵決定做一次啓蒙先生，親自教導教導輕鳳，伸手挑起她腰間繫的宮絛，輕輕拂了一下佳人香腮：「此處更深露重，還是去妳殿裡吧。」

「咦？哎……哎！」輕鳳瞪大雙眼，下一刻便大驚失色：「臣妾殿宇鄙陋，實在是不敢令陛下紆尊降貴，屈就臣妾的……」狗窩！

開玩笑，自打移居曲江離宮以來，她和飛鸞只圖自在，住的地方根本一次都沒有打掃過。輕鳳一想起自己那亂七八糟的宮殿，臉皮再厚也還是燒得紅起來。

「殿宇鄙陋？紆尊降貴？」李涵打量著手足無措的輕鳳，忽然彎起一雙桃花眼，故意湊近她耳畔低聲問：「莫非愛妃是在抱怨，我平素虧待了妳嗎？」

「不，不，臣妾豈敢，」輕鳳連忙矢口否認，捂著酥麻的耳朵，抱著最後一線希望垂死掙扎：「可是陛下，臣妾的殿宇裡面，還住著胡婕妤呢……」

不料李涵聞言竟然挑眉一笑，冒出一句：「求之不得。」

「哎！」這下輕鳳徹底傻眼。

平心而論，李涵公然要求享受「齊人之福」，此舉雖然厚顏無恥，但確乎天經地義——無論三宮六院，都是天子冊封的老婆！他要睡幾個都不算宣淫。可是……他怎麼能那麼理直氣壯地就說出「求之不得」四個字啊！真是荒淫無道的大昏君！

當輕鳳苦著臉被李涵抱上龍輿，由內侍們抬往自己住的別殿時，她只能一邊在心中忿忿不平，一邊祈禱飛鸞現在已經回宮——不妥，回宮也不妥，難道她當真要與飛鸞分享男人嗎？輕鳳一想到其中蘊含的倫理悲劇，冷汗就浸透了厚厚的胡粉。

「陛下，」她顫著嗓子抬起頭，對半躺在龍輿裡假寐的李涵道：「陛下您駕臨臣妾的別殿，嗯，確實事有倉促，不如臣妾我先快走一步，去殿裡稍事準備一下啊……」

不料這時伴駕的王內侍卻笑道：「黃才人，這事兒還需要您去操心嗎？卑職我早就已經派人去了……」

不好！輕鳳大驚失色，幸好此刻她臉上的兩團紅暈是畫上去的，否則她看上去一定像個青面鬼：「啊，不行不行，我還是得去一趟！」

隨即她匆匆告了一聲罪，便跳下龍輿，拎起裙子衝進了濛濛雨幕中，急得王內侍在她身後迭聲高喊：「哎、哎，黃才人您這樣太冒失了、太沒規矩了、太欠妥了……」

龍輿中的李涵卻輕笑一聲，懶懶睜開雙眼道：「隨她去吧，你們也快一點，別落後太遠。」

「是。」王內侍立刻領命，在走動中畢恭畢敬地欠了一下身，雙眉卻始終不曾舒展——這黃才人未免太過恃寵而驕，即便聖上此刻不以為忤，可一旦埋下隱患，日後又安知在她色衰愛弛之時，不會因為今日的冒失而引來禍事呢？伴君如伴虎，即是這個道理。

可惜此時此刻，輕鳳哪有餘暇領會王內侍的苦心，她正幻化成原形疾竄進自己的別殿，一邊騰身而起吹亮大殿明燭，一邊收起鑽進宮女內侍們鼻子裡的瞌睡蟲，將它們藏進自己的尾巴；接著她風捲殘雲般將丟了一地的衣服塞進箱籠，而後自己又幻化成人形，脫掉濕衣撲進了床帳，將散亂在被褥裡的瓜皮果核連同傳國玉璽一起全部瞬移到榻下；最後她朝空中撒了一把龍腦，唸了個淨字訣……

——所謂的乾淨整潔，非不能也，是不為也。

一時殿中春風送爽、暗香怡人，輕鳳躺在難得恢復了原貌的床褥中，陶醉地半閉上眼，大大鬆了一口氣。可還沒等她回過神來，一道人影已出現在帳前，傾身籠住了她。

「呃，陛下！」輕鳳倒抽一口涼氣，瞪大眼看著雙手撐在自己身側的李涵，圓圓的眼睛裡充滿了驚慌：「陛下您……」

「噓，」李涵示意輕鳳噤聲，伸出手指滑上她的臉頰，又從她的臉頰一路流連到她曖昧微敞的襟口，輕聲促狹：「愛妃，人說牡丹俯者如愁，仰者如悅，開者如語，合者如咽。爲何愛妃你現在明明仰躺著，倒像在哭呢？」

「呃？爲，爲什麼？」輕鳳疑惑不解，結結巴巴地問。

「因爲妳的妝花了。」

輕鳳立即兩眼一瞠，臉騰地一下發起燒來。要死！顧前顧後顧左顧右，就是忘了顧自己了！她趕緊掙扎著爬起來，鑽出李涵的桎梏湊近菱鏡一照，恨不得有本事令時光倒流。

「水水水……」狼狽的輕鳳急忙找水洗臉，苦於李涵正坐在她身後看著，只好放棄妖術手忙腳亂地忙碌。

好容易將臉上糊成一團的殘妝洗乾淨，輕鳳抬頭照了照鏡子，嫌自己不夠白皙的心病立刻發作，她回過頭偷偷瞄了一眼李涵，賊手又悄悄摸向妝台上的粉盒。

「妳不會打算搽著粉入睡吧？」坐在輕鳳身後的李涵識破了她的企圖，從床榻上起身走到她面前坐下，取過她手中的粉盒看了看：「盒蓋尚未汙損，粉都快用空了，消耗挺大啊？」

輕鳳仰著臉，咧嘴訕笑：「臣妾，臣妾這不是覺得，自己臉太黃嘛……」

李涵定睛看了看輕鳳素面朝天的樣子，笑起來：「誰說的？」

族裡的灰耳姥姥說的！輕鳳憤憤地在心裡嘀咕，可哪敢把真相對李涵說，只好自己又轉頭照照鏡子：「沒誰說，我自己這麼覺得，你看鏡子裡我這麼黃……」

李涵沒好氣地嗤笑一聲：「鏡子裡當然黃，這是黃銅磨的鏡子。」

「嗄？」輕鳳立刻回頭看了看李涵，又轉頭看看鏡中的他和自己，再回頭看李涵，終於從心裡參照出自己的膚色，的確不算太黃！

嗚呼，萬歲！下次搽一兩胡粉就可以啦！輕鳳大喜過望，嘿嘿傻笑了兩聲。

這一廂李涵依舊拈著粉盒端詳她，過了一會兒才開口：「妳既然喜歡搽粉，下次我讓內府局給妳送些好的。」

「啊？」輕鳳一愣，旋即一笑百花開：「謝陛下隆恩！」

「嗯，還有，妳的妝不適合妳的臉，」李涵說罷從妝台上取過胭脂盒，食指挑出些胭脂在輕鳳臉上實地演示：「妳的臉尖，不該再畫斜紅妝，腮上胭脂也不該抹得太低，花靨點在唇角邊最好……」

「咦，是嗎？」輕鳳心裡有些狐疑，不免帶著點醋味地對李涵強調：「臣妾我可是照著楊賢妃的打扮學的……」

你不是最喜歡她嘛！

李涵聽了輕鳳用的理由，再一次沒好氣地點醒她：「妳也不想想，團扇的花樣硬擠到鞋尖上，能好看嗎？」

「那還不是因爲陛下喜歡楊賢妃那樣的，否則臣妾才不想當什麼團扇呢！」輕鳳嬌嗔，回頭望了望鏡中的自己，果然覺得妝容比從前生動了許多，忍不住開心地又搖頭又晃腦，衝李涵傻笑：「陛下，臣妾覺得自己一下子漂亮了許多呢，沒想到您竟然、竟然那麼厲害，連這種事都會！」

李涵望著輕鳳，慢慢地笑起來。他生著一對桃花眼，這使他無論喜怒，眼底都流動著三分笑意。輕鳳就像一隻渾然不知死期來臨的小蟲，被黏在李涵悄然佈下的纏綿蛛網上，再也動彈不得。

「如果有必要，我能做到許多事……」李涵垂眸、傾身，雙唇貼近輕鳳，在她耳邊低喃：「比如——這世間最完美的情人。」語畢，他如收網的獵手，將眼前人似蜜糖捏就的嬌軀鎖入懷中，以吻封緘她脫口而出的驚呼。

一切都像暴風驟雨那樣快！輕鳳只感覺自己猛一下被拋上浪尖，在情潮的席捲中連眼睛都無法睜開。她忘了自己是怎樣抱著李涵被沖刷到疊疊浪花般的床褥上，就好像他是自己的一塊浮木，只有時時攀著他、刻刻摟緊他，才能在他的施捨中得到一點呼吸，而後暈眩的漣漪百花齊放……

輕鳳恍惚中感覺到自己的襦衫正從肩頭褪下，李涵的手正滑下她的腰……而此刻已經被她忘得一乾二淨的飛鸞的聲音，正從天邊傳來、瞬間趨近：「姐姐，我回來啦，妳猜我今天吃了什麼？我……姐姐？！」

這一刻，輕鳳覷著眼睛咂了咂嘴，彷彿又回到從前做壞事被抓現行時的狼狽，只想在自家大小姐那魂飛魄散的目光下，閉起眼睛裝死。倒是伏在她身上的李涵面不改色、氣定神閒地回過頭，翻了個身躺在錦褥上，衝飛鸞懶懶一笑：「嗯，胡婕妤，妳剛剛說，妳吃了什麼？」

飛鸞兩眼一瞪，做賊心虛，認定此刻必須撒謊，於是她腦中靈光一閃，冒出了一個最本能的答案：「田鼠。」

這可不能怪飛鸞，從小她應付灰耳姥姥的盤問時，都是用這個答案來應付的，一切都是習慣成本能而已。只有輕鳳對她的答案露出一副痛不欲生的表情，恨不能撲上去掐住她的臉蛋，拉扯搖晃一番；而躺在她身邊的李涵卻是不明所以，疑惑地望著飛鸞又問了一遍：「妳說妳吃了什麼？」

「甜薯，她說她吃的是甜薯，」輕鳳趕緊嘿嘿笑著幫飛鸞打圓場，用記憶中的某種食物來搪塞李涵：「這是我們家鄉的一種果子，生在土裡的。」

「甜薯？」李涵想了一想，竟然向輕鳳她們求證：「喔，妳們說的是甘薯吧？晉代嵇含曾在《南方草木狀》裡記載過：『甘薯皮紫而肉白，蒸鬻食之，味如薯蕷，性不甚冷。』說的是不是這個？」

「沒錯沒錯，就是這個，陛下您眞是太睿智了！」輕鳳忙不迭地點頭——當年黑耳姥姥的表姨從南海郡來驪山探親，對她們炫耀的就是這個！

輕鳳和飛鸞同時大大鬆了一口氣，不料李涵居然不依不饒，逕自又問：「胡婕妤，這甘薯既然是南方的物產，妳剛剛是怎麼吃到的？」

飛鸞再度傻眼，伸出一隻手指向殿外，舌頭繞了半天才吞吞吐吐道：「嗯……剛剛我在御花園裡散步，忽然在地裡發現了一棵甜薯藤……然後就刨出來吃了。」

這一句謊話破綻百出，李涵顯然不會相信，不過此刻他只認定飛鸞是瞞著他吃了點別的什麼，而不會再聯想到田鼠上去，輕鳳和飛鸞的危機實際上已經化解。李涵並不打算在這樣一個還算舒適的夜晚爲難飛鸞，因此只是心不在焉地笑了笑：「哦，難得胡婕妤妳有如此雅興。」

一旁輕鳳聽見二人這般對話，早已一個腦袋兩個大，偏偏飛鸞滿以爲自己已經騙住了李涵，竟憨憨地笑起來：「謝陛下誇獎，啊，臣妾忘了給陛下您請安了，請陛下恕罪……」

說罷她慌急慌忙地福下身子，行了個歪歪倒倒的禮，直到瞄見輕鳳凌亂的衣衫，臉頰才後知後覺地紅起來。唔……姐姐剛剛是在侍寢咯，不曉得她疼不疼？

「嗯，平身吧。」李涵好笑地瞄了一眼木訥的飛鸞，又瞥了一眼惶惶不安的輕鳳，心頭忽然就冒出了一個很討打的壞主意。

「胡婕妤，妳過來。」他衝飛鸞招招手，又示意輕鳳再往床榻裡面躺躺，故意支頤壞笑，慢條斯理道：「昔日舜帝有娥皇女英，今日我與胡黃二姬，正可同赴巫山，一效前賢哪……」

咩？！輕鳳大驚失色，決定無論如何都要破壞掉李涵邪惡的念頭，於是乾笑了一聲：「陛下，雖說娥皇女英是姐妹倆，那妲己和妹喜也還是姐妹倆呢……」

李涵險些忍俊不禁，故意輕咳了兩聲嚴肅地問：「黃才人，妳是在譏刺我像紂王嗎？」

「不，臣妾怎敢，」輕鳳趕緊向著李涵一拜，捏起嗓子嬌滴滴道：「臣妾以爲，二女同時進御至尊，終非禮也，這侍寢總得有個先後之序，陛下，今夜就由臣妾侍奉您吧？」

「嗯，黃才人說得甚是有理，」說這話時李涵並沒有看向輕鳳，而是凝視著傻乎乎站在榻前的飛鸞，悠然笑道：「既然今夜我已來到這裡，又同時見到胡黃二姝，明珠美玉實難取捨，這樣吧，我看也不必拘泥於先後之序了，還是按照尊卑之序來吧。」

「啊？」輕鳳和飛鸞同時發出一聲驚喘，難以置信地瞪大了眼睛。

李涵呵呵一笑，伸手牽起了飛鸞的手，將她拽進帳中：「胡婕妤，今夜就由妳來陪我，黃才人，妳先下去吧。」

轟隆隆隆隆……輕鳳五雷轟頂，一時之間忘記了所有的應對，只能視野空茫、外焦裡嫩地飄蕩出帳，昏昏沉沉對李涵行了個禮：「臣……臣妾，告……退。」

她自顧自沉浸在天雷轟轟飛雪濛濛的悲恨中，如一縷不守舍的遊魂，對飛鸞投向自己的求救眼神毫無反應，逕自搖搖晃晃地走出了內殿。這時偌大的床榻上就只剩下了李涵與飛鸞，李涵若有所思地向殿外瞥了一眼，之後調轉眼神，盯著瑟瑟發抖的飛鸞看了許久，才開口道：「將帳子放下。」

他在進殿時就摒退了所有宮女內侍，此刻只有飛鸞一個人可以聽命，因此飛鸞也知道李涵是在吩咐自己，只好哆哆嗦嗦地伸手放下了厚重的床帳。

帳中立刻光線一暗，開始靜悄悄流動起危險的氣息。李涵在暗中看著飛鸞瞪得圓溜溜的眼睛，見她目光灼亮如受驚的小獸，不禁有些好笑：「妳怕我？」

「嗯……」飛鸞不知道該如何回答李涵——怕是肯定怕的，可她不該怕，甚至作爲姥姥從驪山派來的狐妖，她此刻應該更加積極努力地把李涵「收服」才是。可是現在……除了怕侍寢的疼痛之外，她的心尖竟然又因爲另外一樣恐慌，而簌簌發起顫來。

「不怕，我不怕。」最後飛鸞直起眼睛，堅定地撒謊。

「嗯，那麼，聽說前兩天我召妳侍寢的那一晚，妳病了？」李涵閒適地半躺在柔軟的錦褥上，笑著問蜷縮在床角裡一點都不怕他的飛鸞。

「呃？」飛鸞一愣，隨即反應出李涵在問什麼，趕緊圓謊道：「啊，是啊，臣妾那天不小心生病了。」

「哦，是什麼病？」李涵關切地問。

「嗯，我，我吃魚……吃太多，肚子疼了。」飛鸞捂著肚子一本正經地回答。

「哦？」李涵聞言一笑，溫和的語氣下一刻陡然急轉，變得冷厲起來：「那麼，黃才人那天說你得了急病，見風就頭疼，是在欺君了？」

「啊？不，不……」飛鸞在李涵的質問下結巴起來，望著「怒氣沖沖」的李涵，驚慌失措。

「哼，那黃才人竟敢欺君，實在是膽大包天……」李涵見飛鸞慌張，作勢要掀帳下榻去問輕鳳的罪，飛鸞驚叫一聲，竟像隻在暗夜中張惶撲翅的飛蛾般，一頭撲在了李涵身上。

「陛下！陛下饒命，姐姐她並非故意要騙您的，都是因爲我……」飛鸞急得臉煞白，淚眼汪汪地看著李涵，生怕他去責罰輕鳳：「是我怕侍寢，姐姐才替我去的。」

被李涵逐出內殿的輕鳳此刻正躲在外殿偷聽，她豎著耳朵，將帳中二人的對話聽得一清二楚，急得直捶地。

飛鸞飛鸞——她那沒用的廢物點心大小姐呀！

「怕侍寢？」李涵當了三年多皇帝，頭一次聽說有女人怕登上他的龍床，不禁愣了一愣：「爲什麼？」

「因爲，因爲我怕疼……」飛鸞的臉紅起來，一顆腦袋低得不能再低。

李涵長眉一挑，無語地看著飛鸞青澀無辜的模樣，竟不知是該責怪還是該憐惜，索性伸出手指挑起她的下巴，再一次細細端詳她的臉。

雲鬢飄蕭綠，花顏旖旎紅，眼前的少女依舊是那般我見猶憐，也依舊令他心動。只是這一次看，依稀比從前少了點什麼——可即便再少了點什麼，她也是他冊封的御妻不是嗎？

「第一次侍寢的確會有點疼，可是，妳不該怕。」李涵輕聲對飛鸞道，修長的手指拈弄著她的鬢髮。

隨著李涵輕柔的動作，飛鸞只覺得渾身的寒毛都豎立了起來，似乎下一刻自己就會忍不住變回原形，飛快地竄出床帳。她開始篩糠般發抖，雙隻眼睛漸漸閃出異樣的光，聽覺也變得無比靈敏——她聽見輕鳳正在殿外焦急地呼喚：「傻丫頭！別讓他叫妳侍寢！」

「我知道，可是我不知道該怎麼做……」飛鸞委屈地回答輕鳳，不知不覺將話說出了聲。

帳中李涵和殿外輕鳳同時聽見了飛鸞的話，不約而同地一愣。片刻之後，李涵曖昧不明地笑起來，輕輕咳了一聲：「妳不知道這些很正常，我也不會爲了一己之歡而爲難妳。不過妳也得儘快學習，我會派內教坊的女官來教妳，在妳準備好之前，我不會強迫妳……我知道凡事被人強迫的感覺，那很痛苦。」

他說完便放開手，斜倚著枕褥，想到自己即使身為九五之尊，又何嘗不是活在某些人的脅迫之下，心緒就難免低落。

哪知飛鸞還在等著殿外的輕鳳下指示，她靜靜側耳聽了一會兒，發現聽不到輕鳳的聲音，不禁開口問道：「妳怎麼不說話了？妳說話呀，我等著呢。」

這兩隻小妖雖然耳朵靈敏，但妖術尚淺，因而還做不到隔空用心語交談。飛鸞又急著等輕鳳的指點，因此忍不住冒險與她說話，只是隱去了輕鳳的名字。

這一問又同時把帳中的李涵和殿外的輕鳳給震驚了。李涵斜倚著枕褥的姿勢冷不防滑了一下，跟著他怔了怔，遲疑地開口問：「妳在等什麼？」

這時殿外的輕鳳已領會精神，再度開口：「妳是在和我說話吧？我跟妳說，絕不能讓他對妳做那種事啊！快跟他說妳不要！」

「妳不要，」飛鸞立刻脫口而出，忽然發現不對，趕緊囁嚅著改口：「不，是我不要……」

「哦？」李涵狐疑地盯了飛鸞一眼，覺得她斜視著殿外與自己說話的姿勢十分古怪，卻仍是耐著性子問：「那妳想怎樣呢？」

殿外輕鳳當機立斷地下令：「快，跟他說妳要下棋，不如大家一起下棋吧，這樣還可以把我叫進來作陪。」

飛鸞立刻依言行事，皮笑肉不笑地對李涵輕聲道：「陛下，臣妾想下棋，不如我們一起下盤棋吧？我們還可以把黃才人叫進來，大家一起熱熱鬧鬧地玩啊？」

「熱熱鬧鬧地下棋玩嗎？」李涵情不自禁笑出了聲，坐起身湊到飛鸞面前揶揄她：「胡婕好，春宵本已苦短，還要被妳用來做這些消磨時間的事，不是太浪費了嗎？」

一時間飛鸞被李涵逗得啞口無言，殿外的輕鳳忍無可忍，終於放出了自己的法寶瞌睡蟲。飛鸞原本正手足無措，就看見神采奕奕的李涵忽然閉上雙眼，竟在自己面前沉沉入睡，而她的大救星輕鳳則三步併作兩步地衝進了床榻。

「姐姐妳眞是太聰明了！我都沒想到可以用瞌睡蟲的！」化險爲夷的飛鸞興高采烈，抓住輕鳳的裙角好一陣撒嬌，「剛剛可嚇死我了！」

「是妳笨！」輕鳳瞪了飛鸞一眼，伸指彈了一下她的腦門：「回來時也不仔細看看，殿外的龍輿，還有那麼多宮女內侍，統統都是擺設嗎？還沒進門就閉著眼睛瞎喊，結果撞破了我的……」

撞破了我的好事！

飛鸞委屈地揉揉腦袋，嘟著嘴道：「我沒想到皇帝會來我們這裡過夜嘛。對不起嘛姐姐，都是我不好，不然今夜我們的任務就能有進展了。」

「就是啊！」輕鳳順口應道，低頭看了看李涵沉靜的睡顏，實在是心有不甘——可惡，剛才明明已經乾柴烈火，就只差那麼一點點了！

「那現在我們該怎麼辦？就這樣讓他一直睡到天亮嗎？」飛鸞悄聲問。

「不，他那麼聰明，可不容易打發。」輕鳳搖搖頭，對飛鸞道：「若是就這樣讓他睡著，明天他一早醒來，定然要疑心自己爲何會突然睡著。」

「那我們該怎麼辦？」飛鸞沒有主意，急得直咬衣袖。

輕鳳眼珠一轉，計從心來，附在飛鸞耳邊道：「我倒有一個主意，只是下面妳得聽我的，如此這般……」

第五章　獻舞

李涵再度醒來的時候，就看見飛鸞正乖巧地趴在自己身邊，嬌柔地撫著他的胸口問：「陛下，您怎麼忽然睡著了？是不是白天太辛苦了？」

李涵雙眉一蹙，悶哼了一聲半坐起身，伸手撫了撫自己的額頭，輕歎：「嗯，大概吧……」他也很奇怪自己爲何會忽然睡著，並且竟睡得那樣穩、那樣沉。

飛鸞又笑了一笑，水汪汪的眼睛在昏暗中閃爍如星：「陛下，您既然這麼累，不如就躺下好好歇一歇吧，如果您覺得無聊，臣妾給您講個故事好不好？」

李涵雙眸一瞥，看著飛鸞人畜無害的笑臉，不由舒適地躺回錦褥，和煦笑道：「好吧。」

飛鸞趕緊坐起身來，高興地幫李涵寬去外衣，又喊來宮女替李涵淨了手臉，自己在漱洗完畢後躺回他身邊，這才緩緩講道：「當年臣妾還沒進宮的時候，有一天臣妾獨自出了趟遠門，走到了一片荒涼的山嶺中。到了傍晚臣妾肚子餓了，就走啊走啊，走到了一片墳堆裡……」

「妳肚子餓了，爲何要走到墳堆裡？」一旁李涵驚悚問道。

「啊，陛下，這您就有所不知了，墳堆裡空穴多，會有兔子和……」飛鸞驚覺不對，趕緊改口：「當然，更重要的是，有了墳堆，就離村莊不遠了啊，臣妾就可以找戶人家討口飯吃了。」

「可妳一個姑娘家，怎麼沒事一個人跑那麼遠？不怕危險嗎？」李涵忍不住又問。

「呃……還好啦，小心點躲著人走，不會有什麼危險的。」飛鸞笑著回答，李涵想了想，認爲她說的是專門躲避坑蒙拐騙的壞人，覺得也對，便繼續往下聽。

「然後臣妾就在墳堆裡找……嗯，找路。正走著走著，忽然臣妾的腳就被什麼硬邦邦的東西給絆了一跤，把臣妾摔得可疼了！臣妾揉著膝蓋爬起來一看，發現絆倒臣妾的，竟然是一具人的骸骨。」飛鸞說到這裡，抬起眼偷偷瞄了李涵一眼，想看看他有沒有睡著，不料李涵的一雙眼睛在昏暗的帳中炯炯有神，竟然毫無睡意。

奇怪呀，飛鸞心道，這一段她小時候離家出走時發生的故事，每回說給輕鳳聽，沒幾句她都要無聊到睡著，怎麼這一次反倒不靈了？飛鸞想不通，只好一邊納悶著，一邊繼續給李涵說下去：「臣妾有些生氣地踢了踢那具骸骨，罵他道：『眞討厭，怎麼別人都知道要睡在棺材裡，你偏偏要睡在外面？』」

李涵聽到這裡，忍不住聲音怪怪地打斷她：「妳怎麼還顧得上說這些？妳不怕？」

「啊？死人骨頭有什麼好怕的？」飛鸞憨憨反問——她們在驪山的狐族巢穴，本身就是一座極大極大的古塚呢，還有許多小一些的巢穴，裡面層層疊疊堆了許多人的骸骨，還有馬、牛、狗的骸骨，這些都沒什麼呀？

因此在飛鸞眼中看來，李涵實在是有點大驚小怪，他甚至還問她：「那時妳有多大？」

「嗯……」飛鸞咬著唇在心裡換算了一下，回答道：「大概七歲吧。」

李涵聞言嘴角抽了抽，認定飛鸞顯然是在胡編亂造，反而釋然道：「嗯，妳繼續往下說吧。」

飛鸞欣然從命，換了個姿勢側躺著，繼續往下講：「不料臣妾我剛剛說完，那具骸骨竟然對我說話了……」

哈，果然是在胡編亂造吧！李涵臉上一副「果然不出我意料」的表情，心想大概這胡婕妤小時候，還讀過一點《莊子》。

「就聽那骸骨對臣妾說道：『狐……姑娘啊，不是我自己想躺在這兒啊，我原本也是這村莊的富戶，生前家有良田千頃，死後也曾風風光光地大葬。只是沒想到，我死後村裡鬧了一場瘟疫，村成了空村，這裡也成了一片荒塚。也不知是哪隻野狗把我從墳中拖了出來，使我暴屍荒野、風吹日曬。胡姑娘，我苦啊，求您大發慈悲幫幫忙，把我送還進棺材中去吧！』，臣妾當時想了想，覺得既然無事，那就幫幫他好咯，因此便將他的頭骨摘了下來，捧在手裡叫他替臣妾引路。」

飛鸞說到這裡又抬頭瞄了一眼李涵，發現他不僅雙目有神沒有睡著，兩道眉毛還緊緊蹙在一起，聽得十分用心。這一下連飛鸞都禁不住有些感動了——這故事再往後連她自己都沒說過了，因爲至今還沒有誰願意再往下聽過。

「臣妾順著那頭骨的指點找到了那人的棺材，不料那棺材裡面已經睡了兩具骸骨，地方都已經被佔滿了。臣妾手中的頭骨一看見棺中那兩具摟在一起的骸骨，立刻大喊大叫起來：『姦夫淫婦！不得好死的姦夫淫婦！姓王的！就是你把我從棺材裡拖出去的吧？！還折斷了我的手腳，讓我都沒法爬回來，你這隻野狗！』他罵得可大聲了，圓圓的頭骨在臣妾手中震個不停，險些讓臣妾抓不住。

「這時那棺中的一具骸骨竟也開口說話了，對那頭骨道：『沒錯姓林的，就是我將你拖出去的，你不配與瓊芳合葬！生前你暗暗毒死我，又強娶了瓊芳，還打她罵她，你根本不配與她做夫妻！今天就算你找來狐……姑娘幫忙，我也不怕你！』那姓王的骸骨罵完後，被他摟在懷裡的骸骨竟忽然也抬起頭來罵道：『沒錯，姓林的，我生前不願與你同衾，死後也不會與你同穴，你趁早絕了這個念吧！』

「這下臣妾手中的頭骨聽了可氣壞了，就聽他繼續大罵，罵得越來越難聽。臣妾聽得煩，又覺得他太重，所以到最後乾脆將那頭骨一扔，繼續捉兔子……啊不，找人家去了。」

飛鸞終於將整個故事說完，抬起頭來一看，發現李涵已經閉上眼睛，不禁高興道：「啊，他總算睡著了！」

「當然睡著了，」這時帳外的輕鳳開了口，鑽進帳子面色古怪道：「這麼無聊的故事加上我的瞌睡蟲，聽了都能睡不著，眞是奇怪。還好我又加了幾隻瞌睡蟲，不怕他不就範。」

「這樣他明天一醒，就會以爲自己是聽故事聽睡著的啦，這樣我也不用侍寢了，眞好！」飛鸞忍不住輕輕拍了拍手掌，與輕鳳打商量：「以後碰到侍寢咱們都這麼辦吧，好不好？」

「嗤，傻丫頭，這一次兩次還行，多了他能不起疑心嗎？」輕鳳沒好氣地揉了揉飛鸞的腦袋，笑著讚許她：「原來妳這故事後半段不錯，只是前面太慢熱了，害我從前都沒聽下去，以後注意改進哈……」

就在輕鳳發愁第二天李涵醒來，自己和飛鸞應該如何與他周旋的時候，一件猝然而至的大事打亂了她們的陣腳，也使李涵無暇再顧及飛鸞和輕鳳這兩個古怪的丫頭。

——王德妃生娃娃了。

黎明前，當沉睡的李涵被內侍們匆匆叫醒，火速趕往王德妃所住的別殿時，輕鳳與飛鸞面面相覷，冒出一聲：「嗄，不是小產嗎？」

前兩天嚷著被妖氣衝撞，簡直要小產的人，不正是王德妃嗎？竟然說生就生了！

「噓，聽說是早產，不是小產，已經七個月了呢。」飛鸞示意輕鳳小聲，一邊豎起耳朵聽殿外的宮女們議論紛紛，一邊對輕鳳道：「她們說才七個月，這孩子生下來也不見得能活，姐姐妳覺得呢？」

「嗯，也未必，」輕鳳摸摸飛鸞的腦袋，很是慈愛地對她說：「妳也是不足月生的，喝了我娘的奶，現在不照樣活得好好的！」

就是有時候腦袋不大靈光罷了。

飛鸞非常幸福地朝輕鳳咧嘴笑，以示自己對她的話十分認同。

兩隻小妖這一天哪兒都沒去，就待在殿中聽消息。三月的淫雨霏霏，一直從昨日下到今天都還沒有停，悶濕的天氣加上缺覺的睏頓，讓這兩隻都蔫蔫兒地有些沒精神。

「唉，妳還沒對我說呢，昨天妳爲什麼那麼早回來？」輕鳳賴在床上，有一搭沒一搭地和飛鸞聊起來。

「嗯，昨天李公子在崇仁坊的將軍樓裡請我吃了荷包飯，之後因爲宵禁，他沒有回華陽觀，直接就住在將軍樓的邸店裡過夜了。然後……然後我就自己回來了。」飛鸞簡單地對輕鳳說了一下自己昨晚的行蹤。

輕鳳聽了之後顯然很不滿意，一臉鄙夷地重複飛鸞的話：「然後，妳就自己回來了？」

「嗯，啊……」飛鸞揉揉裙子，檢討了半天才道：「我有仔細考慮過啊，如果讓李公子送我回來的話，不但浪費時間，完了他還要自己再走回崇仁坊去，被金吾衛發現了多危險哪。所以我還是自己跑回來，比較方便。」

輕鳳聽罷呻吟一聲，對自己這不開竅的大小姐完全無力：「我的大小姐啊……妳就沒想過，去他的屋裡坐一坐嘛？」

「天太晚啦，這樣不打擾別人休息嘛。」飛鸞憨憨笑道：「他請我吃了一頓飯，我已經很不好意思了。」

「哦，妳不好意思打擾他休息，就來打擾我！」輕鳳瞪起眼睛，捏著飛鸞的耳垂輕輕拽了拽，耳提面命道：「妳到底明不明白我的意思？我是叫妳去陪他睡，把生米做成熟飯，妳懂不懂？」

「啊？！」飛鸞瞪大眼，一瞬間面紅耳赤：「不不不，這也太快了。」

輕鳳深吸了一口氣，磨磨牙，耐下性子對飛鸞說教：「我的大小姐，妳以爲妳是誰？不速戰速決，難道還要等他三媒六聘，和妳做長久夫妻嗎？妳是狐妖，狐妖！要知道凡人的壽命短暫，老起來更快，也許還沒等妳回過味來，他就已經髮白齒髮，早沒了愛妳的心了！」

用妖精千年的壽命來結識生年不滿百的凡人，就好比面對一條湍急的河流，要從中去準確地舀出某一瓢水，所以宜早不宜遲——這也是為何那麼多人狐相戀的故事，狐狸會比凡人積極十倍的原因，並不是狐性善淫，而是實在掐不準人類的步調而已。

換作我們去和一個從生到死只有十年壽命的物種相戀，我們又該採取多快的速度呢？

飛鸞也不是不懂得這個道理，因此她不可避免地憂鬱起來，怕真的一眨眼就會錯過李玉溪的芳菲年華：「嗯，我，我明白了……下次吧，下次……」

就在兩隻小妖說悄悄話的時候，殿外忽然又響起一陣竊竊私語的騷動，飛鸞和輕鳳立即豎起耳朵，將這些「竊竊私語」一字不落地聽進了耳朵。

「王德妃那個孩子怕是保不住，可惜了，是個男孩……」

「對啊，聽說聖上的臉色很不好，看來這次真是傷心透了。哼，不過倒是稱了楊賢妃的心了……」

宮女們口中一提到李涵在傷心，輕鳳便坐不住了，她立刻起身捋了捋袖子，對飛鸞一撇唇：「走，咱們也去看看。」

飛鸞因為睏倦不大想挪窩，滿臉疑惑地嘟著嘴問：「王德妃生孩子，我們去幹什麼呀？」

「嗯……」這一次輕鳳也掰不出個所以然來了，她只知道自己現在的心很亂，在得知李涵很傷心的時候，她就恨不得自己能插上兩隻翅膀，立刻飛到他身邊去：「哼，我不管，反正我們一定要去看看。」

飛鸞一向唯輕鳳馬首是瞻，因此也不再有異議，乖乖隱了身子與輕鳳一起向王德妃所在的別殿趕去。一路上就看所有人都面色沉肅，太醫不斷從曲江離宮中進進出出，輕鳳和飛鸞到達目的地的時候，正好看見李涵沉默著坐在殿外的胡床上，王內侍恭立在他身旁侍奉茶水，輕聲勸慰：「陛下，您放寬心……」

隱在空氣中面對這亂紛紛的眾生相，飛鸞只是好奇地看了一眼李涵，便一扭身跑進了王德妃的內殿裡看熱鬧。只有輕鳳駐足停在李涵面前，靜靜望著他蒼白而冷漠的臉，心中一陣絞痛。

一瞬間她恍惚生出點錯覺，竟覺得時光又回到了三年前——眼前的李涵依舊是那個蒼白脆弱的少年天子，而她對他的心也沒有變，只是這一次他們之間的距離是這樣近，近到觸手可及——可是他仍舊看不見自己，必須獨自承擔所有的痛苦。

不行，不能夠再這樣！

她得爲他做點什麼。

輕鳳心裡悄悄拿定了主意，皺著眉咬咬唇，轉身跑進了內殿。

內殿裡充滿了一股剛生完孩子的惡臭，混著血腥和汗水的味道，聞起來令人窒息。此時王德妃躺在榻上哭個不住，一旁的宮女和嬤嬤們正在安慰她，眾人臉上均是一片愁雲慘霧。

飛鸞正站在一群人身後踮著腳張望，見輕鳳進了殿，便對她指了指身前那群愁眉苦臉的人，小聲道：「孩子在這裡呢，估計活不了啦。」

輕鳳走到飛鸞身邊，也踮起腳向人群中看了看，不禁皺起小臉——那襁褓裡的孩子眞醜，又小又皺，閉著眼睛一聲不吭，渾身都泛著難看的青紫。

「唉……」輕鳳咂了咂小嘴，很是不滿：「怎麼一點都不像他？醜死了！」

「不管醜不醜，反正都快死了。」飛鸞對凡人的生死沒有任何感覺，滿不在乎地打了句哈哈，直到她看見輕鳳手中聚集的一團靈氣，方才大驚失色：「姐姐！妳想做什麼？」

「嗯……救他。」輕鳳咬著牙將那團紅色的靈力越聚越多，到最後匯成一顆光閃閃的珠子，倏一下擲向了人群中心。

紅珠直直飛向奄奄一息的嬰兒，在沒入他額心的一瞬，綻放出的紅光終於在眾人的眼前閃現。看見了紅光的宮女和內侍們眨了眨淚眼，還沒反應出那是什麼，便聽見襁褓中的嬰兒發出了一聲嗆咳，接著就有黏液從他的口鼻中溢出來，伴隨著幾聲啼哭，聲音雖然微弱，但顯見得是活了。

一瞬間內殿中歡呼爆發，只有飛鸞在一邊急得直蹦，瞪著跌倒在地、氣喘吁吁的輕鳳嚷道：「姐姐！妳這是爲什麼呀……」

「嗯……」輕鳳解釋不清，她既解釋不清自己剛才失控的行爲，也解釋不清自己現在無比愉悅的心情，只好對飛鸞撒了謊，像哄騙孩子一般安慰她：「呃，救活這孩子只是我的一步棋，嗯，我在下很大很大一盤棋……總之妳聽我的不會錯。」

「可是，」飛鸞當然相信自己的姐姐會下棋，可是她依舊無比地心疼，蹲在輕鳳的面前泫然欲泣：「可是姐姐啊，妳損失了那麼多功力，短時間內恢復不了的，怎麼辦？」

「沒關係，」輕鳳強撐著笑了笑，一向慳吝的心肝兒終於開始抽痛，簡直要滴出血來：「世上沒有後悔藥，我……我先慢慢養著吧。」

「也只好如此啦。」飛鸞吸吸鼻子，哀歎了一聲。

這時她們看見李涵帶著笑意走進內殿，令跪拜賀喜的眾人平身：「小皇子好轉了？快抱給我看看。」

隱著身的輕鳳趕緊從地上爬起來，牽著飛鸞的手避讓到一邊，她看著李涵欣喜的臉，一瞬間滴血的心又被完全治癒，覺得多少犧牲都值了。

相比甘之如飴的輕鳳，飛鸞卻要沮喪得多。那個被大家奉若至寶的小丑猴子，她一點也不覺得有什麼可愛：「姐姐，我們回去吧。」她搖了搖輕鳳的手。

「哦，好。」輕鳳魂不守舍地答應了一聲，在同飛鸞一起跨過大殿門檻時，忽然想起李涵對自己說過的話。

「據說看見黃大仙是福氣……」

輕鳳忽然靈機一動——對呀！既然都已經犧牲了功力，她又何苦白白犧牲？倒不如趁這個機會，讓李涵對她，或者說對黃大仙，有個更加美好的印象呢！

輕鳳想到此處，立即伸手拍了拍飛鸞的桃心小臉，笑著哄她：「妳先回去吧，我還有點事要辦，得留下來一會兒。」

飛鸞納悶地看了輕鳳一眼，猜不透她又想打什麼主意，不高興地嘟起嘴：「姐姐妳還要怎麼折騰哪？我們快回去吧。」

「不行！」輕鳳虎起眼一瞪，繼而又滿臉堆笑：「乖，妳先走吧，不用管我，我還要留在這兒……下一盤很大的棋呢！」

輕鳳好說歹說，連哄帶騙地打發走飛鸞，隱身繞著眾人轉了好幾圈，尋找自己與李涵照面的合適時機。她當然不會笨到以人身來見李涵——那樣自己和其他前來道喜的妃嬪有什麼兩樣呢？她要脫穎而出！

輕鳳的計畫是：讓李涵在今天這樣一個轉憂為喜的好日子裡，再一次邂逅黃大仙！這樣他一定會覺得黃鼠狼能給自己帶來福氣，從而對本身就是黃鼠狼、或者說眼睛長得很像黃鼠狼的黃才人青眼有加，好感倍增！

在經歷了整整一天折騰之後，曲江離宮終於迎來安謐的日暮。

喜得貴子、初為人父的李涵總算放下一直高懸的心，將孩子託付給太醫和女官們，又對王德妃交代了幾句，令她好生靜養，隨後命令王內侍備下龍輿，回自己的寢宮休息。

正當他緩緩走下大殿玉階，坐進龍輿起駕回宮時，殿前花木扶疏的苑囿裡，竟然竄出了一隻黃中帶赤的小獸——黃大仙！李涵被這隻闖進他眼簾的小動物吸引住，擺了擺手示意王內侍停輿，低聲吩咐左右：「噓，你們別驚著牠。」

只見那隻小獸竟像不怕人一般，蹭著茂密的灌木叢轉過身，將細小的爪子搭在簌簌搖晃的枝葉中，一邊悠然搖晃著毛茸茸的尾巴，一邊歪著腦袋直直盯住李涵，兩隻圓溜溜的黑眼睛在暮色中閃閃發亮。

如何如何，她黃鼠狼的扮相，絕對算是無可挑剔吧？！輕鳳在心裡得意洋洋地吶喊著，忍不住又假模假式地羞澀低頭，甩了甩尾巴轉身逃開。

唷！多少年都沒拿眞面目勾引過人，偶爾一試眞羞人吶！

李涵看到這裡終於忍不住噗哧一笑，望著黃大仙絕塵而去的背影，對站在一旁不時偷笑的王內侍說道：「那小傢伙，還眞讓我想起一個人……」

所謂不孝有三、無後爲大，每一戶人家都愛圍著孩子轉，即便是皇家也不例外。

自那日王德妃的孩子被輕鳳救活後，除了飛鸞和輕鳳，誰也不相信這孩子能夠無病無災的被養大，因此簡直如眾星捧月一般，不但請來高僧老道做法事消災延壽，就連李涵都特意爲這個皇子大赦天下，以便替他積些善德。

這下可冷落了輕鳳和飛鸞，只有飛鸞求之不得，滿心期盼著李玉溪這一次也可以跟著醮祭的女冠們進宮來玩，終日在做法事的經堂外轉悠，而輕鳳卻是百無聊賴，閒得發慌。

李涵天天待在王德妃宮裡看孩子，這一晃就到了四月初，小貓一樣孱弱的嬰兒也滿月了。時值上巳與端午之間，正是個花紅柳綠、草長鶯飛的好光景，曲江離宮再次設下盛宴，邀請後宮眾人與文武百官同慶皇子滿月。

此時南方荔枝新熟，驛使一騎紅塵，將鮮香紅嫩的荔枝運進了長安。李涵除了將這些荔枝分賜給群臣之外，又在曲江紫雲樓上設下「紅雲宴」——此宴將紫雲樓的窗櫺四壁掛滿荔枝，任賓客隨摘隨食，遠遠望去賓主就像身處紅雲之中，因此才有了這樣一個風流雅號。

紅雲宴這天，飛鸞和輕鳳就坐在樓中不停地剝剝剝，兩隻小妖眼疾手快，吃得肚子都快脹壞了。這一次滿月宴的規模堪比皇帝生辰的千秋宴，不但有太常寺演奏雅樂，還有閒廄使表演舞馬。飛鸞和輕鳳吃飽了荔枝，和妃嬪們一起下樓看熱鬧，只見閒廄使引著幾十匹盛裝的白馬來到紫雲樓下，井然有序地登上了爲舞馬專設的三重寶榻。

這時教坊奏響了〈傾杯樂〉，榻上的白馬便按著節拍翩然起舞，時而「腕足徐行拜兩膝」，時而「繁驕不進踏千蹄」，在一曲終了時更是口銜酒杯屈膝下拜，逗得輕鳳和飛鸞在人群中捧腹大笑。

飛鸞笑罷揉了揉眼睛，仰頭看著那群正款款下榻的白馬，見牠們頭戴金馬具、身披繡花衣，編成辮子的馬鬃上還裝飾著紫玉珠，就忍不住悄聲問道：「你們怎麼那麼乖？又怎麼能跳得那麼好？」

白馬們濕漉漉的黑眼睛望著飛鸞和輕鳳，認出她們不是凡人，便羞澀地打了個響鼻，老實回答：「唔，我們好好跳的話，晚上有豆子吃。」

樂得兩隻小妖越發前仰後合。

這時王內侍正好從樓上下來，按李涵的旨意給閒廄使打過賞後，在一片衣香鬢影中找到了飛鸞和輕鳳，與她們商量：「胡婕妤、黃才人，今天聖上高興，王德妃想請兩位娘娘也能獻藝一番，不知兩位娘娘意下如何？」

「哎？是王德妃想讓我們獻藝嗎？」輕鳳心裡覺得蹊蹺，卻因為被舞馬逗得興致甚高，也有些技癢，倒不是很計較誰叫她們表演。

哪知輕鳳隨口一問，王內侍的臉色卻僵硬了一下，有些尷尬地訕笑道：「這的確是個不情之請，但看在王德妃喜誕麟兒的份上，兩位娘娘就別計較了吧？」

原來近日紫蘭殿的胡婕妤和黃才人風頭正健，已暗暗落入王德妃眼中，因此在她母憑子貴之後，便有心讓飛鸞輕鳳重操舊業，當眾獻藝，想叫她們吃個下馬威。哪知飛鸞本就天真爛漫，而輕鳳一興奮就會忘形，兩人根本無心和王內侍計較。

「沒事沒事。」輕鳳衝王內侍輕輕擺了擺手，笑著與飛鸞竊竊私語，兩人咯咯笑了幾聲，攜手下去準備獻藝。

大約一個時辰之後，當年由李湛下旨、李涵承建，專為飛鸞輕鳳打造的玉芙蓉寶台被運到了紫雲樓前。飛鸞和輕鳳穿著胡服錦靴登場，這一次她倆沒有像往常一樣歌舞，而是由輕鳳登台，飛鸞在下幫襯，將一只一尺見方的朱漆彩畫小凳子拋進了輕鳳手中。

——今日曲江鬥藝，笨重的馬兒尚且能登台踏舞，她們可是從驪山來的一狐和一鼬，怎麼能輕易敗下陣來？！

輕鳳特意跟教坊要了首氣勢雄渾的〈破陣樂〉給自己造勢，當鼓聲隆隆響起時，她便笑著踩上凳子，伸手接住飛鸞從台下拋來的另一只同樣的彩凳。她將那只彩凳小心地搭在自己腳下的凳子上，跟著自己再爬上那第二只凳子。如此反覆許多次，只見彩凳一只一只累疊起來，很快就搭到了三層樓高。

這時飛鸞不再拋凳子給輕鳳，這倒不是因爲她沒力氣（別忘了她有力字訣呢！），而是凳子再搭下去就明顯超出凡人所爲了。不過就算如此，眼下的場面也已經足夠驚險，只要徐徐一陣春風吹來，那高高的凳子樓都會搖搖欲墜地直打晃。

一時鼓樂高亢、觀者驚呼，輕鳳得意洋洋，頭腦也更加發熱——她才不會只滿足於搭一個凳子樓呢，那樣跟猴子又有什麼區別？！輕鳳心裡早拿定了主意，她在凳子頂上緩緩站直，朝台下的飛鸞揚了揚手。

飛鸞立刻接令，將一支戟和一支戈先後擲向空中，輕鳳左右手各接一支，兩手在半空中便再無扶持，全憑雙腳穩住彩凳。

這時輕鳳無意間一抬頭，發現李涵已親臨樓前，正手握欄杆緊盯著自己。他的臉色蒼白而嚴肅，絲毫沒有一點看熱鬧的喜色。輕鳳知道自己一定是嚇到了他，越發得意，在凳子樓的搖晃中衝他吐出舌頭，調皮一笑，跟著猛然下腰翻手，金雞獨立，彷彿一隻凌空飛舞的燕子！

氣勢磅礴的〈破陣樂〉裡，輕鳳在搖搖欲墜的彩凳上執戟持戈而舞，模擬著沙場殺敵的擊刺動作，她俯仰來去、翩若驚鴻，每一次驚險的閃轉騰挪都如履平地，與樂曲雄壯的節拍相合。觀舞者隨著她的動作膽戰心驚，或屏息，或驚呼，生怕那危如累卵的凳子樓會忽然垮塌。

直到樂曲結束，輕鳳才又在凳子頂上站穩。這時她抬頭望向紫雲樓，就看見李涵仍舊憑欄而立，他的雙眼正定定地凝視著自己，素來溫柔如水的一雙桃花眼，竟頭一次盛滿了怒火。

哎？他在生氣嗎？輕鳳納悶了，無辜地眨眨眼睛，頓時自己也興致缺缺起來。她索性一個鷂子翻身，將腳下的彩凳踢飛了一個，腰肢如擺柳一般控制著平衡，使雙足又穩穩立在那不斷搖晃的凳子樓上。台下觀眾再次驚呼起來，紛紛瞪大眼睛，看著輕鳳不斷翻著筋斗，將腳下的凳子越踢越少，直到最終踢光了凳子，又回到蓮花寶台上。

眾人隨著她的動作大起大落的一顆心，這時總算落回胸膛。瞬間喝采聲震天動地，經久不息。輕鳳很是得瑟，心想這下恐怕能得到不少賞賜，也許今晚李涵還會「垂幸」自己，這下獨樹一幟出風頭的目的可算達到了！

她洋洋自得地跳下台，向飛鸞丟了個大功告成的眼神，果然就見王內侍匆匆跑下紫雲樓，卻是面帶憂色地催促輕鳳：「黃才人，快，聖上命您過去呢。」

「不是領賞嗎？」輕鳳想到方才紫雲樓上李涵的臉色，再看此刻王內侍也沒對自己報喜，不禁無趣地一撇嘴，伸手撓了撓下巴。

嘖，討好李涵可真難哪！

「還領賞呢？！」饒是王內侍一向和藹，此刻都忍不住出言責備，狠狠瞪了輕鳳一眼：「請黃才人您獻藝，您就好好地唱個歌、跳個舞，不就結了！您沒事搭什麼凳子玩兒，這樣驚險嚇人，聖上能高興嗎？」

「怎麼能不高興呢？」輕鳳鬱悶了，嘟起嘴反駁：「剛剛那些馬兒們跳舞不也很驚險嘛，聖上也打賞了呀！」

我這明明比牠們還驚險！爲啥不賞？！

「您能和那些馬比嗎？！」王內侍瞥了輕鳳一眼，見她仍舊一副不開竅的樣子，氣得也懶得點撥她：「唉，卑職可不是說您比不上那些馬，卑職的意思是……得，您還是先跟卑職上樓去吧。」

飛鸞眼看著輕鳳被王內侍領走，也只好惴惴不安地跟著他們上樓，一路遠遠地躲在後面觀望。

很快輕鳳就踏上了紫雲樓的第三層，這裡比正在辦紅雲宴的二樓清靜得多，除了內侍和宮女們，席上就只有李涵和抱著皇子的王德妃，還有如今分居三宮的三位太后——這裡就要向各位看官作個說明啦，因爲近些年皇位更迭得太快，皇帝的妻子們卻不會同她們的丈夫一樣死於非命，因此都還活得好好的呢。

於是孝順的李涵便尊自己的生母蕭氏爲皇太后，奉居大內；又尊自己的祖母郭氏爲太皇太后，奉居興慶宮；而哥哥敬宗的母親王氏，則被他尊爲寶曆太后，奉居義安殿。這三宮太后李涵一視同仁，每五日會向她們問一次安，凡四方進貢的衣食珍寶必會分作三份，頭一份送往宗廟上供，次一份供奉給三宮太后，最後才會輪到自己和妃嬪們。

這裡輕鳳上樓見到了三宮太后，自然要比往日磕更多的頭，等她依次向眾人請過安，李涵才開了金口：「黃才人今日獻藝，為何與往日不同？」

輕鳳聽出李涵口氣不善，抬起頭偷偷瞄了他一眼，此刻她與他離得很近，越發看出他面色難看，心裡終於開始忐忑，決心賴帳。她轉了轉眼睛，很快就給自己找了個冠冕堂皇的藉口：「因為陛下曾說，臣妾的笛聲無情，到底欠缺了些，臣妾惶恐不已，不敢在今日盛宴上繼續獻醜，所以才擅自改換成獻舞。臣妾若有不當之處，請陛下恕罪。」

「是嗎，這說來倒是我的錯了。」李涵聽輕鳳拿自己當藉口，不氣反笑，原本怒火盛熾的桃花眼中寒光一閃：「妳這舞藝雖然精妙，但太過驚險駭人，容易令觀者傷神，今後都不許再演了。」

輕鳳聽李涵說出這樣的話，覺得自己碰了一鼻子灰，心中很是不爽，可誰讓天子是金口玉言呢？縱使她心裡再不甘願，也只能唯唯諾諾地遵命罷了。

李涵坐在席上，看著輕鳳沮喪的小臉，剛剛因為擔憂她而惱火的一顆心，這時又漸漸變得柔軟。他命王內侍賜下水酒，在輕鳳接過酒杯喝酒的時候，雙眼凝視著她咬著杯沿微微閃光的白牙，不知為何，心中竟隱隱有點刺癢。

罷了，這丫頭，她想討他歡心，自己又何嘗不知？

就在李涵目不轉睛地望著輕鳳，暗暗琢磨要賜她點什麼才好的時候，一直坐在他身邊的王德妃竟突然嚷嚷起來：「啊，陛下，陛下您看，永兒他笑了。」

王德妃使出這一招，原本是想令李涵將視線調回自己身上，不料李涵在注視自己兒子難得一見的笑臉時，卻自然而然順著兒子專注的目光，發現了自己的兒子在看誰。

那小傢伙竟然直直盯著跪在地上的輕鳳，像見到比爹娘還親的親人似的，情眞意切發自肺腑地笑開來。

與此同時，輕鳳也好奇地睜大了眼睛，笑嘻嘻地看著王德妃懷裡的孩子。哎，一個月不見，這孩子竟然長開了，雖然小臉還是醜，但好歹雪白粉嫩滑溜溜起來，嗯，那兩顆滴溜溜的黑眼睛，怎麼看上去還有點像她？嘻嘻嘻……小東西，算你有良心！好歹還記得我！

李涵見自己的兒子與輕鳳一見如故、二見鍾情，也忍俊不禁，笑道：「黃才人，看來我的永兒很中意妳啊，不如妳也來抱抱他吧？」

一旁王德妃卻很不樂意，出言攔阻：「陛下，請恕臣妾直言，黃才人剛獻完舞，身上難免有些塵垢，不方便抱永兒的。」

說罷她伸手替兒子理了理襁褓，狀似不經意地遮住了嬰兒的視線。皇子永立刻哇哇大哭，急得王德妃趕緊又拍又哄。分坐在兩旁的太后們聽見孩子啼哭，立刻也跟著幫起腔來：「是啊，王德妃說得沒錯，剛滿月的嬰兒，哪裡就能讓人隨便抱呢……」

李涵聽了不便開口，只得賜了輕鳳十匹綾綃與一盒龍腦，命她下樓休息。

這天晚上，飛鸞與輕鳳所住的別殿竟迎來兩名內教坊女官，教導她們關於侍寢的諸項事宜。

看來輕鳳透過今日不懈的努力，終於讓李涵在闊別月餘之後，想起了這兩位嬪妃，或者說想起了飛鸞這傻丫頭還在害怕侍寢——眞是可喜可賀！

輕鳳帶著一臉的酸意，坐在飛鸞身旁陪她一起聽課，眞是十分的鬱悶。

要知道，這世上又有幾個老師能及得上孔老夫子的一半強，知道要因材施教呢？比如現在輕鳳捧在手上讀的張衡的《同聲歌》，教材就與她的心智不配套，明顯滯後啦！

「邂逅承際會，得充君後房。情好新交接，恐栗若探湯……」年長的女官端坐在飛鸞和輕鳳面前，對她們柔聲道：「這『恐栗若探湯』五個字，說的就是二位娘娘此刻的心情，就好像伸手試探沸水那樣，畏懼惶恐。其實你們完全不必害怕，因為這是世上每一位女子，都必然會經歷的重要時刻……」

女官軟綿綿的話語令輕鳳好一陣牙酸，無聊得只想打哈欠，她暗暗瞄了飛鸞一眼，卻發現那傻丫頭居然聚精會神，聽得兩眼發光。

「……思為莞蒻席，在下蔽匡床。願為羅衾幬，在上衛風霜。這幾句即是說，兩位娘娘應當竭盡所能地侍奉聖上，所思所想，都應當以聖上為先。」女官說到此處，被粉塗得厚厚的白臉忽然笑了一下，像一只無端受到擠壓的麵團，透著說不出的彆扭，「下面這幾句，將說到貴人們初夜當做的事，請胡婕妤和黃才人仔細聽好了……」

輕鳳頓時渾身一激靈，心想總算能聽到點關鍵的內容了，連忙打起精神坐直了身子；而飛鸞則是一張小臉漲得通紅，放在膝上的雙手緊緊攥著裙子，絲毫也不敢吭聲。

「……衣解巾粉御，列圖陳枕張。素女爲我師，儀態盈萬方。眾夫所希見，天老教軒皇。也就是說，兩位娘娘在侍寢的時候可以脫掉衣服，只要對著《素女經》上的內容認眞照做，儀態自然就會從容優雅、落落大方，」女官面色平靜、目光複雜地望著飛鸞和輕鳳，繼續往下輕聲唸道：「樂莫斯夜樂，沒齒焉可忘。這最後一句，是教二位娘娘在經歷魚水之歡後，永遠不要忘記這美好的一夜。好了，現在二位娘娘還有什麼不明白的嗎？」

「呃？這就結束了？」輕鳳將女官的話從頭聽到尾，覺得還不如讓她自己來給飛鸞啓蒙呢。敢情李涵從小受的就是這種朦朧教育呀？

飛鸞也是呆呆地望著女官，仍舊一副什麼也沒明白的模樣：「嗯，那您叫我照著《素女經》做，什麼是《素女經》呀？」

女官立刻露出一副「妳總算問到點子上了」的表情，將兩套配發教材遞進了飛鸞和輕鳳的手中：「胡婕妤、黃才人，這兩卷書請二位先自行揣摩，如果有什麼不明白的地方，再來問妾身吧。」

輕鳳趕緊接過書卷，定睛一看，原來是兩卷「旋風裝」的圖書，一卷是前朝大學問家白行簡的插圖版《天地陰陽交歡大樂賦》，還有一卷是配著圖解的《二十四式素女經》，立刻瞇起雙眼，咧嘴笑道：「嘿，這個有意思！」比狐族的《人間圖譜》詳細精采多了！

兩位女官頓時面色微變，彼此交換了一個古怪的眼神，咳了兩聲才道：「嗯，黃才人，請矜持。」

輕鳳一邊佯裝羞澀地低下頭連聲稱是，一邊迫不及待地翻開《二十四式素女經》，沒看幾頁眼睛就瞪直了，指指點點「哦哦哦」個不絕，心中大呼過癮。

飛鸞一張小臉燒得通紅，很快就充血呈豬肝色，她虛著眼睛匆匆將兩卷自學教材翻過一遍，結果發現囫圇吞棗的下場是什麼都沒看懂，只好又重新翻開《天地陰陽交歡大樂賦》細看，求教聲吶吶如蚊蠅：「這個……我好多字看不懂。」

輕鳳聞言將小臉湊過來，興致勃勃地插嘴：「這個還要看字幹什麼？看圖，看圖。」

飛鸞立刻像做賊似的把書捲起來，輕輕推了輕鳳一把：「不要看啦，姐姐妳別管我……」

此刻兩名女官若再看不清輕鳳的本質，可就枉在這女人紮堆的後宮裡混跡多年了，她們趕緊將輕鳳「請」到別處自學，二人圍繞著飛鸞單獨授課。作爲同樣不曾得到過帝王垂幸的宮人，兩位女官竟然還能與飛鸞交流閨中心得，不時發出陣陣竊笑，讓輕鳳在另一廂聽得是莫名其妙。

其實兩位女官嚴重高估了輕鳳的能耐，她只是典型的雷聲大雨點小，除了喜歡沒事瞎咋呼，對男女之情實際上也懵懂得很。好在輕鳳隔著牆也可以聽見女官說話，因此該補充的知識，她也半點沒落下。

當女官們授業完畢，起身告辭後，輕鳳背著手繞過錦簾，在燈下歪著腦袋打量飛鸞，笑嘻嘻地問她：「哎，學了一晚上，妳準備好了嗎？」

飛鸞在紅燭的映照下雙頰酡紅，兩隻眼水汪汪地含著情，一副剛剛開竅的羞臊模樣。她望著輕鳳點了點頭，雙手揉著裙子囁嚅了半晌，才顫聲開口：「準備好了……我，我明天就出宮去找李公子！」

哦哦，想著去找李公子，而不是侍寢，真是孺子可教也！

輕鳳望著滿臉羞紅的飛鸞，有如欣賞自己的傑作一般，心中既欣慰，又驕傲。

翌日一早，飛鸞竟破天荒地起了個大早，央求著輕鳳爲自己梳了一個精緻的髮型，在妝扮一新之後，將一枚白玉梳小心插進了自己烏油油的髮髻——那枚白玉梳有著簡單而精緻的卷草渦紋，原本是一對，而如今就只剩下了一只。

輕鳳看著頭一次對自己的外貌開始上心的飛鸞，心中就忍不住生出了一點「吾家有女初長成」的感慨，斜著眼戲謔她：「嘻嘻嘻，看美得妳！別再照啦，那個傻小子一定滿意！」

黃澄澄的銅鏡裡，飛鸞看著梳妝後的自己螓首蛾眉，有著像所有狐族姑娘那樣毋庸置疑的美麗。這使她禁不住羞紅了臉頰，在鏡中望著自己身後的輕鳳，喃喃道：「我，我今天出去找李公子，宮裡的事……」

「宮裡的事就交給我吧！」輕鳳不待飛鸞說完，便笑嘻嘻搶過了她的話：「妳就放心去吧，一切都有我呢！」

假使飛鸞能夠心有所屬，接下來她就可以一個人搞定李涵，真是求之不得！

四月暮春、天氣晴好，這一天飛鸞戴了個藕荷色的輕紗帷帽，再一次悄悄隱了身子，溜出了曲江離宮。此時柳絮滿城飄飛，她的鼻子很快就在風中捕捉到了李玉溪的氣味——這一次他依舊不在華陽觀裡，而是在城西的某一個角落。

飛鸞只好又變回原形，在街頭巷尾拚命奔跑，一路從長安城東南跑到了城西北的頒政坊。這時坊間許多店面正往外冒著騰騰白霧，空氣中瀰漫著一股早餐的香氣。飛鸞悄悄在街角現出身形，她撥開帷帽上的輕紗，緊張地掠了掠微蓬的鬢髮，一雙水汪汪的大眼睛謹慎而又滿懷著期待。

不大一會兒，果然就見一道熟悉的身影從某家店鋪的旗幌下閃了出來，那穿著一身庶民的白衣，身姿卻如玉樹般俊秀挺拔的人，除了李玉溪還能是誰呢？飛鸞的心立刻拎了起來，她張開粉嫣嫣的小嘴，還沒喊出聲來，李玉溪就已經隔著人群看見了她。

「胡姑娘！胡姑娘！」霎時間李玉溪開心地笑起來，粉雕玉琢的臉上彷彿有陽光瀲灩流淌，在人來人往的街市上是那樣地奪目。他快步穿過人群跑到飛鸞跟前，一雙黑琉璃一樣的眼睛晶晶亮亮，目光中含著滿滿的喜悅。

「李，李公子……」飛鸞縮著肩膀，眼巴巴地望著李玉溪，腦中情不自禁就鑽出《天地陰陽交歡大樂賦》裡的詞句：

「男已羈冠，女當笄年，溫柔之容似玉，嬌羞之貌如仙……」

這說的，說的不就是他們嗎？

飛鸞的臉在剎那間羞得通紅，四月的朝陽照在她金黃色的竹篾帷帽上，讓她藏在帽陰下的嬌容就像一枚吹彈可破的櫻桃。李玉溪不覺看得呆了一呆，下一刻驚覺失態，忙笑著與飛鸞寒暄：

「嗯，我，我是來吃餛飩的，頒政坊的蕭家餛飩，久負盛名，你吃過嗎？」

飛鸞笑著搖了搖頭，輕聲道：「你特意趕一大早，就是為了吃餛飩嗎？你可真會吃。」

「嘿嘿，哎，妳既然沒吃過，今天我就請妳吃呀，走！」李玉溪說著便牽住飛鸞的手，迭聲道：「蕭家的餛飩分『二十四氣』，花形餡料各不相同，正好能盛上一碗，可好吃了……」

李玉溪話還沒有說完，跟在他身後的飛鸞卻悄然一掙，小手像魚一樣滑脫，從他掌心溜走。李玉溪愣了愣，這才意識到自己的唐突，不禁臉紅起來：「哎，對不起胡姑娘，是我冒犯了……」

為什麼會這樣呢？李玉溪雙頰燥熱地反省——似乎今天的胡姑娘和從前不一樣，似乎他自己也有些不一樣，嗯，也許是今天沒有下雨的緣故，他的手無須再撐傘，竟會忘了規矩，覺得空？

「不……」飛鸞想告訴李玉溪他並沒有冒犯自己，可是話到嘴邊卻又害了羞，舌尖繞啊繞就改成了一句：「不吃餛飩。」

「哎？不吃餛飩嗎？那我帶你去長興坊吃畢羅好不好？韓家的櫻桃畢羅，做出來顏色就和新摘的一樣，我正好也要去吃。」李玉溪生怕飛鸞不願意同自己去，邀請的時候很有點忐忑。

飛鸞看著李玉溪緊張的樣子，忍不住笑了起來，點頭應了一聲：「好。」

李玉溪頓時大喜過望，小心翼翼地陪著飛鸞往長興坊走，這順道也是回華陽觀的路。一路上兩人說說笑笑，李玉溪本就是個白玉般玲瓏剔透的人，漸漸地自然也感覺到了飛鸞語氣中的緊張。

是不是自己剛才的舉動嚇著她了？李玉溪有些後悔自己的冒失，於是心裡默默留了個神，想著一定要把胡姑娘再逗笑才好。

也許人一緊張就容易走得快，各懷心事的兩個人很快就走到了長興坊的韓家畢羅鋪。所謂的畢羅也就是一種長梭形的餡餅，香酥可口，上面還澆著酪。當櫻桃畢羅被端上桌時，飛鸞的目光不自覺被吸引了過去，就見李玉溪伸手摘下裝飾在畢羅上的一枚鮮櫻桃，學著他倆第一次吃蒸糕時那樣，對飛鸞笑道：「看，像妳。」

此時飛鸞腮上兩團紅暈未消，看上去可不就像一顆櫻桃？飛鸞愣了一下，噗哧一聲笑起來，終於不再拎著一顆心瞎緊張，只是當李玉溪將那枚櫻桃放入她盤中時，臉上紅暈更深。

二人在鋪子裡面對面坐著，歆歆啃著櫻桃畢羅，飛鸞對畢羅的滋味讚不絕口，笑著問李玉溪：「你怎麼那麼會吃呀？是不是來長安的工夫，全都花在吃上了？」

李玉溪聽了這話輕咳一聲，抬起頭望著飛鸞，沉吟了好一會兒才認真回答她：「嗯，怎麼說呢，我的確愛吃，也只有長安才能吃到這些好東西。不過長安可不光有好吃的，有道是『生作長安草，勝爲邊地花。』我自從第一次來到長安，就愛上這裡啦！這也是爲什麼我一定要考中進士，留在這裡的原因。」

飛鸞呆呆看著李玉溪的臉，又轉頭望了望店鋪外車水馬龍的街道，隱隱對李玉溪的想法有了種懵懂的了悟——是啊，繁華的長安城，誰能不愛呢？就連她從驪山出來這短短幾年，似乎近來都不想……不想再回去了呢！

飛鸞與李玉溪吃完畢羅，沿著啓夏門街往南走，慢慢溜達回永崇坊的華陽觀。一路上飛鸞不停揉捏著裙帶，心不在焉地問李玉溪：「李公子，你的家鄉在哪裡呢？」

「哦，我在滎陽出生，家族郡望在懷州河內。對了，我在族中排行十六，妳呢？」李玉溪笑著問飛鸞。

「我？我排兩百三十七。」飛鸞因爲心不在焉，竟順口說出了真相。

李玉溪被飛鸞的話嚇得嗆咳了兩聲，乾笑著感慨：「啊，胡姑娘妳的家族，真是人丁興旺哪……」

飛鸞一怔，立刻意識到自己說錯了話——沒辦法，他們驪山狐族的確是個很龐大的家族呀！於是她只好紅著臉支支吾吾道：「嗯，是啊……對了，李公子，你每天都會在華陽觀裡過夜嗎？」

她鼓起勇氣，終於問出了一直盤桓在她心口的話。

「是啊，」李玉溪信口回答她，沒走兩步又笑著問：「怎麼了？」

「哎，沒事呀，我只是在想，有空可以去……去找你呀。」飛鸞說這話時，只覺得雙頰火燒似的滾燙，整個人暈暈乎乎，根本不敢抬頭去看李玉溪的反應。

她在迷迷糊糊中，隱約聽見李玉溪的聲音這樣回應自己：「啊，胡姑娘，妳似乎很容易從宮中出來？妳是宮女嗎？」

飛鸞不知道該怎樣回答李玉溪——如果她告訴他，自己是有封號的胡婕妤，會不會嚇著他呢？如果他因此而不敢再與自己往來，她又該怎麼辦呢？

單純的小腦瓜第一次嘗試患得患失，滋味可真難受！難受得飛鸞恨不得自己從沒進過宮，也從沒做過什麼胡婕妤才好，如果現實真能這樣，眼前的一切又是多麼簡單啊！

飛鸞低著頭一逕地猶豫，還沒顧得上回答李玉溪，耳畔已傳來華陽觀悠揚的鐘磬聲。

「啊，我到了。」只聽李玉溪忽然冒出一句，語氣裡透著許多依依不捨，令飛鸞頓時也惆悵起來。她抬起頭望了望華陽觀氣派的屋宇飛簷，剛想說一聲「沒關係，我晚上來找你」的時候，卻意外看見道觀中嫋嫋娜娜地走出一個人來。

那正是穿著一身青紗戒衣，卻照樣豔光逼人的全臻穎！她剛踏出觀門就發現了李玉溪，當然也就看見了伴在他身邊的飛鸞，於是一雙橫波鳳目頓時射出冷冷的光，豔紅的朱唇卻輕佻地笑了笑。

「唷，冤家，今天你回來得倒早，又去哪裡淘氣了呀？」全臻穎手持拂塵姍姍走下台階，在看見李玉溪身邊的姑娘面露驚怯時，口氣越發地嬌媚：「咦？這位姑娘是誰？莫不是你近日常跟我提起的，在平康坊認識的柳姑娘？柳姑娘，妳可是來我們觀裡求籤的？不過我們華陽觀裡呀，可是問不了姻緣的唷！」

李玉溪頓時尷尬得面紅耳赤，簡直要在全臻穎面前跳腳。不知為何，他心裡不大願意讓全臻穎與胡姑娘碰面，也更加不願意讓胡姑娘誤會自己四處留情，於是他極力辯白道：「姐姐妳不要捉弄我呀！這位是我常跟妳提起的胡姑娘……我幾曾在平康坊認識過什麼柳姑娘呢？！」說完他就心虛起來，害怕全臻穎會生自己的氣，因爲她似乎一直都不喜歡自己和胡姑娘來往的。

李玉溪越描越黑的話，到這時才眞眞刺痛了飛鸞——不論怎麼說，看來李公子的確曾將自己的行蹤告知過眼前的美人，可這位美人和他又是什麼關係呢？他叫她姐姐，而她竟叫他冤家，這些稱呼……都比胡姑娘、李公子之類要親密得多。

飛鸞驀然覺得有些灰心，沮喪得根本無法說出話來，只能靜靜地望著全臻穎。

「哦，不是柳姑娘，是胡姑娘，」全臻穎笑著招呼，故意繞著飛鸞打量了一番：「我的確記得，十六郎有好幾次都在臨睡前提起過妳，今日一見，果然是個花容月貌、天仙一樣的美人兒啊！」

十六郎、臨睡前……飛鸞又是一陣恍惚，她抬起頭看著全臻穎，蒼白的小臉想盡力對她擠出一絲笑，不料目光一晃卻移上了她的髮髻，眼中頓時就覺得一陣刺痛。

「這玉梳子，我也有一只。」飛鸞白著臉喃喃道，逕自摘下腦袋上的帷帽，將那瑩潤的白玉梳從髮髻上拔下來，遞到了全臻穎的眼前。

「喲，這可眞是巧了，」全臻穎瞄了眼飛鸞手裡的玉梳，撇撇唇笑道：「我這枚是十六郎特意從玉市上買給我的，胡姑娘這枚是哪裡得來的呀？」

這時一旁的李玉溪終於按捺不住，衝到全臻穎跟前摟住她道：「好姐姐，妳快把梳子還給胡姑娘吧，改天我再給妳買一只。妳現在這樣，眞的太讓我爲難了！」

「哦，原來還是要還給她嗎？我還以爲是一物換一物呢，」全臻穎絲毫不理會李玉溪發青的臉色，眼波一轉，笑嘻嘻地朝飛鸞伸出一隻手：「我聽十六郎說，早先是妳拿了他要送我的玉佩，不知可是眞的？我以爲妳是想用這玉梳跟我作交換呢，既然不是，那妳先把玉佩拿來吧？」

飛鸞聞言渾身一震，不禁後退了半步，攥了半天的拳頭這時終於鬆了鬆，探入懷中摸出了那枚一直被自己珍藏的白蓮玉佩。在宮中閒來無事的時候，她曾求宮女給這枚玉佩穿上了鮮紅色的穗子，現在取出來一看，在陽光下眞是灼灼刺目。

「原來是這樣……」飛鸞指尖微顫著，將玉佩輕輕交進全臻穎的掌心，蒼白的臉色一剎那又漲得通紅，「這個還妳，梳子我也不要了……」

「哎，別，梳子我一定要還妳，免得被人說我貪便宜，那可就不好了。」全臻穎攥緊了玉佩，冷笑一聲，手指從髮髻間捏住玉梳狠狠一拔，將它隨著話音一同擲在地上，「還妳。」

價値連城的白玉梳霎時落在地上，叮一聲斷成了兩半。李玉溪一看就急了，青著臉揚聲責備全臻穎：「妳這又是在鬧什麼？好沒道理！」

「是她自己沒接好，休怪我。」全臻穎白了他一眼，逕自挑釁地斜睨著飛鸞，等著看她如何反應。

然而飛鸞並沒有作聲，她只是又後退了一步，盯著地上的兩片斷梳靜靜出了一會兒神。緊跟著下一刻，她竟像做錯了事的孩子似的，吶吶告了聲罪，轉身落荒而逃，倒彷彿那枚玉梳是她自已摔斷的一般。

李玉溪盯著飛鸞匆匆離去的背影，只覺得原本內疚的心猛然被狠狠揪痛，令他忍不住追了上去。全臻穎立刻柳眉踢豎，衝著李玉溪揚聲叫道：「冤家！你的魂被勾了麼？還不給我回來！」

李玉溪聽見了全臻穎的呼喚，停下腳步回過頭，第一次在她面前露出了倔強的神情：「這事是妳不對！」

「我不對，你黏黏糊糊就對了？」全臻穎被他倔強的神色惹得更加惱怒，索性冷笑道：「你今天要是棄我就她，往後你也別來纏我，你我一拍兩散。公主那裡要我遞上的『行卷』，也麻煩你帶回去！」

她的話字字尖利如刺，瞬間將李玉溪釘在了地上，使他再也邁不開半步，就彷彿他腳下的青磚地，在不覺間長滿了看不見的荊棘。

第六章 鶯囀

這天午後，輕鳳正盤算著晚上飛鸞不在，自己可以跟李涵這樣那樣地歪纏——她的《天地陰陽交歡大樂賦》，如今背得也很熟咧！

不料採完粉剛一轉身，就看見了如喪考妣的飛鸞。

「嗄？！妳這是怎麼回事？」輕鳳被嚇了一跳，還沒來得及打上胭脂的臉頰，看上去倒挺像被飛鸞嚇去了血色：「怎麼高高興興地去，這麼快就哭喪著臉回來了？他欺負妳了？」

飛鸞呆呆瞪著她，不知該如何回答，卻聽輕鳳又福至心靈地補上了一句：「喲，莫非，妳這是疼的？」

這句話在這個當口不啻於火上澆油，讓心亂如沸的飛鸞頓時炸開了鍋，只見她小臉一皺嗷一聲哭起來，眼淚像斷了線的珠子般濺了一地。

這疑是銀河落九天的架勢，讓輕鳳聯想到自己侍寢那天滿地撿珠子的厄運，頓時一個腦袋兩個大，趕緊上前安撫飛鸞，噓寒問暖：「莫哭莫哭，來，快跟我說說，我的大小姐怎麼受委屈啦？」

飛鸞從小到大都離不開輕鳳，此刻自然也嗷一聲撲上去，將腦袋埋在她懷裡嗚嗚咽咽、斷斷續續地說出了事情經過。輕鳳不聽則已，一聽兩隻眼睛便瞪成銅鈴，像天下所有護女兒的娘親一樣猛拍了一下大腿，高聲嚷道：「反了他了！」

飛鸞哽咽著抬起頭，淚眼汪汪地望著輕鳳抽噎：「不……是我們搞錯啦，李公子一早就有喜歡的人了，我，我不該去的……」

輕鳳聽了這話皺起眉，心裡就彷彿堵了一塊黏糕似的，又沉又悶。

怎麼能不沉不悶呢？那個臭小子李玉溪，可是她自己攛掇給飛鸞的呀！原指望他年紀輕輕，又在道觀裡修行，能是個冰清玉潔的童男子呢，沒想到風流債倒挺多——不行，她的飛鸞可是玉尖麵一樣香、麥芽糖一樣甜的乖寶貝，絕不能讓他欺負了去！

想到此輕鳳便左手一扠腰，右手幫飛鸞抹了一把淚，豪氣干雲地對她道：「莫哭，明天看我給妳做主！」

當日亂點鴛鴦譜的是她，如今自然也要將飛鸞的終身大事負責到底，這才叫有情有義！

幸好李涵並不是個急色的人，有心給飛鸞和輕鳳放幾天溫故知新的讀書假，這個節骨眼上既沒有宣召，也沒有臨幸。輕鳳和飛鸞就窩在一起胡亂睡了一夜，翌日一早便由飛鸞留守，而輕鳳則隱了身子，悄悄潛出了離宮。

由於近來運功過度，虛耗的元氣還沒養好，輕鳳一出離宮便現了身，準備從街上慢悠悠晃到華陽觀去擒拿李玉溪。可喜還沒走出幾步，就冤家路窄，迎面撞上了正在街頭魂不守舍打轉的李玉溪。

李玉溪正垂頭喪氣地圍著曲江離宮踱步，猛然聽見迎頭傳來「呔！」一聲暴喝，嚇得他趕緊抬起頭睜大眼。不料還沒看清楚來人，就看見一頂帶著龍腦香氣的帷帽朝自己腦門上襲來。

「我打死你這個拈花惹草負心漢！打死你這個衣冠禽獸白眼狼！」

「哎，哎，哎……」李玉溪被帷帽撲得連眼睛都睜不開，慌忙架起手來擋住襲擊，退開幾步才把氣勢洶洶的輕鳳看清楚。

他眨眨眼睛，認出眼前女子就是當初要去自己玉佩的宮人，也就是飛鸞的姐妹，慌忙對她彎腰作揖，行了一個大禮：「姐姐，小生我這廂有禮了。」

「我呸，少給我在這兒酸文假醋的！你把我妹妹欺負成那樣，我今天就是來找你算帳的！」輕鳳扠著腰往地上啐了一口，指著李玉溪的鼻子罵道：「你昨天都做了什麼好事？！害她回去後哭成那樣？！」

「哎，姐姐……」李玉溪一時語塞，發現來來往往的行人不斷往自己這裡側目，尷尬得面紅耳赤，慌忙安撫輕鳳：「姐姐，這事一時說不清，哎，不如由小生我做東，請姐姐移駕到鄰近的庾家樓，我們點些茶點坐下來慢慢談，可好？」

「哼，少跟我套近乎！」輕鳳瞪了他一眼，也清楚街上人多口雜，便氣呼呼地戴上了帷帽，朝李玉溪一抬下巴：「趕緊帶路！」

李玉溪連忙畢恭畢敬地在前方引路，將輕鳳請進了修政坊的庾家樓。此時才剛四月上旬，庾家樓的粽子卻已經上市，長安俗云：「庾家粽子，白瑩如玉。」這也是京城一樣有名的小吃。輕鳳剛一落座，李玉溪便殷勤地爲她點了兩客粽子，又要了一壺上好的陽羨茶，這才惴惴不安地向她打聽：「姐姐，胡姑娘……她還好吧？」

「好什麼好？！」輕鳳老實不客氣地拈起一個鹹梅粽子，惡狠狠地咬了一大口，鼓著腮幫瞪了李玉溪一眼：「你敢對我妹妹始亂終棄，別以爲幾個粽子就能打發我！」

「冤枉啊姐姐，我哪有對胡姑娘亂來，這都是誤會。」李玉溪苦著臉低下頭，握著茶杯長歎了一口氣：「那一天我錢包丟了，沒能給我的全姐姐買玉梳，胡姑娘就好心給了我一枚。其實我早就想好了，這梳子不能要她的，哪知道全姐姐她就看見了梳子呢？她要搶去戴了，我也沒辦法……」

「什麼什麼？」輕鳳皺著眉，對李玉溪說的話相當不滿意：「我問你，你喊那個人全姐姐，她到底是你什麼人呢？」

李玉溪頓時臉紅起來，鼻尖緊張得微微冒汗，低下頭扭捏了好半天，才羞答答地回答輕鳳：「我，我喜歡她。」

「什麼？你說你喜歡誰？」輕鳳難以置信地瞪大雙眼，盯著李玉溪看了好半天，猛然站起身，拍了他腦勺一巴掌：「你把我們家飛鸞當什麼了？！」

「啊？！」李玉溪被打懵了，驚恐地縮著雙肩看輕鳳發飆，好一會兒才期期艾艾地無辜道：「我，我把她當朋友啊……她人挺好的。」

可惜在輕鳳看來，男女關係問題上，朋友這個概念與炮灰基本沒有任何差別，於是她又對著李玉溪腦勺拍了一巴掌，忿忿不平地低吼：「我家飛鸞哪裡不好？啊！讓你把她當朋友？！」

「呃？！」李玉溪看著火冒三丈的輕鳳，趕緊辯白：「她沒有哪裡不好啊。可是……這這這，這不一樣啊！」

「有什麼不一樣啊？！」輕鳳恨不得拿個鑿子替李玉溪的腦瓜開開竅，喘息了好一會兒，才悶悶不樂地數落他，「我家飛鸞人那麼漂亮，又可愛，沒道理你不喜歡她啊！」

「這，這還是不一樣啊，」李玉溪咬了咬唇倔強地強調，黑琉璃一樣的雙眸卻染上了一層憂鬱：「全姐姐她，是我剛到長安時認識的。當初華陽觀的詩會上，只有我一個人是初來乍到的異鄉客，只有全姐姐她一個人稱讚我詩寫得好。她說我將來一定會功成名就，還說她會求公主去向考官引薦我，雖然我更喜歡聽她唱我的詩……」

輕鳳怔怔聽著李玉溪對自己訴說這些往事，忽然意識到他與那個全女冠的確有很深的感情，這種感情既讓她覺得隱隱不忿，又讓她覺得無可奈何。輕鳳嘴裡含著粽子，欲言又止了半天，最終只能輕聲囁嚅：「你……你這個沒出息的。就這麼依賴一個女人嗎？活像個沒斷奶的娃娃……」

「可是，昨天的確是她不對！」這時李玉溪忽然挺直了脊背，一雙眼睛清明光亮，非常認真地對輕鳳說：「胡姑娘是好心才給了我梳子，一切都是因為誤會，而且，全姐姐她還故意把梳子給摔了，這件事她若不向胡姑娘道歉，我也絕對不原諒她。」

「嘿，你這乳臭未乾的毛頭小子，不原諒她又如何？」輕鳳嗤笑了一聲，叩叩杯子示意李玉溪給自己倒茶：「你少借我妹妹和她賭氣，我看你一點損失都沒有嘛，現在倒在我面前逞能。」

「誰說的？」李玉溪脖子一梗，紅著臉告訴輕鳳：「我，我昨天已經搬出華陽觀了，哼。我也不求她去幫我遞『行卷』了，我打算自己另謀出路。」

「哦？小夥子挺有決心嘛！」輕鳳眼珠一溜，計上心來，頓時又顏笑逐開：「你怎麼另謀出路呢？」

李玉溪不是很自信地回答她：「我？我打算自己去當朝大學士、節度使令狐大人府上去拜謁。」

「哎？這位大人姓什麼？」正埋頭吃粽子的輕鳳忽然抬頭問。

「令狐。號令的令，狐狸的狐。」

「哦，這姓氏眞有霸氣，難怪做了節度使。」說罷她又埋頭吃起粽子來。

「嗯？」李玉溪對輕鳳莫名其妙的評價感到很費解，但此刻他心煩意亂，也就沒多在意：「姐姐，妳今天回去若是碰上胡姑娘，就幫我捎句話吧。我今天在曲江外繞了許久，也沒碰上她。麻煩姐姐妳幫我對她說，昨天的事都是我們不好，請她別生氣，以後若有機會……她還肯賞臉的話，我，我再帶她去吃好吃的。」

「吃吃吃，你就知道吃，整個一吃貨！哎，這什麼餡兒的？鴨蛋黃？」輕鳳心情一放鬆就只顧著啃粽子，連頭也不抬：「哪用得著這麼麻煩，你就直接告訴我，你現在住哪兒吧。」

「我？我現在搬到崇仁坊西角的邸店啦——」

李玉溪話還沒說完，就聽見輕鳳頭也不抬地打斷他：「好，我會讓她去那兒找你。」

「哎？」李玉溪聞言一愣，簡直不敢相信自己的耳朵：「妳讓她，她，直接去邸店找我？」

「嗯，小子你聽著，」輕鳳啃完了最後一口粽子，抹抹嘴抬起頭來，衝他一樂：「既然我家飛鸞已經看中了你，你就趁早覺悟吧，那位華陽觀的全女冠，你也別再惦記了，她不過是一個普通女人，敵不過我們胡家小姐的。」

「可是……啊，哪有這樣的？！」李玉溪瞪大眼睛叫道。

在不多時之後，曲江離宮裡也響起了飛鸞同樣的驚叫：「可是……啊，哪有這樣的？！」

這時吃多了粽子，正躺在床榻上消食的輕鳳懶懶瞥了飛鸞一眼，摩挲著圓鼓鼓的肚子道：「可是什麼可是，妳既然這麼喜歡那個傻小子，還爲他哭哭啼啼的，現在他與那個女道士有了間隙，又搬出了華陽觀，不正是妳的好機會嗎？」

「可是……他，他明明喜歡那個……」飛鸞沮喪地低下頭，揉著裙子不再說話。

「對，他是喜歡那個女道士沒錯，」輕鳳半瞇起眼睛，像一個博古通今無所不知的聖賢那樣，雲淡風輕地一笑：「可是飛鸞，妳忘了妳姓什麼了嗎？」

「啊，沒忘啊，我姓胡。」

「對啊，妳姓胡，妳是狐狸精——可狐狸精是專門幹什麼的？妳難道忘了嗎！」輕鳳倏然睜大雙眼，驟縮的瞳孔中精光四射：「不能拆散人家恩愛夫妻的，那就不叫狐狸精！這本就是妳的使命、使命！妳看我去勾引皇帝，他那後宮三千，哪個不是我要對付的敵人？飛鸞啊飛鸞，妳可不能好逸惡勞、避重就輕，忘了本啊！」

飛鸞愕然，望著輕鳳堅定而有神的雙眼，心口彷彿也被槌子咚咚咚地震盪、鼓動起來：

「嗯，姐姐，妳說得對，可是……」

「別再可是了！」輕鳳齜出銀光閃閃的虎牙，盯著飛鸞道：「你到底喜不喜歡他？如果眞喜歡，就給我好好地上！妳是狐狸精，天性就當如此，妳明白嗎？從前妳刨開地洞呑田鼠的時候，怎麼沒顧慮過人家也是拖兒帶女的？！」

飛鸞凜了凜神，趕緊一口氣連貫地將話說完：「可是我還不知道上哪兒找他去呢！」

「哦，那傻小子現在搬到了崇仁坊……」輕鳳話還沒說完就猛然一頓，賊眉鼠眼地斜睨著飛鸞，竊笑起來：「喲，我問個方位矇矇那小子也就罷了，妳還跟我裝，那小子身在何方，以妳的鼻子還怕找不到？只怕就算埋在長安城大明宮底下，妳也能掘地三尺把他給刨出來吧？」

「哎呀，姐姐妳眞討厭。」飛鸞聽了輕鳳的調侃，紅著臉轉過身，不肯再理她。

時間轉眼就到了四月十五。這一晚窗外月亮很大，屋內一燈如豆，李玉溪照舊孤單地靠在床頭讀書——這樣寂靜的夜晚、這樣俊俏的書生，簡直就是專爲狐魅造訪而設。

當夜入三更，木格窗櫺上果然發出「篤篤」兩聲輕響，李玉溪嚇得放下書卷，就看見白絹糊的紗窗外，正被月光模模糊糊地照出一個人影來。

「誰？」李玉溪低聲問，黑琉璃似的眼珠閃過一絲驚慌，白玉一般的臉頰浮起一抹潮紅，明鏡似的心裡卻又隱隱地期盼。

「是我，」來人站在窗外回答他，用他又怕又期待的聲音輕輕報上名字：「胡飛鸞。」

李玉溪的心跳頓時漏掉一拍，他忍不住閉上眼睛喟歎了一聲，彷彿認命一般，趿上鞋子去開門。當緊閉的木門吱呀一聲被打開，戴著帷帽的飛鸞就從門後閃出身來，她一身艾綠色襦裙，肩上鬆鬆搭著一幅月白色輕紗披帛，帛紗蜿蜒著一直落在霜白的地面上，令她望上去就像是月光凝成的玉人，竟讓人在第一眼的驚豔之後，又無端從心底生出一絲涼意來。

李玉溪神智恍惚地將飛鸞讓進屋，掩上門請她在自己面前坐下，兩個人就在微弱的燈光中靜靜地相對出神。

他一定要說點什麼才好，李玉溪的心中不斷地翻騰，可是他又該說些什麼呢？說自己已經見過了她的姐姐，也已經知道了她的心意？還是開門見山地問，爲什麼妳要夜裡來？

「哎，妳不生氣了嗎？」最終還是由李玉溪先打破了沉默，挑了個不痛不癢的話頭。

飛鸞趕緊搖搖頭，揉了揉捏在手中的帷帽，紅著臉小聲道：「姐姐已經對我說啦，這都是誤會……」

「對對，都是誤會，」李玉溪忙不迭點頭，想了想忽然起身走到床邊，從包袱裡摸出了兩片斷梳來，送到飛鸞面前：「可是，這好好的梳子還是被摔斷了，眞可惜。要麼，我替妳找銀匠打副托子鑲起來？也許還能用……」

飛鸞接過斷梳搖了搖頭，低著頭沉默了一會兒，再抬頭仰視李玉溪時，一雙剪水秋瞳已然盈滿了眼淚：「對，對不起，害你從華陽觀裡搬出來……」

這楚楚動人的眼神若是被輕鳳看到，必定會令她嫉妒地歎息一聲：「啊，這才是狐狸精的負疚。」

涉世未深的李玉溪哪能抵擋得住這種以退爲進的誘惑，果然被飛鸞勾得又湊近了一步，急著勸慰她：「別，胡姑娘妳千萬別說這樣見外的話，我搬出來，是因爲心裡早就有這個打算。」

「眞的？」飛鸞信以爲眞，破涕一笑，細碎的淚光襯著臉上紅潤的光華，在燈下就像一瓣沾著雨露的桃花。

這明豔動人的嬌態若是被輕鳳看到，必定又會令她嫉妒地歎息一聲：「啊，這才是狐狸精的釋然。」

她的笑容令李玉溪一時忘言，只在心頭不斷盤桓著一句豔詩：「紅臉耀明珠，絳唇含白玉。紅臉耀明珠，絳唇含白玉……」

「李公子？」飛鸞發現李玉溪始終直著眼睛發呆，不禁伸手在他眼前晃了晃：「李公子？」

李玉溪直愣愣的眼神跟著她的手晃了一晃，心中的詩句頓時又是一換：「盤桓徙倚夜已久，螢火雙飛入簾攏。西北風來吹細腰，東南月上浮纖手……」

啊？！不成不成！李玉溪猛地搖了搖腦袋，轉身跑到桌案邊給自己倒了一杯涼茶，咕咚咕咚灌進肚子，這才稍稍清醒了一下，笑著招呼飛鸞：「胡姑娘，妳喝茶嗎？」

飛鸞頓時笑了起來，伸手接過李玉溪替自己倒滿的茶，跟著她側耳聽見了遠處崇仁坊夜市上傳來的喧譁聲，不禁問李玉溪：「李公子，外面這樣吵，你還能夠讀書嗎？」

「呃？吵嗎？我沒聽見什麼聲音啊？」李玉溪話音剛落，就聽見隔壁忽然響起一對夫妻的說話聲，沒多久輕輕的說話聲就變成了竊竊的調笑，再後來逐漸升級……

許久之後，飛鸞握著茶杯淺啜了一口茶水，悠悠給那聲音定性：「《天地陰陽交歡大樂賦》。」

「嗯，哈哈，呃……這對夫妻，是前兩天剛搬來的，原本這兒的隔壁是囤米的！胡姑娘妳一定要相信我！」李玉溪面紅耳赤、語無倫次地強調，尷尬得眼淚都快掉下來了。

「嗯，我相信你。」飛鸞點點頭，又在心中補上一句：因爲這裡的老鼠也是這樣說的。

隔壁的大官人似乎歷久彌堅，鬧出的動靜讓李玉溪越來越坐不住，於是他乾脆起身推開門，一邊吹著涼風，一邊回頭望著飛鸞道：「胡姑娘，不如我帶妳去逛夜市吧？」

不料飛鸞卻搖搖頭，拒絕了李玉溪的提議——這一夜她竟不想再到鬧市去，那些美食和花花綠綠的小玩意的誘惑，統統都敵不過眼下這一刻。

她想與李公子單獨相處，因爲肚子裡一些重要的話，她都還沒想好該怎樣去說。現在飛鸞很怕自己一到那花花世界裡去，聚在她心頭的一些很重要的念頭和想法，就會統統亂了、散了。

可惜這一次李玉溪竟沒有順從飛鸞，他竟狠下心咬了咬牙，堅定而又冷漠地凝視著燈下的飛鸞，緩緩開口道：「那麼，就讓我送胡姑娘妳回去吧，畢竟夜太深了，我這裡，又不方便。」

飛鸞一怔，聽出李玉溪是在下逐客令，頓時羞愧得兩頰緋紅。她立即像坐到隻刺蝟似的跳起身，低著頭匆匆閃出房門，替自己戴上了帷帽。

「哎，對不住。」此時李玉溪強迫自己做柳下惠，卻又放不下楚楚可憐的飛鸞，他在矛盾中踟躕、又在踟躕中鬱卒，簡直想臉一歪吐出一口血來，才好與被他傷害的飛鸞扯平。

站在他身旁的飛鸞卻是立刻搖搖頭，顫聲道：「哪裡，是我對不住李公子才是，這麼晚來……打攪李公子了。」

李玉溪看不清飛鸞藏在帷帽下的臉，卻認定這一刻她必然是面色蒼白、兩眼含淚，一顆心不由亂成一團。

這欲說還休的一幕若是被輕鳳看到，必定還是會令她嫉妒地歎息一聲：「啊，這才是狐狸精的帷帽。」

沒錯，這一刻我們的飛鸞姑娘，其實紅著臉滿腦子想的都是——啊，這《天地陰陽交歡大樂賦》，怎麼一直都沒完沒了的？文中好像沒這麼說呀？

在深夜的長安城裡亂跑，如何躲避值夜的金吾衛，可是一項技術活。李玉溪作爲一個長期爭在宵禁第一線的紈褲夜遊郎，對敵經驗可謂相當豐富。

飛鸞跟在李玉溪身後，一路替他提心吊膽耳聽八方，卻發現只要是金吾衛經過的時刻，他們總是能適時地躲進曲巷裡，或者藏在高門大戶的石獅子後面，漸漸也就對李玉溪的技術放了心。

這樣一路從崇仁坊往南摸到曲江離宮，東邊的天已經朦朦發亮。二人不知不覺就走到了離宮設下的錦障外沿，飛鸞示意李玉溪不用再往裡相送，壓了壓帷帽歉然道：「耽誤了李公子一夜，眞是對不住。」

「快別這麼說，」李玉溪沒心沒肺地笑了一下，對飛鸞道：「回去的路上估計就會敲晨鼓啦，我正好順道去啓夏門街上吃兩個胡餅。」

「李公子，」這時飛鸞輕輕喚了他一聲，從袖中摸出之前收起的兩片斷梳，猶豫著上前小聲問：「李公子，這個你能收下嗎？」

李玉溪呆呆地低下頭，盯著飛鸞遞到自己面前的半片玉梳，心中竟憑空竄起一陣驚駭。他不由自主地後退了一步，搖著頭顫聲道：「不，胡姑娘，這個我不能收。」

她是宮中女子，他連她的確切身分都還不知道，就這樣私訂鴛盟，未免太可怕。更何況全姐姐那裡，他也放不下……

就在李玉溪退卻的時刻，飛鸞卻忽然摘下帷帽，現出了一張泛著紅暈的桃心小臉。她一雙明眸含著秋水，婉轉而堅定地望著李玉溪，醞釀了整整一夜的話一旦吐出口，就像看不見的蛛絲般，天羅地網地困住了李玉溪，讓他無處可逃：「李公子，我還會再來找你的，你不要的梳子，我也會一直隨身帶著。」

李玉溪一怔，瞬間意識到她話中深長的意味，不禁也羞窘地兩頰發紅。

「還有，後天是楊賢妃的生日，黃昏時我會爲她獻歌賀壽，到時候……我也想唱李公子你寫的詩，」飛鸞雙眸盈盈地抬起頭，凝望著李玉溪微笑道：「李公子若是有意，就請你明天在這處離宮錦障上題詩；你若是有心，後天黃昏時，就來這裡聽……」

就在飛鸞說這話時，東方的晨曦忽然從天邊破雲而出，像縷縷淡淡的金線般照在她的臉上，勾勒、描繪出她桃李難匹的豔色，襯著身後的離宮錦障與帶露的薔薇，讓李玉溪一陣頭暈眼花。恰在這時，長安城裡三千響晨鼓竟也齊齊催發，由太極宮承天門開始，一氣傳遍長安六街，這時每道街上的鼓聲都紛紛相應，鋪天蓋地的巨響逼得李玉溪透不過氣，讓他的心也隨著鼓點密集的節拍狂跳起來。

他在驟雨暴雷般的鼓聲中忽覺一陣心悸，眩暈中的晨曦光怪陸離，令飛鸞美得近妖。於是他在恍惚中隱約聽見自己的聲音，虛弱而又無助地對她喊了一句：「妳快走吧。」

快走吧……亂我心者，快走吧！

飛鸞依言衝他點點頭，轉身掀開錦帳鑽進了離宮的地界，李玉溪這才渾身虛脫地跌坐在地上，在未盡的隆隆鼓聲裡絕望地哀歎──他，好像真的對她動心了……

當飛鸞悄悄潛回別殿時，輕鳳已經醒來。這一夜她睡得一直都很淺，因此兩耳一聽見飛鸞的動靜，眼睛便熠熠睜開，迫不及待地問：「昨晚怎麼樣？」

飛鸞靦腆一笑，撲進柔軟芳香的錦褥裡抱住輕鳳，輕聲感慨：「很好，很好啊，我已經對李公子說過了，我會一心一意的對他。」

輕鳳聞言嘻嘻一笑，撫了撫飛鸞的脊背，放心地打了個哈欠，低喃：「嗯，那就好，既然這樣，妳再陪我睡個回籠覺吧……」

飛鸞應了一聲，乖順地依偎在輕鳳身邊躺下，卻又哪裡睡得著——她剛剛向李公子大膽求詩，實際上就是提出了一個邀約，如果李公子肯爲自己寫這首詩的話，那也就證明了他對自己是有心的吧？萬事開頭難，只要他給自己這一次回應，往後的一切就會水到渠成了吧？滿腹心事的飛鸞忐忑良久，直到卯時將盡，才慢慢闔上雙眼。

接下來的兩天飛鸞只覺得度日如年，她渾渾噩噩地陪在輕鳳身邊數著時間，一天裡幾次回到與李玉溪分別的錦障處流連。一顆心無時無刻不在掛念，直到楊賢妃生辰前一天的傍晚，她才終於在錦障上看見了一首小詩：

「青女丁寧結夜霜，羲和辛苦送朝陽。丹丘萬里無消息，幾對梧桐憶鳳凰。」

飛鸞情不自禁地輕歎了一聲，在落日的霞光中俯下身子，將臉貼在那溫熱的錦障上磨蹭了好久，心跳才漸漸平復下來。

「原來他的字跡是這樣的，寫得眞好看。」飛鸞喃喃自語，用新筍般細細的指尖依著那龍飛鳳舞的墨字描繪，在心裡將這四行詩句，一個字一個字反覆咀嚼。

這青女說的是她吧？那麼辛苦送朝陽的羲和，寫的就是他咯？萬里丹丘一定是指曲江離宮，那麼幾對梧桐憶鳳凰呢？憶鳳凰，憶鳳凰……哎，李公子的詩，可眞是比他的人要熱情多了。

飛鸞心裡這樣想著，臉上就偷偷地笑起來。

這一天傍晚，李玉溪像做賊一樣摸到了曲江離宮的錦障外，豎起耳朵聽其中傳出的喧譁聲。

那是一個在他還沒有取得功名之前，絕對無法接觸到的世界，其中的紙醉金迷、冠蓋如雲……此時都距他有萬里之遙。

李玉溪靜靜站在錦障外聽了許久，忽然就覺得一陣無望的空虛湧上心頭，他無力地倚著錦障坐在地上，背靠著自己題的那首〈丹丘〉詩，「嗤」地一聲苦笑起來。

哎，他怎麼就五迷三道的，信了她不切實際的話呢？

李玉溪沮喪地從地上攥起一把塵土，氣餒地揚手撒了出去，在霧濛濛的飛塵中垂頭喪氣。可就在他心灰意冷地站起身，打算轉身離開的時候，一陣悠揚如天籟般的歌聲竟從遠方飄來：

「青女丁寧結夜霜，羲和辛苦送朝陽。丹丘萬里無消息，幾對梧桐憶鳳凰……」

一瞬間錦障中無休無止的喧譁悉數消失，似乎連鳴禽也在迷煙般的垂柳中噤聲，所有路過錦障外的行人與車馬都停駐下來，只爲了安靜地聽一聽那高邈清遠的歌聲。

——那竟是胡姑娘的歌聲！一瞬間李玉溪震驚得無以復加，簡直無法想像那個嬌小玲瓏的弱女子，喉中竟可以有如此飽滿充沛的力量。

完全不同於全姐姐醉後抱著琵琶的淺吟低唱，胡姑娘的歌聲不是那種頹麗的靡靡之音，而是較之開闊了許多的高秋朗月、碧水長天。他彷彿能從她的歌喉中感受到往昔的大唐盛世，在開元天寶的時候，傳說宮中也曾有過這樣一位宮伎——她的歌聲是繼韓娥與李延年之後，千載才得重現的天籟之音，每逢秋夜寂靜，台殿清虛之時，她能夠長歌一曲、響傳九陌，天子曾試圖令人用笛音追逐她的歌喉，沒想到結果竟是曲終而管裂。

是了，今天他的詩，就是那一管破裂的笛子，哪裡配得上胡姑娘的歌聲？

李玉溪想到此，黑琉璃似的眼珠竟浮起了一層薄淚，他忍不住低下頭，伸手撫摸著自己題在錦障上的詩，任飛鸞的歌聲在自己耳中不斷地縈迴：

「青女丁寧結夜霜，羲和辛苦送朝陽。丹丘萬里無消息，幾對梧桐憶鳳凰……」

他的思緒在歌聲中漸漸迷離、隨著她喉中不斷高拋的鶯囀扶搖直上，在九萬里的雲霄中翻飛遨遊。也許現實是最後曲終人散，塵世依舊歸於喧囂，可他的神魂卻已然無法從九天上還竅了。

李玉溪修長的手指一直抵著錦障，就這樣中了魔怔般癡然而立，直到他的手指忽然隔著錦障被一隻手碰觸到，他才像被人驟然點破了迷障似的，如夢初醒。

「李公子，是你嗎？」錦障另一端輕輕傳來飛鸞的聲音。李玉溪不由渾身一震，低下頭含含糊糊地嗯了一聲。

「太好了，我就知道是你。」另一端的聲音顯然充滿了喜悅，隔著錦障的手指也因爲說話而顫了顫，似乎傳來微微的溫熱。

在這樣動人的時刻，李玉溪的心頭終於還是湧出了一股暖流，他的臉上浮起一抹笑，吞吞吐吐地開口：「胡姑娘，剛剛妳……唱得眞好。」

「哪裡，是李公子你的詩好。」飛鸞在錦障後輕輕笑了一聲，不覺向前慢慢走了兩步。

「不，我這首詩配不上妳的歌聲，遠遠配不上。」李玉溪感覺到飛鸞在邁步，於是也跟著她緩緩往前走，而抬起的手始終都不曾移開，一直隔著錦障與她相觸。

如此暮靄沉沉的傍晚，能夠這般一路並肩前行，眞好。

兩人默默走了一會兒之後，李玉溪忽然抬起頭，大膽地猜測：「胡姑娘，妳是在御前侍奉的『前頭人』嗎？」

所謂「前頭人」，專指住在教坊宜春院中的樂伎，因爲她們能夠經常在御前獻藝，所以又被叫做「前頭人」。飛鸞和輕鳳曾經的確是如假包換的「前頭人」，但如今她們有了封號，自然就不是了。

飛鸞在錦障後愣了愣，哪裡敢對李玉溪說實話，只能不自然地笑了一聲，囁嚅道：「是，是啊。」

李玉溪只當她承認了他的猜測，不禁略一沉吟，替飛鸞——或者不如說是替他自己，憂心忡忡起來：「哎，胡姑娘，妳這樣的容貌與歌喉，一定令聖上青眼有加吧？」

「呃……」飛鸞咬咬唇，暗自慶幸此刻有錦障相隔，可以任她紅著臉撒謊：「李公子你說笑了，後宮佳麗如雲，我這樣的人，聖上連看都懶得看一眼呢。」

飛鸞這樣睜著眼睛說瞎話，李玉溪作爲與她相配的另一隻呆頭鵝，竟然也就相信了——並且不但深信不疑，還要在自己身上作檢討、找原因：我自己沒見識，堂堂天子還能跟我一樣沒見識嗎？也許宮中的妃嬪個個長得都像神女那樣，所以一個像仙女一樣的胡姑娘，聖上看不上眼，也就不足爲奇了。

李玉溪顯然高估了宮中美人的姿色，又低估了飛鸞的美貌，他這想法若是被輕鳳知道了，一定會挨她一個大大的白眼：「嗄？你當我家飛鸞的魅丹是白吞的？聖上要是看不上她，我會花這個苦心撮合你們，讓你白撿這麼個大便宜？你可眞是個大傻冒！」

可惜如今明眼人不在，眼下只有這兩隻呆頭鵝，還在隔著錦障傻傻地徘徊。

此刻李玉溪滿懷感觸，望著錦障後飛鸞模糊的影子，悵然吟道：「楊柳路盡處，芙蓉湖上頭。雖同錦步障，獨映鈿箜篌……」

可惜呆頭鵝飛鸞不懂情調，聽了李玉溪的詩竟然謅不出幾句風花雪月，而是煞風景地冒出一句：「啊，其實我是可以鑽出來的。」

說罷她立刻身體力行，彎下腰掀開錦障一鑽，一眨眼便笑嘻嘻站在了李玉溪跟前。李玉溪此刻身心脆弱，哪裡能經受這樣的衝擊，面對一身錦衣如鮮花怒放的飛鸞，不得不瞇著眼睛連連退開兩步，驚慌失措：「胡姑娘，胡姑娘妳……」

「李公子。」飛鸞歪著腦袋，看著李玉溪一張臉急得又紅又白，下一刻卻帶給他一個更猛烈的衝擊——她再一次從袖中掏出半塊玉梳，雙手捧到李玉溪面前，楚楚動人地仰起臉來凝視著他，在曖昧的暮色中柔聲問：「李公子，現在你可以收下它了嗎？」

「呃……呃……」李玉溪心跳加速，這悸動使他的臉越來越紅，連眼珠都忘了轉動。他直直盯著飛鸞手中的半塊玉梳，心裡不斷吶喊著「不行不行這樣太快了」，可手指卻還是不受控制地、顫巍巍地伸了出去……

這一天既是楊賢妃的生辰，當晚筵席散後，皇帝李涵自然是留宿在她的別殿裡。輕鳳孤身一人坐在自己的宮殿裡，瞄了一眼紅燭上厚厚的燭淚，輕笑一聲便掉過臉去，繼續對鏡描眉畫鬢。夜已四更，飛鸞還沒有回到曲江離宮，想必還在和那傻小子廝混。輕鳳心想自己也得趕快抓緊了，免得落在飛鸞後面，豈不是成了笑話？

她一邊想，一邊拿起粉撲，將香粉一點點小心地按在臉上。自從那日李涵留宿別殿，事後他很細心地命人送來上好的胭脂水粉，專供輕鳳浪費。輕鳳每每想起就十分得意，她回憶李涵為自己化妝時那溫柔細緻的手指，還有緊隨其後的那一個目眩神迷的吻，心中就認定李涵對自己一定有情。

很快的，接下來一切都會很快的。輕鳳望著菱鏡中的自己，雙頰火熱，暗暗自語——只要飛鸞不與自己搶，放眼後宮這些芸芸凡女，又有誰能敵得過她輕鳳的魅力呢？嘿嘿嘿……

就在她紅著臉浮想聯翩時，時值五更，飛鸞也同樣紅著臉回到了宮殿。

輕鳳在燈下一看見飛鸞如癡如醉的媚態，就不禁戲謔地問道：「哎喲，妳可總算回來了，快跟我說說，今天又跟妳的李公子逛了哪條街，吃了哪家店哪？」

「我們哪兒也沒去……」飛鸞含羞低語，臉上的紅暈更深，小手不停揉絞著裙帶。

「嘿，那就是待在屋中卿卿我我咯？」輕鳳涎皮賴臉，笑得像個流氓。

飛鸞紅著臉斜睨了輕鳳一眼，一言不發地倒進床榻中，拽起衾被掩住了腦袋。輕鳳不依不饒地撲上去，搖了搖她的身子，竊笑著悄聲道：「喲，看來是被我說中了？嘻嘻嘻……妳是被他摸了小手，還是親了小嘴哪？」

飛鸞拽下衾被露出一張臉來，下巴抵在柔軟如雲的被子上，緩緩朝輕鳳搖了搖頭。

「喲，原來什麼都沒做，那妳還在這兒樂什麼？」輕鳳嗤笑了一聲。

這時卻見飛鸞兩隻眼睛像星子一般發亮，又像含著一層薄淚，她皺著眉沉默了片刻，忽而又像花一般綻開笑來，仍舊對著輕鳳搖了搖頭。

輕鳳一愣，狐疑地盯著她看了半晌，遲疑地問：「你們到底做了什麼？」

「好，好像，什麼都……都做了。」飛鸞滿臉潮紅，吞吞吐吐道。

輕鳳渾身一震，霎時間只覺得魂飛天外，跟著她猛然高叫了一聲，衝著飛鸞大吼道：「什麼？！你有沒有搞錯！」

飛鸞被輕鳳吼得毛骨悚然，趕緊抱著被子縮成一團，捂著耳朵囁嚅：「姐姐，妳，妳小聲一點啦，宮女們會被妳吵醒的……」

「我管她們會不會被吵醒！」輕鳳猛一捶枕頭，忽然想到飛鸞平素總是糊裡糊塗，難保這次她不是又誤會了什麼，於是慌忙抱來那卷嶄新的《天地陰陽交歡大樂賦》，在飛鸞面前撲啦撲啦地抖開，「來，妳快來告訴我，你們做到哪一步？！」

飛鸞躲在被子裡羞羞地伸出一隻手，手指在那長賦上一路下滑，終於停在了某處。輕鳳定睛一看，竟是那句：「然乃成於夫婦，所謂合乎陰陽。」

於是晴天裡降下一道大霹靂，把輕鳳打擊得目瞪口呆、外焦裡嫩。

「噭噭噭，眞是造孽啊……」輕鳳捶胸頓足、悔不當初、自愧不如、惱羞成怒：「妳妳妳，這速度也太快了吧？妳就不怕被那小子騙？妳想嚇死我嘛！」

「可是姐姐啊，不是妳說的嘛，我是狐狸精呀……」飛鸞裹著被子無辜地望著輕鳳，嘟著嘴道。

此時輕鳳可再也不能兩手一攤，心平氣和地評價「這就是狐狸精的速度」了——她忙半天都比不上飛鸞露一手，眞是虺比狐，算個雞啊！

「就算妳是狐狸精，那也還是太快了吧！」輕鳳痛心疾首地感慨，唏噓之後又盯著飛鸞問：「而且，妳不是怕疼的嗎？」

「其實那個……也不是那麼疼啦，」飛鸞紅著臉小聲坦白，說罷又甜甜地笑起來：「而且……因爲他高興，我也很歡喜。」

輕鳳崩潰。她沮喪地躺倒在床頭，拍著自己的腦門自怨自艾：「天吶，我怎麼那麼命苦……小時候沒娘餵奶，長大了沒人愛……」

「姐姐，」飛鸞爬出衾被，湊到輕鳳面前問：「如今我已經完成任務啦，接下來我還要怎麼做呀？」

輕鳳無比嫉妒地橫了她一眼，酸溜溜道：「妳還要再做什麼呀？能做的都被妳給做完了！現在妳什麼都不用忙，繼續跟那個傻小子甜甜蜜蜜，卿卿我我就行了。」

飛鸞立即快活地應了一聲，笑咪咪地在輕鳳身邊躺倒，將腦袋蹭進她懷裡：「哎，姐姐，這樣眞好。我一路跑回來的時候，都在想，要是能夠一直這樣就好了——我不想爲了任務做任何爲難李公子的事，也不想改變現狀，不想回驪山……姐姐，妳說我這樣想，是不是不對？」

「嗯，這些想法都沒錯，就隨著妳的心意去做吧。」輕鳳拍了拍飛鸞紅潤的臉頰，安撫她，眼中卻冒出綠油油的幽光——不想爲難李公子是對的，不想回驪山也是對的，但是現狀，是一定要改變的！

李涵啊李涵，我要是再攻不下你來，我就……我就再也不搽粉了！輕鳳在心中發下毒誓。

四月十九這一天，李涵覺得自己過得十分不自在。日子倒沒有哪裡不對，茶依舊是從前的茶，飯也依舊是從前的飯，可他就是覺得坐立難安，似乎暗處總有一道居心叵測的目光，無時無刻不在盯著他。

於是李涵終於在入夜後放下奏章，對陪在自己身邊的王內侍道：「今天我要早些休息，你出去安排一下，我要去王德妃那裡。」

「可是陛下，小皇子夜裡總愛驚啼，您若是想好好休息，去王德妃那裡倒不合適呢。」王內侍已被某人灌過迷魂湯，此刻自然拐著彎地幫某人說話。

李涵覺得王內侍說的也有道理，近來他常常在王德妃宮中過夜，的確覺得自己的兒子吵得慌，便點點頭道：「嗯，那就去楊賢妃那裡吧。」

「楊賢妃那裡，陛下您昨天剛剛去過。」王內侍又是一躬身，臉上滿是諂媚的笑容。

李涵修眉一挑，斜睨著王內侍冷笑道：「哦？那麼依你之見，今晚我應該去哪裡呢？」

「陛下聖意，卑職豈敢妄加揣摩，還望陛下恕罪。」王內侍察覺到李涵的怒意，立刻惶恐地跪地一拜。

李涵沉吟片刻，起身踱到殿外，負手望著天邊初升的明月，笑道：「今夜我哪兒都不去了，就在寢殿裡睡吧。」

「是，那麼……陛下需要宣誰來侍寢嗎？」王內侍跟在李涵身後，硬著頭皮問了一句，心中暗想：小丫頭片子，我只能幫妳到這裡了。

李涵的目光落在殿外扶疏的花木上，見暮春的清風吹得花葉輕搖，似乎有什麼東西就藏在那影影綽綽的夜色中，正兩眼一眨不眨地望著自己。

就這麼一閃念，李涵驀然想起了某種令他印象深刻的小動物，嘴角便止不住地挑起一抹笑意：「嗯，宣黃才人來吧。對了，早先安南國進貢的那批朝霞氎，今年不是裁成春衣賜給宮嬪們了嗎？叫她穿那件衣裳來見我，還有，囑咐她不要搽粉。」

「是。」王內侍立刻如釋重負地一躬身，火速奔赴別殿向某人交差去也。

李涵望著王內侍的背影，已然心中有數，不覺失笑。

這廂輕鳳得了李涵的詔令，正要歡天喜地，卻在聽到王內侍附加的但書之後，榛子似的小臉上不禁露出疑惑的表情。說句心裡話，她實在不喜歡那個什麼朝霞氎——那件黃中帶赤的細棉布衣裳，在自己剛領賞試穿的時候，就曾被飛鸞取笑過。若是再不讓她搽粉，臉黃黃的那麼一穿，跟被打回原形有什麼兩樣？

可惜聖意難違，爲了滿足李涵的惡趣味，輕鳳也只得心不甘情不願地換上了那件橘紅色的裙子，素面朝天地去見李涵。果然不出她所料，事態就是朝著自己最壞的預想上發展——李涵一看見她拖著裙子走進大殿時，原本故作沉穩的一張臉便撐不住笑起來。

「來來來，免禮平身，快過來坐。」李涵笑著看輕鳳走到自己身邊，便令王內侍與宮人們統統退下，拉著她在芙蓉錦榻上坐下，故意讚歎，「愛妃今夜眞是豔光逼人、不可方物啊。」

「臣妾謝謝陛下的誇獎。」輕鳳在團扇下嘟著嘴，黑眼珠溜溜打轉，自我安慰——女爲悅己者容，李涵既然喜歡，自己又何樂而不爲呢？不要忘了將生米煮成熟飯，才是自己今夜最終的目標啊！

李涵見輕鳳怏怏不樂，伸手按下她掩著臉的團扇，笑問：「愛妃似乎不太高興，是怪我冷落了妳嗎？」

「臣妾豈敢。」輕鳳立刻故作羞澀地低下頭，將扇子捏在手裡轉來轉去。

「有何不敢呢？」李涵的手指劃了一下她的臉頰，端詳著不染脂粉的指尖，漫不經心地說：「王內侍不是挺樂意幫妳嗎？」

「陛下恕罪！」輕鳳一聽自己的小計謀又被李涵戳穿了，趕緊跪地求饒，挨著他的膝蓋撒嬌：「臣妾之所以膽大妄爲，都是因爲相思入骨的緣故，誰讓陛下自那夜之後……一直不宣臣妾呢？」

「妳啊，」李涵有點無奈地看著輕鳳，將她扶起來抱在膝上坐著，湊近她耳邊低語：「聽著，深宮如海，便是我也不得自由，妳不可再自作聰明了，記住沒有？」

「記住了。」輕鳳趁機與李涵耳鬢廝磨，醉酒般暈陶陶地答應。

李涵閒適地斜靠在錦榻上，一邊嗅著她身上濃郁的龍腦香氣，一邊隨口問道：「妳與胡婕妤姐妹相稱，是表姐妹嗎？」

「回陛下，臣妾與胡婕妤從小一塊兒長大，只是金蘭姐妹，不是表姐妹。」輕鳳低著頭回答，心想連種都不一樣，想表也沒法表啊。

「嗯，難怪了，我看著妳們，也不覺得妳們像姐妹。」李涵朝輕鳳比比下巴，示意她給自己倒茶。

輕鳳放下扇子，一邊為李涵倒上一杯御用的湖州紫筍，一邊柔聲撒嬌：「哎，陛下，我與胡婕妤從小一塊兒吃一塊兒睡，不像姐妹還能像什麼？」

「像主婢啊。」

冷不防李涵一針見血，輕鳳聽得手一顫，端給李涵的茶便潑出來好些，滴滴瀝瀝灑了他一身。輕鳳嚇了一跳，慌忙伸手在李涵的常服上又擦又拭，倒把他給惹笑了：「好了，幸好不燙，妳替我把這件袍子寬去就是了。」

輕鳳一愣，頓時喜上眉梢，心想這杯茶可太及時了，若是知道就早點潑啦。她趕緊放下茶杯，小心翼翼地湊近了李涵，抬起手開始解他衣領上的衣結。

李涵這天穿的是一件儉樸的桂管布常服，身上熏著一股淡淡的麝香，輕鳳的小臉剛一湊到他的頸側，便感覺一陣色迷迷暈乎乎的天旋地轉，讓她連呼吸都很是不穩。她對起眼睛，尖尖的手指頭努力撥弄著牢固的衣結，剛解開就聽見李涵忽然悶聲笑道：「愛妃，妳爲何一直對著我的脖子吹氣呢？」

「嗄？」輕鳳瞪大眼——難道李涵以爲她在挑逗他？咦咦咦，對，她剛剛就是在挑逗他！

輕鳳連道幾聲「臣妾不敢」，卻開始時不時往李涵耳後吹吹氣，可惜接下來她要替他解開玉犀腰帶——哪有人仰著頭替別人解腰帶的呢？

當赭黃色的常服被褪下，輕鳳望著一身素白中衣的李涵，情不自禁就握起拳頭咽了口唾沫——剝男人，實在是比剝荔枝剝粽子誘惑多啦！哎哎，她現在也不能淫笑，哪有女兒家一邊羞澀，一邊還淫笑的呢？輕鳳在心底一個勁地告誡自己要矜持，結果腮幫子忍得都要抽筋了。

這時李涵卻依舊從容地凝視著輕鳳，對她指了指自己腦袋上的烏紗翼善冠，笑道：「還有髮冠。」

輕鳳立刻熱血沸騰，慌忙直起身子輕輕扶住李涵的髮冠，還在盤算著該怎樣找機會對著他耳根吹氣的時候，一直垂目微笑的李涵卻拈住了輕鳳落在他手邊的紅纓裙帶，輕輕地一拉。

嗄？！

在李涵與輕鳳那個時代，這紅纓裙帶通常都是繫在女子的胸前，乃是裙裳敷體的關鍵所在，因此李涵這一拉，效果頗爲可觀。

輕鳳只覺得胸前一涼，自己的高腰裙裳竟開始往下滑脫！她忍不住驚呼一聲，兩手一顫，李涵的髮冠應聲而落，簪在他髮髻裡的白玉簪也被她無意間碰掉，於是李涵烏檀般的頭髮倏然鬆散，蜿蜒在輕鳳雪藕般的手臂上，鮮明得叫人觸目驚心！

輕鳳的呼吸頓時急促起來，她在搖曳的燭光中瑟瑟顫慄，儘量弓起雪白的背，好撈住自己的前襟，也妨礙一下李涵的視線——雷聲大雨點小的脾性帶給輕鳳的災難，就是每當事到臨頭的那一刻，她總是最驚慌無措的那一個。

李涵將輕鳳的驚怯看在眼中，頓時興致昂然，伸過手將她摟到自己胸前，笑著勾指挑起她的下巴，促狹道：「害怕嗎？」

輕鳳咬著唇不肯回答，可黑亮的眼睛卻洩露出她心底的驚慌。李涵桃花眼一勾，側著臉蹭過輕鳳小巧的鼻尖，穩穩準準狠狠地吻住她的唇。

抵消恐懼最有效的辦法，莫過於醉生夢死，或用醇酒，或用美色——他李涵，現在用的就是後一招。身邊妃嬪如雲，使他深諳如何迅速令一個女人陷入眩暈迷茫，他惡意封緘住輕鳳的呼吸，從她攀在他肩上的雙手正越來越用力就可想而知，這個方法已然奏效。

而此時輕鳳卻是兩眼翻白，恨不得使個力字訣掙脫李涵，或者乾脆將他的舌頭一口咬斷——因為輕鳳說到底也只是一隻黃鼠狼，肺活量遠遠比不上凡人，平日裡她只能靠急促的呼吸來彌補這一點缺陷，李涵其實很輕易就可以把她吻得七葷八素，但如果刻意為之，那就簡直能要了她的命了！可惜這一點李涵當然不會知曉。

快要窒息的輕鳳只好勉力自救、奮力掙扎，胡亂揮舞的指尖無意間搆到了某樣東西，被她當作救命稻草拉扯了一下——那是一只金漆柳絲笸籮，一直放在錦榻旁的黑漆案台上，裡面滿滿盛著的，自然是輕鳳初次侍寢那夜撿的水晶珠子。

一剎那星分雹落，數不清的水晶珠子嘩的一下傾瀉在兩個人的身上，李涵微覺掃興地撐起身，微微睜開眼，這時輕鳳噩夢重現，一時間竟忘記了尊卑，只知道哭喪著臉輕聲低喃：「陛下啊……你可不能，你可不能這個時候再叫我去撿珠子了……」

李涵聽見她幽怨的咕噥聲，不禁噗哧一下笑出聲來，在水晶叮叮咚咚的墜落聲中換了個姿勢，低聲安慰她：「放心吧，這個時候，我也不會和自己過不去。」

何況，她根本不知道，眼下的她有多誘人……

李涵看著躺在自己身下的輕鳳，玉體恍如橫陳在朝霞色的雲翳裡，醺醺星目似兩道斜暉；而他則君臨天下，就像駕著驂馬龍車的羲和，每一處行雲佈雨都是恩澤。芙蓉錦榻上冰珠如霰，李涵順手抓起一把水晶珠子，揉在輕鳳的胸前與小腹上，碎雪墜露，惹起她一陣難耐的哀鳴：「哎，陛下，好涼……」

也許果真是涼的，難怪她渾身都在細細地顫慄，又或者她在騙他，否則身下的嬌軀怎會越來越燙？李涵笑著看輕鳳在自己身下蛾眉宛轉、翠鈿委地，心中不禁就滑過那一曲迷香般的豔詩：

一枝紅豔露凝香，雲雨巫山枉斷腸……

這一夜她爲自己露滴牡丹開，而他饒是金龍天子、紫氣皇孫，也不過是投身花下的風流鬼，只願忘情行歡罷了。

輕鳳只覺得自己的世界一陣天旋地轉，一會兒疼痛壓過歡，一會兒歡又壓過痛，李涵的身影早在她眼前迷離起來，他微蹙的眉、緊閉的雙眼和緊抿的唇，還有身上細細的汗水，都在亂晃！哎？是他在晃還是燭光在晃？輕鳳一時又分不清了……她的腳踝一會兒勾住李涵的腰，一會兒又滑上他的背，最後竟架上了他的肩；她的背摩擦著冰涼的水晶珠子，很快又將它們焐得火燙，硌得她輾轉難安，卻又無暇他顧；她的身子似乎一直都在受著擠壓——他的身子或是她的腿，一切都亂作一團，像霧海雲山被齊齊攪散，只有喉嚨在隨著他快慢無常的節奏，不斷逸出呻吟：

嗯、嗯、嗯，天、地、陰、陽、交歡大樂賦……

當金雞唱曉、霞光初綻之時，李涵一張龍輿，將倦得眼都睜不開的輕鳳送回了別殿。飛鸞匆匆跑到殿外迎接輕鳳，兩隻眼不安地盯著自己的姐姐，就聽王內侍在一旁笑道：「恭喜黃才人了，陛下早朝前特意囑咐您好好歇息，晚些時候，還會另行賞賜。」

「嗯，嗯……」輕鳳閉著眼，頭點得像雞啄米，也不知眾人是何時散去，被飛鸞扶進殿後一頭栽進床榻，倒頭便睡。

飛鸞也跟著輕鳳鑽進被子，看她衣衫不整雲髻蓬鬆，就知道她必然已經侍寢成功，便伸手輕輕搖晃著輕鳳，問：「姐姐，姐姐……」

「嗯？幹嘛……」輕鳳皺著眉直哼哼，翻了個身尋找更舒服的睡姿。

「姐姐妳昨晚和皇帝，行到第幾頁呀？」飛鸞嘻嘻一笑，問的自然是那卷《天地陰陽交歡大樂賦》。

輕鳳卻是咂咂嘴閉著眼回答道：「嗯，一整夜。」

「哎？」飛鸞兩眼一睜，曉得輕鳳是聽岔了，趕緊在她耳畔重申：「姐姐，不是啦，我問的是那卷書——《天地陰陽交歡大樂賦》哦！」

說罷她跳下榻，將那卷書取來塞進輕鳳的手中，忍不住又吃吃笑了兩聲——昨天輕鳳羞她，她今天一定也要羞一羞輕鳳！

哪知輕鳳被李涵收拾了一整夜，到現在又開始老臉皮厚，她半睜開眼睛將那卷書湊到鼻子跟前，手指拈著書頁撲啦啦翻過一整遍，笑呵呵地將書一丟，得意洋洋大放厥詞：「盡信書不如無書，這裡頭的一套，已經過時啦……」

第七章　幽期

自那夜侍寢之後，輕鳳很是春風得意，天天就想著李涵可以再宣召自己侍寢。可惜大凡賢君的後宮，都愛講究個「雨露均沾」，所以就算輕鳳再猴急，也不大可能獨享專房之寵。

倒是飛鸞，自從與李玉溪修成正果，就將侍寢視為洪水猛獸，輕鳳替她想了個主意，假稱忽然得了急病，用法術將脈搏調得和病入膏肓一樣衰弱，不費吹灰之力就騙過了一幫太醫。

李涵對此並未起疑，除了偶爾來探視飛鸞一次，也只是囑咐她好生養病——除了每日處理朝政，李涵隔三差五還要探視三宮太后，自然無暇顧及每一位嬪妃的健康。如此一來，輕鳳算是徹底解除了一塊心病，每天除了掩護飛鸞出宮找李玉溪幽會，就是自己待在別殿裡為了李涵害相思病。

日子一晃就到了五月。端午這天，輕鳳正和妃嬪們擠在曲江邊看龍舟競渡，當震天的鼓聲響起，三十六隻龍舟箭一般破浪而飛時，原本陽光普照的晴空，竟驀然生出一朵晦暗的積雨雲，徐徐遮住了一片江心。

在場的所有人都沒有在意這朵憑空出現的怪雲，只有輕鳳盯著那團雲看了半天，忽然喃喃低咒一聲，一把扔掉了手中啃到一半的粽子。

她轉身飛速跑開，在隱蔽處幻出原形，一路從離宮衝到長安城中，火急火燎地在街頭逮住了正和李玉溪卿卿我我的飛鸞。

飛鸞正和李玉溪一起在庾家樓外排隊買粽子，就見輕鳳忽然從一旁竄了出來，拽住她的胳膊就往外拖。飛鸞不明所以，瞪大眼剛喊了一聲「姐姐？」，就聽見輕鳳張皇失措地大叫：「快跟我走，大事不妙！我看見翠凰了！」

瞬間飛鸞小臉煞白，回頭倉促地與李玉溪道了一聲別，就跌跌撞撞地跟在輕鳳身後，朝著曲江離宮相反的方向逃竄。

兩隻小妖隱著身子，一路跑到大明宮所在的龍首原，天邊的怪雲也一路從曲江飄到了大明宮的上空。眼看躲不過逃不掉，輕鳳索性停下腳步，轉身陰惻惻地仰頭望著天空，飛鸞則在一旁緊張地攥著她的手，惴惴問道：「翠凰為什麼要來？她不是應該在驪山嗎……」

話音未落，空中怪雲倏然一分為二，只見破開的雲翳之中，影影綽綽現出一道人影——那正是驪山狐族小一輩中的翹楚，雲鬟霧髻一身碧衫，儼然一副仙人之姿的翠凰。

「呵呵，妳們怎麼不跑了？」翠凰赤著腳踏住雲頭，緩緩降到了大明宮殿宇的鴟吻上，居高臨下地望著飛鸞和輕鳳冷笑。

「妳用飛的，我們用跑的，敵不過妳，索性不跑。」輕鳳望著翠凰，挑釁地齜了齜銀牙：「翠凰姑娘一向深居簡出，怎麼這次倒有心情從驪山出來，和我們過端午了？」

「呵呵，都到了這個時候，妳還要裝糊塗嗎？」翠凰瞥了輕鳳一眼，壓根兒懶得答理她，逕自望著畏縮在輕鳳身旁的飛鸞，語帶不悅道：「飛鸞，是因妳出身高貴，是驪山先代長老的遺孤，我一向對妳另眼看待。怎知妳自甘墮落，天天與那不入流的黃鼬精厮混在一起，實在是令我齒冷。」

飛鸞聞言渾身一顫，越發畏縮到輕鳳身後，怯怯望著翠凰道：「翠凰姐姐，輕鳳姐姐是我奶娘的女兒，妳是知道的。」

翠凰聽見飛鸞低如蚊吶的辯白，卻是冷冷一笑：「哦，這點微不足道的小事，我還眞不知道。」

飛鸞一聽這話臉就紅了，剛張開嘴想要反駁她，就聽輕鳳嘻嘻一笑道：「喲，翠凰姑娘，妳是不是還在記恨我盜竊魅丹的事？那件事的確是我對不起妳，實話說，妳是驪山數一數二的狐狸精，我自小羨慕，奈何天資有限，若想改變我這賤命一條，也只有靠魅丹這個轉機。妳自小什麼都不缺，何必再多顆魅丹錦上添花？不如就成全了我和飛鸞吧。」

翠凰聞言柳眉一挑，帶著點被輕鳳戳中心事的惱恨，目光輕蔑地俯視著她，冷笑道：「哼，魅丹雖是至寶，我卻並未放在眼裡。我今日前來，一則是因爲妳們遲遲不肯回山，黑耳姥姥擔心飛鸞迷戀紅塵，命我出山照應；二則，自然是來看妳黃輕鳳的笑話。」

「看我的笑話？」翠凰的眼神讓輕鳳相當不爽，她不以爲然地反駁：「妳能看我什麼笑話？哈，眞是笑話。」

翠凰沒有直接回答她，而是冷冷一笑，抬起右手，從掌心裡變出了一卷古老的竹簡：「妳知道嗎，就在妳們逍遙人間的時候，我在驪山琅嬛洞中翻閱先祖傳下的古籍，竟意外知曉了一些有趣的事。」

說著她將手中古卷徐徐展開，目光淡淡掃過竹簡上的墨字，語氣涼薄地唸道：「魅樹者，其花四十年一開，其果四十年一熟。果實分陰陽，乃指魅中三昧，需由陰陽和合，蓋女無魅則男心必異，男無魅則女心不定，兩者缺一不可——」

「行了行了，」輕鳳不待翠凰唸完，就已不耐煩地嚷嚷起來：「這都什麼詰屈聱牙的鬼話，有什麼話，妳就直接敞開了說吧！」

「哼，那妳可聽好了，」翠凰「啪」一聲將竹簡收起，在初夏微微發燙的南風中望著輕鳳，意味深長地笑道：「這書中的意思，就是魅丹實際上分為陰陽兩半。我從另一卷書中查到，這陰陽之分，具體是指向陽的半邊果實為陽，背陰的半邊果實為陰。又因為魅丹從來都是整顆服用，所以這個問題一直都被忽視，可當日妳們不是將果實一人吞下一半嗎？那麼後果就會相當有趣了……」

「後果？會有什麼後果？」輕鳳狐疑地盯著翠凰，猶自嘴硬道：「就算這果子眞的分陰陽，我隨意一掰，哪裡就能剛剛好掰成一陰一陽的兩半？」

「呵呵，要不是因為魅丹分了陰陽，妳以為你隨意一掰，就能掰開？」翠凰笑道：「書中還說魅丹陽者味酸，陰者味甜，妳們回憶一下可對？」

輕鳳立刻瞪著眼睛問飛鸞：「妳當時吃魅丹的時候，是什麼味？」

「甜的。」飛鸞立刻不假思索地回答。

輕鳳的臉色頓時難看起來，兀自咬牙低喃了一句：「我說妳當初怎麼吞得那麼輕鬆。」

語畢她仰起頭，盯著翠凰問：「那妳倒是再說說，吞了陰果實會怎樣，吞了陽果實又會怎樣？」

「吞了陰果實的狐女，自身女體會變得魅力無窮，牢牢吸引住男人的心；而吞了陽果實的狐女，則會對魅丹選擇的眞命天子一見鍾情，情深不渝。究其原因，是因爲只有陰陽和合，男女雙方彼此鍾情，才可以將魅丹的效力發揮到最大。舉個簡單的例子，八十年前出山的那位前輩，要魅惑的天子早已雞皮鶴髮，如果沒有魅丹，她又豈能眞心的愛上那位皇帝，順利完成狐族交予她的任務？這就是魅丹的奧妙所在。」翠凰低頭說罷，眉宇間滿是慶幸之色：「狐族歷史久遠，許多掌故都被塵封在古籍之中，久而久之變成了秘密，連黑耳姥姥都未必知道多少。幸虧我不曾服下魅丹——不由自主地愛上一個凡人，對修煉多年的妖精來說，眞是奇恥大辱。」

此刻翠凰幸災樂禍，娓娓道出的這些話，在輕鳳心中掀起了滔天巨浪，然而不等她開口，站在她身旁的飛鸞卻已渾身一凜，臉色蒼白地望著輕鳳，顫聲問：「姐姐，翠凰她說的是眞的嗎？妳眞的會愛上皇帝嗎？」

輕鳳聽著飛鸞驚慌的追問，臉色越發慘白，卻無法說出一句完整的話，她的思緒完全沉浸在「愛上李涵是因爲魅丹」這個匪夷所思的消息裡，無論如何都無法接受這個眞相——那魅丹不過是顆死物，怎麼能夠控制她的心？難道李涵只是被魅丹選中的眞命天子，而自己對他的愛，不過是魅丹開的一個玩笑——她付出的眞心，竟成了一個供翠凰消遣的笑話？

不，這種事太荒謬太可笑，她不能接受，也不會相信！她想要透過魅丹來實現的自由，到頭來竟然是一種堪比蠱毒的束縛——她無論如何都不能接受！

「姐姐，之前妳一直那麼積極努力，還代替我侍寢，原來不是爲了完成任務，而是眞心喜歡他嗎？」這廂飛鸞得不到答案，還在不停追問。

「這不是明擺著的嗎，如果只是爲了完成任務，妳以爲她會這麼好心？也就妳眞拿她當姐妹，」翠凰忍不住嗤笑了一聲，望著輕鳳譏嘲：「妳因爲呑食了魅丹，不得不迷失在魔障中自苦，偏偏還一副得了大便宜的蠢樣，妳以爲我會羨慕妳嗎？眞是可笑。」

輕鳳低著頭不言不語，像是沒聽見翠凰的奚落，這時一旁的飛鸞卻心疼地抱住她，哭喪著臉大喊：「姐姐，妳不能眞的喜歡那個皇帝啊，他註定是個短命鬼啊！等他死了，妳可怎麼辦呢！」

就在飛鸞連珠炮一般嚷嚷時，輕鳳忽然從自怨自艾中回過神，瞪著她問：「妳說什麼？妳說誰是短命鬼？」

「那個皇帝啊。」飛鸞望著輕鳳嚴肅的臉色，聲音忽然弱了下來：「我偷偷看的，他最多還有十年陽壽，我以爲姐姐妳只想早點解決他，就忘了說……」

自從喜歡上了李公子，她用妖術算出他陽壽八十，猶覺不足。今日得知姐姐竟是喜歡那個皇帝的，將心比心，她一下子就替姐姐擔心起來，難受得不知如何是好。

「十年？」輕鳳喃喃重複了一聲，原本就亂如一團麻的心，一下子更是茫然若失。

因爲天資所限，她沒有飛鸞看人壽數和運勢的本領，這三年來，她癡心苦等、千方百計去討取的，不過是李涵的一眼眷顧、一顆歡心，除此之外，竟從未想過探究他壽數如何。

關心則亂，莫過於此。

如果是知道魅丹眞相前得到這個消息，她一定會肝腸寸斷、痛不欲生，然而此刻乍然得知這個壞消息，輕鳳腦中卻是一片空白，不知該如何是好——她根本無法分辨出，那幾乎要將整顆心都撕裂的劇痛，到底是發自她的眞心，還是出於魅丹的驅使。

這眞是輕鳳自出生以來，遭受到的最大打擊。

此刻她無法接受翠凰告訴自己的事實，也不堪忍受她嘲諷的目光，因此只能狼狽地轉過身，不顧身旁飛鸞的驚呼，頭也不回地拔足狂奔。

「姐姐！」飛鸞怕輕鳳出事，急忙想要追上去。

「別追了，隨她去吧，」半空中的翠凰出言阻止飛鸞，有點同情地看著這個傻丫頭：「我勸妳還是長點心吧，她偷食屬於我的魅丹，誘妳誤入紅塵，這是她應得的報應。」

「她是我的姐姐。」飛鸞大聲回應了一句，便咬唇不語，一張桃心小臉上寫滿了倔強。

「哼，好一個姐妹情深。我倒要留在這裡看看，妳們還能鬧出什麼笑話。」翠凰冷笑一聲，揮了一下衣袖，連同腳下青雲全都消失在飛鸞眼前。

成功給了輕鳳飛鸞一通下馬威之後，翠凰滿意地騰雲駕霧，在長安上空慢慢閒晃。

此次既然答應了黑耳姥姥出山照應飛鸞，她就需要長時間盤踞在京城，與其每日徬徨無定，倒不如仔細選擇一個落腳的地方。

對於初來乍到的翠凰，最佳的安身之法便是附身。因此這天她逛完長安城，滿足了好奇心之後，便在暮鼓停歇時分飛入曲江離宮，挑了個看排場似乎很受寵的嬪妃附身。

翠凰挑中的正是楊賢妃，可惜在她剛一附身，才睜開眼打量了一遍宮殿時，宮中的內侍和宮女們便呼啦啦跪下了一大片，齊聲哀求道：「娘娘請息怒——」

翠凰聽見四周心驚膽戰的哀呼，雙眉微微一蹙——她生氣了嗎？她只不過是不愛笑，也不愛在臉上擺太多表情罷了。

然而就在翠凰兀自沉吟，還沒有做出任何反應的時候，一位衣飾明顯比其他人都要華麗些的宮女，竟然已經膝行到她身邊，諂媚地勸慰：「娘娘，您若是有什麼不高興的地方，一定要告知奴婢。若是哪個不長眼的狗彘衝撞了您，或打或罰，就是下個令杖殺了，都是不礙事的。只求娘娘您能夠心平氣順，千萬別氣壞了身子。」

翠凰越聽越無趣，料到這妃子平日恐怕囂張跋扈，所以才會只要一掛下臉來，宮人們就一副大禍臨頭的模樣。於是她雙眉一舒，想盡力擺出個和善的表情，無奈猶豫了半天卻還是笑不出來——她在驪山時都不會隨意對姥姥笑一笑，又怎會爲了一群與自己毫不相干的凡人，而陪上笑臉呢？

「好了，我沒在生氣，」翠凰斟酌了片刻，對跪了一地的宮人道：「你們都下去吧，讓我靜一靜。」

不料她話一說完，大殿裡竟然一片哀鴻遍野，就聽眾人紛紛叩頭哭喊起來：「娘娘饒命，娘娘饒命……」

翠凰愕然，終於認輸地歎口氣，起身抽離了楊賢妃的身體。就在她輕飄飄飛出大殿尋找下一個目標的時候，被附身的楊賢妃也從木然中悠悠醒來，恍恍惚惚地對左右人說：「我剛剛做了一個夢，夢見自己變成了架上的鸚鵡，我想開口對你們說話，卻只會唸『陛下萬歲』……」

宮人們面面相覷，皆對著楊賢妃叩頭，只有那爲首的宮女討好地一笑，大著膽子上前寬慰道：「一定是娘娘您近來太疲憊了……」

之後的情形翠凰懶得再看，她逕自又飛過幾座宮殿，終於找到了一位看上去慈眉善目的嬪妃，從那女人的天靈鑽進了她的身體。不料才棲身了片刻，翠凰的耳邊就猛然炸響一聲嬰兒的啼哭，嚇得她差一點飛出那嬪妃的身體——顯而易見，這一次翠凰附在了王德妃的身上。

還沒等翠凰回過神來，一名奶娘模樣的宮女便抱著個哭哭啼啼的娃娃跑到她面前，跪在地上將娃娃捧給她看：「娘娘，小殿下他沒事，剛剛只是尿濕了身子。」

「嗯，沒事就趕緊抱開吧，不用特意抱來給我看。」翠凰深深皺起眉，她素有潔癖，又喜歡安靜，嫌這娃娃又髒又吵，心裡十分不快。

不料那年長的宮女竟滿臉驚訝，疑惑地望著翠凰強調：「娘娘，是您特意叮囑奴婢，只要小殿下一哭，不管什麼原因都要抱來給您看一看的。如今小殿下已經養成了習慣，每次哭都要您抱著哄一會兒，不然他是不會止住哭的。」

翠凰大驚失色，兩眼瞪著在自己面前張牙舞爪嚎啕大哭的嬰兒，毫不猶豫地在下一刻飛出了王德妃的身體。

就這樣兜兜轉轉，每一次附身都不盡狐意，翠凰最終只能無奈地飛出曲江離宮，想去其他地方碰碰運氣。

論起這一次附身，首先不男不女的內侍翠凰是絕不會落腳的，其次宮女也行不通——她這樣的一張冷臉，做人奴婢簡直就是自尋死路；再者還要非富即貴，總不能叫飛鸞和輕鳳那兩個小丫頭片子笑話，最好性子也與她差不多，這樣才不會在附身後顯得太突兀。

爲了這幾樣條件，翠凰最終飛到了長安城東南邊的興慶宮，在花萼樓中找到了最合她心意的身體——那是一位面色沉靜的美人，即使在假寐的時刻，眉宇間仍微微蹙起，透著說不出的冷漠。她的年紀也許大了一些，但對翠凰來說，這點倒還可以接受。

畢竟我也沒興趣去討那皇帝的歡心，翠凰心想，何況這裡又很安靜。

於是她趁著那美人假寐的機會，鑽進了那具美麗的身體，在鵲巢鳩佔之後，又將那美人的魂魄信手捏成了一隻蛺蝶。

「來，你就乖乖待在這裡。」翠凰設下一張看不見的結界，將蛺蝶封在了一瓶雪白的梔子花上。

這時樓下水晶簾瑽瑢輕響，有什麼人悄悄走進了花萼樓。翠凰耳朵微微一動，立刻斜倚在貴妃榻上，再度閉起眼睛假寐起來。

隨著一道道水晶簾被撥開，很快一股藥湯的苦味便鑽進了翠凰的鼻子，她不禁皺起眉，為自己將要面對的麻煩而微感懊惱。

「秋妃，您該起來吃藥了。」隨著最後一道水晶簾被瓏璁撥開，一道清冷的聲音驀然在翠凰耳邊響起，不帶感情的音色裡竟奇異地透著一股關切，被翠凰敏銳地察覺。

於是她緩緩睜開眼，看見了一位端著藥盤的內侍。

「您醒了？」那內侍望著翠凰淺淺一笑，彎起的唇角像一泓春水捲出的淺渦，瞬間便消融了他臉上冰冷的寒氣。

翠凰靜靜看著那內侍放下漆盤，盤中放著一碗藥湯、一杯漱口用的茶水、一方帛巾，甚至還有一碟壓苦的杏脯，於是她再度抬起眼望著那位內侍，面無表情地開口：「我的病已經好了，不用再喝藥。」

翠凰並沒有說謊，也許那位秋妃先前的確有點發熱，但就在自己附身的時候，那一點點風邪早就被她驅出體外——作為有潔癖的翠凰，這些附身時的清掃都是必要的。

然而站在她面前的內侍又怎會知道這些呢？翠凰心中一哂，果然就見他望著自己挑起眉，不以為然地笑起來：「秋妃，您平素可不會在卑職面前這般抵賴，幾曾如此孩子氣？」

翠凰心中一驚，不知道自己是否露了餡，只得不動聲色地看著他將藥碗小心端起，送到自己面前。

「請秋妃進藥。」白瓷湯匙輕輕地在碗底碰撞，讓藥湯的苦味瀰散開，而他也順勢傾身下跪，一雙鳳目定睛注視著她，若不是左眼下的一粒淚痣軟化了他銳利的目光，翠凰也許會在那灼灼逼人的視線下抽身逃離。她騎虎難下，最後還是伸手接過藥碗，拿開湯匙輕輕吹了幾口氣，一邊看著跪在自己面前的內侍，一邊將藥碗送到嘴邊。

雙唇輕輕抿住碗沿，翠凰暗暗施了個小伎倆，讓藥汁在碗中緩慢地消失，使自己看上去就像在喝藥。跪在自己面前的內侍雙目低垂，面色又再度像冰一般冷漠無情，翠凰不知怎的，忽然便好奇起來，想去施法讀一讀他的內心。

豈料自己的心神剛一探入眼前人的內心，她端著碗的指尖便被炙得一顫——哎，她不禁感念：能被封在冰面下的熊熊烈火，該有著怎樣的堅持不懈與小心拿捏？

至此，翠凰終於覺得，自己這一次的附身，開始變得有趣起來。

與此同時，輕鳳還在長安城中不停地奔跑。這天自逃離翠凰開始，她就仗著隱身，一路如入無人之境，像洩恨一般跑遍了長安城，試圖耗盡自己所有的精力。

也許是受到翠凰變出的那朵烏雲影響，入夜後的長安竟淅淅瀝瀝下起小雨來。作爲一隻生性怕水的黃鼠狼，輕鳳竟破天荒地沒有躲雨，她獨自站在空無一人的朱雀街心，迎著滿天雨絲怒視夜空，握起拳頭撕心裂肺地咆哮：「魅丹！見鬼的魅丹！我不服！我不服！我不服——」

「姐姐！」循著輕鳳困獸般的怒吼，飛鸞終於找到了輕鳳，大大鬆了一口氣：「我到處都找不到妳，妳跑哪裡去了？」

輕鳳在雨中轉頭望著飛鸞，慘白的臉上濕漉漉的，分不清是雨跡還是淚痕：「妳知道嗎，剛剛我跑遍了長安城，見到了許多王孫公子，他們一個比一個風流俊美，可是我一點動心的感覺都沒有，一點都沒有。我愛上李涵，一定是因爲魅丹……」

「姐姐，」飛鸞擔憂地望著輕鳳，不知道該說什麼，只好上前牽住她的手：「天都黑了，不如我們先回去吧。」

「回去？回哪裡去？」輕鳳灰心喪氣地問飛鸞，沉默了片刻，突然開口：「我們回驪山吧。」

「回驪山？」飛鸞渾身一震，像被針扎了一般，倉皇失措地後退了兩步，「姐姐，我……我捨不得。」

「對哦，妳捨不得那個李公子了……」輕鳳苦笑了一聲，喃喃道：「都怪我，是我自作自受。」

兩隻小妖渾身濕透，在雨中彼此對視。

「是我錯了，」沉默許久之後，輕鳳驀然開口，終於第一次向飛鸞認錯：「是我對不起妳，明明狐族已經解除了危機，我卻因爲一己私心，害妳回不了驪山，害妳喜歡上李玉溪，我不配做妳的姐……」

「姐姐，」飛鸞猛然伸手抱住輕鳳，在她耳邊喃喃低語：「我沒有怪妳啊，我喜歡李公子，能喜歡上他我很開心，不管是因爲我自己喜歡，還是因爲妳。」

說這話時她語氣溫柔，滿滿都是幸福，輕鳳嘴角向下一咧，嗚嗚哭起來。

飛鸞仍舊抱緊輕鳳，小手一下又一下地拍著她的背，就像小時候奶娘哄自己一般，輕聲哄勸她的姐姐：「姐姐，妳也別難過了好不好？喜歡皇帝就喜歡嘛，不管是因爲魅丹，還是因爲妳自己……好不好？」

「我，我……妳讓我想一想啊，」輕鳳抽噎了幾聲，似乎還眞的想了一下，停頓片刻又哭起來：「可他還是個短命鬼……」

「唔，這是很糟。」飛鸞誠實地點點頭，低頭蹭了一下輕鳳的腦門：「可是都喜歡上了，還能怎麼辦？」

「是啊，還能怎麼辦呢？」輕鳳甕聲甕氣地重複了一遍，突然掉臉打了個噴嚏。

「哎呀姐姐，妳生病了！」飛鸞驚奇地看著輕鳳，忍不住問：「我都記不得生病是什麼感覺了，妳現在感覺如何？」

「嗯，有點冷，頭也有點暈。」輕鳳打了個寒噤，迷迷糊糊地表示：「估計是之前救小猴子的時候耗了功力，還沒休養好。」

「那就更不能淋雨了，我們快回去吧。」飛鸞拉著輕鳳一同變回原形，抖了抖毛髮上的水珠，望著姐姐瞇瞇一笑：「走，我們回離宮。」

端午的一場雨，讓輕鳳病得不輕——作為一隻生性怕水的黃鼠狼，平時她連洗澡都是蹭著露水打理身子，因此這次淋成落湯雞之後，又因為道行受損，果然順利染上了風寒。

實際上輕鳳非常感謝這場風寒。在她頭重腳輕、鼻塞聲重、昏昏沉沉之後，她終於可以一頭栽倒，暫時不用去煩心魅丹或者李涵了。

昏睡時她仍舊感覺得出飛鸞的靠近，她尖尖的下巴正搭在她的肩頭，有一句沒一句地不停在自己耳邊反覆：「姐姐妳好點沒？姐姐妳還難受嗎？姐姐妳……」

輕鳳閉著眼睛蜷縮在雲絮般的衾被裡，因為病得說不出話，心底由衷地慶幸。

這個時候可以暫時選擇逃避，眞好……

可惜將腦袋埋在被子裡，只是一個自欺欺人的辦法——此時天子寢宮之中，王內侍正守在批閱奏章的李涵身旁，一邊奉茶一邊低聲問道：「陛下，今夜您還宣召妃嬪侍寢嗎？」

李涵聞言放下奏章，抬起頭略微想了想，笑道：「嗯，算算日子，今夜可以宣黃才人來我這裡。」

不料王內侍立刻低下頭，苦著臉回答李涵：「陛下，黃才人近日染疾，正在養病呢。」

「哦？我怎麼沒聽說，」李涵聞言皺起眉，瞥了一眼王內侍，問道：「她生了什麼病？」

「回陛下，黃才人只是偶感風寒，並無大礙，所以卑職才不曾向陛下稟報，免得您多慮。」

「嗯，這麼說來，同居一宮的胡婕妤和黃才人，現在都已經病倒了？」李涵皺眉說罷，起身踱步至殿外，抬頭望著從殿簷上注下的一道道雨線，若有所思道：「你安排一下，我要過去看看……」

寂寥的宮殿裡捲起水晶簾，被五月清涼的雨氣吹進了滿苑的花香，還有一股子好聞的新鮮土腥味。

昏睡中的輕鳳吸了吸鼻子，恍惚就夢見了自己小時候——那時她正嗷嗷待哺，卻不得不天天吞咽著腥氣的田鼠肉糜、鵪鴣肉糜、喜鵲蛋羹……娘親就半躺在離自己不遠的地方，背靠著幾條從洞頂延伸下來的樹根，一邊悠閒地哼唱著小曲，一邊輕拍著自己懷中的襁褓。

襁褓中毛茸茸的紅腦袋正拱在娘親的胸脯上，發出嘖嘖的輕咂聲，聽得輕鳳無比眼饞。她看見娘親閉著眼睛就像睡著了一樣，情不自禁地悄悄爬過去，一把推開了正在吸奶的那隻小傢伙，自己噘著嘴湊了上去。

可是娘親卻在這個節骨眼上醒來，睜開了濕漉漉的黑眼睛，抬手撫上輕鳳的額頭，溫柔卻毫不猶豫地將她推開：「輕鳳，不要淘氣，讓妳妹妹好好吃奶。」

小小的輕鳳很不平，吸著鼻子喘著氣，盯住那個霸佔了自己娘親的醜娃娃，心想她才不會是自己的妹妹呢——她的毛髮比自己紅，臉扁扁的像個桃子，個頭還比自己大！真是隻怪物。

可惜長大了以後，輕鳳才發現自己原來被怪物們包圍著。族裡只有娘親與她是不同的，有時候娘親會牽著瘦骨伶仃的自己和胖乎乎的飛鸞去看夕陽，金色的陽光懶洋洋地灑在她們身上，娘親總會笑著對輕鳳說：「知道嗎輕鳳，妳也是一個小公主呢。」

輕鳳喜歡這個話題，她總是仰著小臉笑瞇了眼睛，聽娘親說那個遙遠得簡直像神話一樣的故事：她們黃鼬的郡望在西邊，就在那太陽最後落下的地方，族人的皮毛顏色就和火燒雲一樣，黃中帶赤、霞光燦爛。

她的娘親是族中的公主，住在一棵沒有樹冠的古木裡，每天享受著凡人的供奉。可是忽然有一天，她們的族群被一場橫禍滅族，只有娘親抱著她僥倖存活了下來，而救了她們的，竟然是飛鸞的爸爸。

娘親說著就把飛鸞拎到了輕鳳的面前，輕鳳將小臉皺成一團，心情很複雜地看著那個被她娘親牽在手中不停轉圈圈的娃娃，聽娘親柔聲道：「那是一場許多個種族之間的混戰，要不是因為我剛生下妳，恩公他也不見得會救我。記得當時他在泥濘中將飛鸞丟給我，小狐狸瘦得跟隻小狸貓似的，餓得都沒力氣哭啦……」

那時候話還說不利索的輕鳳，只能眨巴著眼睛看著自己的娘親，在心裡對她哭訴：現在是我瘦得跟隻小狸貓似的，餓得都沒力氣哭啦……

那麼多年過去，她和娘親在狐族中相依為命，雖然有飛鸞作伴，輕鳳卻始終記得娘親講過的故事——她也曾是一族公主，生涯本該美麗如錦。

所以她偷了魅丹，離開驪山，以為能從此揚眉吐氣，哪知卻自食苦果。

輕鳳從夢中迷迷糊糊地醒來，看見床前紗帳已被宮女們掀起，床頭現出了王內侍的笑臉。

「胡婕好，今天身子好些了沒？聖上來探望妳啦……」

王內侍的話令輕鳳心底一涼，忍不住又往衾被中縮了縮，而此時正躺在輕鳳身邊裝病的飛鸞，只得苦著臉支支吾吾道：「嗯……臣妾……咳咳，不能起身恭迎陛下……」

飛鸞話還沒有說完，李涵便已進殿走到她們床前，語帶關切地輕聲道：「愛妃不必多禮，快快躺下。」

輕鳳蜷在被窩裡一動不動，餘光瞥見了李涵的笑臉，鼻中陡然一酸——他是專門來看飛鸞的吧？因爲魅丹的緣故，他只會被飛鸞吸引，而自己和他之間的情分，不過是她一頭熱罷了。

輕鳳失望地閉上雙眼，剛想靠裝睡蒙混過去，不料滾燙的額頭卻忽然一涼——李涵冰涼涼的手指竟貼上了她的額頭，親切的笑語也在她耳邊響起：「聽說黃才人近日也病了？」

輕鳳依舊緊閉著雙眼，一股苦澀在她心底擠壓翻騰著，似乎下一刻就會令她撐不住哽咽起來——李涵在關心她，他的手指正撫摸著她的額頭，乾燥而冰涼的觸感是那麼的舒服……

這一刻，自心底湧現的眷戀和幸福，是如此清晰刻骨，這樣的心情，怎麼可能僅僅是魅丹的產物？就像那一夜，他帶給自己的溫存，每一點一滴都眞實存在過，才會深深銘刻進她的腦海。

陛下，李涵……你知道嗎？你對你自己和我都一無所知。此刻你在這裡關心著我，一隻可以千年不死的妖精，可是將來，誰來關心你呢？

輕鳳的眼角滑出一滴淚。

煙水明媚的曲江離宮，戒備自然沒有大明宮森嚴，因此在企圖偷腥的人眼中，的確算一顆有縫的蛋。

這一天日暮後，李玉溪鬼鬼祟祟地摸到了城南青龍坊，在江埠上花錢租了一艘小船，順著橫亙青龍坊的曲江支流，悄悄蕩槳潛入了曲江離宮。

此時江面上密佈著高過人頭的荷花，李玉溪害怕暴露行蹤，將槳划得極輕極慢，小船在暮色中幾次都險些失去方向。他素白的長袖已被綠水打濕，不知名的水鳥在他頭頂低聲嗚叫，岸上矇矓的燈火既給他帶來安慰，又叫他心驚膽戰……

「柳暗將翻巷，荷欹正抱橋……」李玉溪伸手撥開荷葉，在黑夜中睜大了眼睛，戰戰兢兢的心頭不斷盤桓著那些綺麗的詩：「夢到魂飛急，書成即席遙。河流沖柱轉，海沫近槎漂……」是了，今夜他就是那個爲信守藍橋之約而死的尾生，寧願抱著橋柱任江河氾濫，直到乘著浮槎漂流到海天之上，也要見到他夢中的織女……雖九死而不悔！

「我一定是瘋了……」李玉溪一邊划船一邊失神地低喃，神經質地笑了笑——他十年寒窗苦讀，傾盡所有的心力，也不過就是爲了中個功名，爲宣政殿上那位高高在上的天子嘔心瀝血、肝腦塗地而已。可是今夜，他卻傾盡心力潛入深宮，只爲了與一個本是天子禁臠的女子偷情！

這樣的秘事若是敗露，必會爲他招來誅九族的災禍，可是他竟然冥頑不靈、雖九死而不悔！李玉溪想到此處，忍不住閉上雙眼，靜靜伏在船上喘息了好一會兒。

此時岸上殿宇的輪廓依稀可辨，亭台樓閣，處處都是帝王氣象。就在他氣怯之時，忽然耳畔傳來一陣悅耳的彈琵聲，李玉溪慌忙抬起頭，目光越過田田荷葉，在岸邊柳下，發現了那一道令他魂牽夢縈的窈窕身影。

他趕緊小心翼翼地催動蘭舟，將船靠近岸邊，激動地看著飛鸞輕巧地跳上小船，在水浪的顛簸中撲進他的懷裡。此時李玉溪哪敢忘情，他立刻操槳將船划入荷葉的迷陣，在確定了與岸上的距離足夠安全之後，才魂不守舍地丟開船槳，大膽地伸手將飛鸞摟進懷裡。

李玉溪哆嗦的雙唇毫無血色，卻不斷吻著飛鸞沾著霧水的長髮，將臉埋在她頸間喘著粗氣。他發顫的指尖拂過她遍體雲霧般的羅綺，緊緊扣住她不堪一握的纖腰……他是不是仍舊清醒？眼前的相逢是不是一場夢？飛鸞不說話，回答自己的只有這滿江風荷……她真是他的「無雙漢殿鬢，第一楚宮腰」。

「你是怎麼找到我的？」李玉溪望著飛鸞，神魂沉入她的雙眸，在那片水月之色中漸漸迷失。

飛鸞今夜的情緒很是低落，因此她只是靠在李玉溪的懷中，低喃道：「我沒有特意找你，約好由我彈琵琶爲信的，我就一直坐在岸邊彈琵琶呢……」

她照舊隱瞞了自己可以嗅見他氣味的事實，而此時李玉溪也發現了飛鸞的異樣，不由將身子往後退了退，關切問道：「妳怎麼了？不開心？」

「嗯，」飛鸞低低應了一聲，將小臉埋進李玉溪的懷裡，悶悶地歎氣：「最近亂得很，在我身邊發生了好多事……李公子，我好高興，能與你相識。」

李玉溪怔了怔，低頭望著懷中清雅出塵的飛鸞，不禁再次將她緊緊摟住：「相識相知，三生有幸。」

「三生有幸？」飛鸞抬起頭，望著李玉溪，有點不敢確信。

「嗯，三生有幸。」李玉溪微微一笑，伸手揉了揉飛鸞的頭髮：「願生生世世，相識相知。」

「真好……」飛鸞沉吟片刻，驀然靈透地笑起來，絕世無雙的笑容豔若菡萏：「李公子，你真好。」

李玉溪一愣，下一刻便眼睜睜地看著飛鸞撲上來，閉著眼吻住了自己的唇。她親暱地磨蹭著他的身子，全身三百六十處骨節，竟能像蛇一樣靈動，瞬間便在這片江面上廝磨出無邊的紅蓮業火，將他一點點炙熱、點燃，直到焚燒殆盡。

李玉溪沉醉地在船頭躺倒，任自己與飛鸞一同寬衣解帶、幕天席地。她藕白的嬌軀與自己熨帖，在顫慄的細浪中逐漸染上芙蓉色的嫩紅；他們的喘息比江水的節拍更急促，呻吟又比之更綿長，推波助瀾，伴隨著汩汩的潮湧，直到將渾身的熱力揮霍一空。

霧唾香難盡，珠啼冷易銷……星月的光輝從蒼穹灑到江面上，他們的小船也在這粼粼江水中蕩漾，載沉載浮，多虧了有纏綿不盡的荷葉幫忙繫住。精疲力竭的李玉溪和飛鸞依偎在一起，懶得往身上披一絲一帛，就好像一對藏在荷葉下交頸而眠的鴛鴦，任由著身體髮膚都融進這一片天地夜色裡，月白的浮光彷佛交融的水乳。

這一刻他們心無雜念，再也不要想什麼未來，從此黃泉碧落，雖九死而不悔。

一夜的繾綣之後，飛鸞和李玉溪雙雙蜷在素白的衣袍下，躲避著不斷從荷葉上滾落的露水。趁著長夜未盡之時，飛鸞窩在李玉溪的懷裡，戀戀不捨地呢喃：「李公子，你該回去了……」

「嗯，」李玉溪握著飛鸞的一隻手，仰望著漫天的星光，悵然點頭。

不論身強體健的輕鳳再如何自怨自艾，一場風寒總是來得快去得也快。只是身體復元雖容易，心病卻難醫，因此病好後她還是成天懶洋洋地蜷在被子裡，與飛鸞一起躺著裝死。

這樣消極的辦法自然撐不了多久，很快內侍省奚官局竟派人前來，決定要將飛鸞和輕鳳隔離。奚官局用的理由竟是胡婕妤久病不癒，以至於傳染了黃才人，言下之意，大有點要將飛鸞送進冷宮自生自滅的意思。

飛鸞立刻著了慌，求救般盯著輕鳳看，最後還是輕鳳對那些虎視眈眈的內侍們發了話：「你們去回稟太醫，就說我的病已經好了，胡婕妤也很快就會康復，現在再讓我與胡婕妤分開，已經完全沒有必要。」

內侍們面面相覷，看著拒不從命的輕鳳和飛鸞，也只得權且回去覆命。待到殿中宮人盡數離開，輕鳳才無奈地倒進靠枕，望著飛鸞道：「看來，今後我們沒法再裝病了。」

「嗯，姐姐……」飛鸞乖巧地靠在輕鳳懷裡，低聲喃喃道：「我不能再裝病，那侍寢怎麼辦？妳那麼喜歡那個皇帝，可我……」

「沒事，」輕鳳面色平靜地望著飛鸞，目光中帶著一抹決然的堅定：「妳不用擔心侍寢的事，他若召妳侍寢……我來替妳去！」

飛鸞被輕鳳的決定嚇了一跳，可細細一想，卻又無從反駁。她知道姐姐對李涵已是情根深種，雖然翠凰說那是魅丹的緣故，但她一點也不相信。從小到大，姐姐都爲她迎風擋雨，無懼無畏，這樣的姐姐，怎麼可能會被半顆魅丹改變心性？

「好，我都聽姐姐的。」飛鸞認眞地點點頭。

於是風平浪靜地過了幾天，該來的終究躲不過，在經過一段得體的等待之後，李涵果然宣召飛鸞侍寢。

這一天輕鳳默默陪著飛鸞接完旨，在王內侍離開後拍了拍她的肩頭，輕聲安撫她：「別擔心，今晚妳照舊去見李公子吧，侍寢就由我去。」

飛鸞有點緊張地咬住唇，在看見輕鳳冷靜從容的眼神後，乖順地點了點頭。

傍晚，輕鳳沐浴後坐在涼風習習的大殿裡，身上只鬆鬆披著一件薄如蟬翼的水紅色浴衣。她注視著鏡中的自己，緩緩閉上眼睛，待到再睜眼時，就看見鏡中人已變成了飛鸞的模樣。

輕鳳望著銅鏡，一瞬間有些失神，鏡中紅潤的桃心小臉我見猶憐，怎麼可能不招他喜愛呢？這樣比較起來，自己的樣貌眞是相形失色。輕鳳忍不住幻想，如果盜竊魅丹那天，自己能夠再大膽一點，將那顆魅丹整個吞下肚去，結果又會怎樣——也許早就被灰耳姥姥挫骨揚灰，又或者今天李涵就會與自己心心相印。

可那時她因爲懼怕責罰，才逼飛鸞陪自己吞下了半顆魅丹，所以今日的局面是她咎由自取，怨得了誰呢？想到此輕鳳心中竟有些灰濛濛的釋然，她黯然起身，用玉簪將微濕的長髮鬆鬆綰了個拋家髻，又換了一件輕羅夏衣，隨後趿上繡履走出大殿，沿著冰涼的玉階拾級而下。

王內侍派來的肩輿正停在殿前等候，這時夜色漸濃，星星點點的流螢從腐草上飛起，有些竟棲在肩輿雪白的冰綃紗帳上，綠瑩瑩像隨風揚起的夢。

輕鳳舉高團扇遮住自己的臉，抱著膝坐在肩輿上，由內侍們抬著往李涵的寢宮去。這一路上，點點流螢亮如星塵，不停圍著輕鳳好奇地打轉，懵懂生靈看不懂她的愁緒，只知道如魚得水般來來去去，貪婪地從她身上汲取靈力。

輕鳳一路默不作聲，只在心裡盤桓著這樣一個念頭——如果她不曾知曉魅丹的秘密，如果今夜李涵欽點的是自己，此刻在她眼前展開的這幅畫卷，該是怎樣的一派良辰美景？

此時天子寢宮外，王內侍正站在階下等候，當他看見輕鳳有氣無力地被宮女們扶下肩輿時，立刻笑著上前迎接：「卑職恭迎胡婕妤。」

他一邊行禮，一邊暗暗心想：這樣乖巧嬌弱的美人，才是與聖上最相配的貴人，真是比同住一宮的黃才人賢淑了許多……

輕鳳無精打采地點了點頭，任由王內侍殷勤地替她張羅，跟著他緩緩走進李涵的寢宮。此刻大殿內燈火通明，李涵依舊坐在那張芙蓉錦榻上批閱奏章，一成不變地迎接前來侍寢的嬪妃。

輕鳳一看見燈下的李涵，心就被扯得一疼，她立刻低下頭盈盈朝李涵一拜，音色輕脆如寒水上的薄冰：「臣妾胡飛鸞，見過陛下……」

「嗯，免禮平身吧。」李涵放下奏章，抬頭看了輕鳳一眼，卻發現她一臉消沉，不禁關切地問：「愛妃身體可大好了？」

「多謝陛下垂愛，臣妾的身體已經康復了。」輕鳳乖巧地回答。

「康復就好，」李涵對她點點頭，像是忽然想起了什麼似的，無奈地一笑：「妳們姐妹倆啊，都不能叫人省心。黃才人她還好吧？」

輕鳳聽李涵忽然提起自己，一顆心頓時像被狠狠碾壓過一般，好一陣喘不過氣來。她目光閃爍地望著李涵，臉上勉強擠出一絲笑，輕聲回答：「我姐姐她很好……」

聽了她的回答，李涵的臉色越發柔和起來，他向輕鳳招招手，示意她到自己身邊來：「好了，妳不用害怕，過來吧。」

輕鳳乖乖地走上前，安靜地站在李涵面前。一片瀲灩燭光裡，她低眉順眼，緘口不言，李涵一時竟不知該如何與她搭話。

自封王以來，李涵碰見過形形色色的妃嬪，不管她們生性是熱情還是羞澀，她們的眼神總會充滿殷勤期盼——這樣李涵才容易與她們挑起話頭，畢竟侍寢需要肌膚相親，一位本就呼之即來揮之即去的妃嬪，若是再相對無言地共度一夜，他怎麼可能自在。

相比之下，眼前人雖豔如桃李，他卻更想念輕鳳那一雙靈動的黑眼睛。

「胡婕妤，」最終李涵主動打破了沉默，不想再讓氣氛繼續沉悶下去：「看來今夜妳並沒有準備好，可我已封妳爲婕妤，若不定期召幸妳，於禮不合，妳懂嗎？」

所謂雨露均沾，身為帝王，他不能任意偏寵某一位嬪妃，尤其是毫無家世背景的嬪妃。他就是知道黃才人和胡婕妤姐妹情深，才必須一視同仁，否則她二人遲早會因為身分懸殊而分離。

好在無須他多作解釋，眼前鬱鬱寡歡的美人已經抬起頭，望著他靦腆呢喃：「陛下，我懂的。」

「妳明白就好。」李涵索性牽住「胡婕妤」的手，將她拉到自己面前坐下：「我不是孟浪之人，妳不必太害怕，來，替我寬衣吧。」

輕鳳唯唯諾諾地點頭，開始動手為李涵寬去龍袍。當她纖細的手指勾住他頸側的衣結時，她不自覺就想起那一夜，於是忍不住抬眼尋找那只盛滿水晶珠子的笸籮，可是芙蓉錦榻旁的黑漆案台上，這一次卻什麼都沒有。

是的，這一次到底是不一樣的。輕鳳低下頭，輕輕為李涵解去腰帶，跟著又伸手扶住他的髮冠，穩穩地除下來放在案上。今夜她比上一次熟練了許多，可自己現在是胡飛鸞，她不可能向他撒嬌邀功……

不對，似乎還有什麼地方不對，輕鳳驀然睜大雙眼——這一次她的確比上次要熟練，可是這一次，他也沒有像上次那樣中途搗亂……這是為什麼呢？為什麼他在「飛鸞」面前，會變成一個溫柔又規矩的人？

就在輕鳳失神的時候，緊挨在她身旁的李涵卻忽然按下她的雙肩，輕輕在她鬢角落下一吻。他柔軟的雙唇讓她腦中一片空白，渾身止不住發顫，一時竟分辨不出自己心裡是個什麼滋味。

他的吻很輕柔，也很冷淡；他的手指很有分寸，也很疏離。在「飛鸞」面前，他是一個謙謙君子，無情帝王。

原來他在面對她的時候，才會促狹，逗弄，百般親暱。原來根本不需要什麼魅丹，李涵對黃輕鳳，一直都是另眼相看。

這意外的眞相徹底弄懵了輕鳳，驟然襲來的幸福和心酸令她心如擂鼓，無所適從。李涵對她有情，可這份情卻像一把刀子，扎得輕鳳心中鮮血淋漓——就算兩情相悅，命運給他們的時間卻是那麼短暫，十年彈指，然後留她千年寂寞，眞是不公平。

輕鳳緊閉起雙眼，在李涵遊走的親吻間喘著氣，椎心之痛已經滿溢到了她的喉頭，似乎下一刻就能破喉而出——可眼前這條路分明是她親手選擇，並且準備一意孤行走下去的，所以現在她連哭的資格都沒有，不是嗎？

輕鳳爲了壓下哽咽，只好越發賣力地喘氣呻吟，她發出的聲音鼓舞著李涵，指引他繼續在她身上撩撥迷亂的火……

在情慾洶湧的裹挾下，輕鳳的思緒一片混亂，她時而想著李涵與她的今生今世，時而又想著這一世過後，她能去哪裡尋他。

當蟬翼般的宮裝一層層褪下，輕鳳感覺到李涵覆上了自己的身體，他的手緩緩滑上她的心口，讓她揪成一團的心驟然一停，跟著一股窒息的眩暈就席捲而來，令輕鳳不得不在李涵的身下弓起身子，求救一般緊緊地將他抱住。

陛下，若今生短暫，下一世，我還來找你好不好？

她一邊在心中問李涵，一邊攀住他的肩。

不，他是天子，是天上星君下凡，歷經一世後就會重返天庭，他與她是沒有下一世的。

絕望的答案瞬間擊垮了輕鳳。她頹然倒在榻上，縮在李涵的身影下注視著他的眉眼，終於忍不住捂住唇，嗚地一聲哭起來。

「胡婕妤？我……弄疼妳了嗎？」李涵撐在輕鳳上方望著她，心中滑過一絲倉皇，卻又覺得莫名其妙——他明明什麼都還沒有做。

輕鳳搖搖頭，卻在他關切的眼神中哭得越發止不住。

「對不起，陛下，我下次不會了……」只是今天她實在沒辦法，沒辦法置生死於度外，全心全意與李涵在一起，「下次不會了……陛下。」

身下的美人哭得梨花帶雨，讓李涵簡直要懷疑自己是個荒淫無道的暴君，他歎了一口氣，無奈地放開輕鳳，抬手掠起散落在額前的髮絲，冷冷道：「胡婕妤，我以爲我已經足夠有耐性……算了，妳退下吧。」比起勉強一個哭哭啼啼的美人，他還是更願意去招惹那個古靈精怪的野丫頭。

輕鳳立刻如蒙大赦般謝恩，一邊抽噎一邊哆嗦著穿好衣服，在逃離李涵的寢宮前，卻戀戀不捨地回頭望了一眼坐在榻上的李涵。

他在暈黃的燈光裡衣衫凌亂，正自嘲地笑著，修長的手指已經從案上拾起了一份奏章，似乎打算就此打發掉剩下的寂寂長夜——他明明是坐擁三宮六院的九五之尊，卻願意在遷就了一個小小的婕妤之後，獨自安享清靜寂寞。

她的天子，孤獨、溫柔、端方、敏銳，對她又有獨一份的頑劣孩子氣……會愛上這樣的人，和魅丹有什麼相干？

輕鳳霎時間淚眼矇矓，緊揪的心再度刺痛起來，她禁不住捂住自己的心口，默默凝視著內殿中的李涵，在心中立誓——陛下，你等著我，從此我一定伴隨你左右，拚一身修爲替你消災解厄，保你一世長命無憂。

第八章　降妖

輕鳳一口氣跑出李涵的寢宮，也謝絕了王內侍安排的肩輿，孤身一人走回自己的宮殿。

一路上林苑中潔白的香花都在盡情吐露著芬芳。梔子、茉莉、白蘭、晚香玉，花香帶著雨水的味道，悄然瀰散在輕鳳的四周，她在這清新的良夜裡停下腳步，大口大口地貪婪呼吸，內心也終於逐漸恢復平靜。

是了，她要改寫李涵的命運，輕鳳在心中暗想。無論是疾病還是橫禍，總有辦法破解，實在不行，驪山狐族還有許多的秘寶，她就算豁出一條命，也要替李涵求來。

就在輕鳳沉吟間，一隻熒亮的螢火蟲忽然飛到她面前，毫不客氣地停上了她的鼻尖。輕鳳對著眼盯住那隻綠瑩瑩的小蠓蟲，不禁在心中暗暗一嗤：不成氣候的小東西，任你如何在我身上搜刮靈力，也是成不了仙的！

不料下一刻那隻小蟲竟像聽懂了輕鳳的話似的，忽然又飛離了她的鼻尖，在空中繞了幾個圈子向西而去。與此同時，又有數十隻螢火蟲星星點點地跟隨牠往同一個方向浮動，輕鳳看了不禁納悶，稍一掐指，就算出了西面那股非比尋常的靈力——不用想輕鳳也能猜出那是誰，她雙眉一皺，索性跟隨著螢火蟲向西而去。

事實果然不出所料，在繞過幾處亭台水榭之後，輕鳳很快就在苑囿的百花之上，看見了那隻端坐在雲中的狐狸。此刻翠凰正被飛舞的流螢團團包圍，寶相莊嚴如眾星捧月，在點點螢光映照下的笑容，亦如月光一般皎潔。

「哼，我就知道是妳，大老遠就嗅出來了。」輕鳳故意吸吸鼻子，冷笑了一聲。

「嗯，難得妳還有閒心逛花園啊，」翠凰閒適地坐在雲中，裙角輕輕掃過馥郁的花叢：「這裡比驪山漂亮不少，人也有趣，特別是看妳爲了那皇帝病得死氣沉沉，還要裝成飛鸞的樣子去陪他，又是強顏歡笑，又是哭哭啼啼——」

「哼，不好意思，我以後不會再讓妳看笑話了。」輕鳳打斷翠凰的奚落，昂首挺胸，毫不示弱地瞪著她。

翠凰不以爲然地一笑，伸手像撫摸貓兒一般捏了捏自己腿邊氤氳的雲朵，睥睨著站在地上的輕鳳道：「怎麼，不介意魅丹了？」

「沒錯，」輕鳳仰起頭，對翠凰翹著鼻尖道：「橫豎我已經吞了魅丹，不管是不是因爲它，反正我就是喜歡李涵！魅丹吃了就算我的，所以對他的情也是我的！難不成我吃了田鼠，身上長出來的肉還要算田鼠的嗎？不管是魅丹、田鼠，還是山雀蛋，只要吃進肚子，就統統都是我黃輕鳳的！是福是禍，都輪不到妳多嘴。」

翠凰聽了輕鳳張狂的話，卻毫不在意她的挑釁，逕自冷冷一笑：「話別說太滿，妳遲早有求我的時候。」

「求妳？我寧願上刀山下火海，都不會求妳！」輕鳳一撇嘴，甩著手、背過身，大步流星地離開。

這一晚溜出宮偷情的飛鸞回來得比平時稍早，當她躡手躡腳摸回宮裡時，卻在電光石火間被輕鳳一把抱住，嚇得她毛髮倒豎，險些魂飛魄散。

「我想通了！飛鸞！我想通了！」只聽輕鳳壓低了聲音，在飛鸞耳邊不斷喊道：「我喜歡李涵，不管是不是因爲魅丹，我都喜歡他！就算只剩十年陽壽也不要緊，他還有我呢，我一定要幫他破解死劫！」

飛鸞被輕鳳唬得一驚一乍，但她仍是彎著眼睛笑起來，緊緊回抱住輕鳳：「好，這樣眞好，姐姐，我也會幫妳的！」

世間最美最好的，就是大家都能夠天長地久。

當黎明前的晨霧散去，李玉溪將小船泊在岸邊，又付了些錢給等候自己一夜的船夫，請他替自己保守秘密——畢竟潛入曲江離宮這種事，必須掩人耳目。

他已經沉溺在這禁忌的戀情中，無法自拔了。只要一想起自己與飛鸞在滿江荷花中耳鬢廝磨，李玉溪就忍不住在心驚膽戰中渾身燥熱，他能感覺到天子明晃晃的鍘刀就懸在自己的頭頂，可就是這樣命懸一線的冒險，竟給他帶來了別樣的快感。

李玉溪光是心裡這樣想著，雙頰就止不住地發起燙來。他一路袖著手，低著頭，從青龍坊匆匆北上回自己所住的崇仁坊，不料卻在路過永崇坊時，被一道熟悉的聲音叫住。

「十六郎！」

李玉溪聽見這聲呼喚後渾身一激靈，茫茫然抬起頭來，就看見了立在華陽觀外的全臻穎。一瞬間他面紅耳赤，可很快臉色又開始發白，只得耷拉著腦袋低低應了一聲：「全姐姐……」

「十六郎，你還在生我的氣嗎？」全臻穎飛步跑下台階，揚起雙臂緊緊將李玉溪摟住，側過臉靠在他肩頭低喃：「唉，冤家、冤家，你可真是我的冤家……」

「全，全姐姐……」李玉溪聞見了全臻穎身上熟悉的香味，一瞬間有些失神，下一刻卻飛快地從她懷中掙脫開，垂著頭吞吞吐吐道：「全姐姐，過、過去多謝妳照顧了，我如今住在崇仁坊，妳有時間就去坐坐。」

全臻穎聞言一怔，精明的鳳目掃了一眼支支吾吾的李玉溪，立刻就敏銳地察覺出一絲端倪：「你知道我沒那麼多自由出入華陽觀的，既然你住在崇仁坊，現在晨鼓還沒敲，你爲何會從南面路過永崇坊的？」

「啊？我……」李玉溪驚慌地抬起頭，雙唇囁嚅了半天，卻無言以對。

「你是從青龍坊來的吧？」全臻穎退開一步，狐疑地打量著長袖沾水、鞋尖掛泥的李玉溪，冷笑了一聲：「你是不是摸進曲江行宮，去找她了？」

「妳，妳別亂說，」李玉溪立刻否認，語無倫次地辯解道：「我，我是去南面的進昌坊慈恩寺進香的，因爲有急事，才會這麼早就趕回崇仁坊——」

「算了吧，現在天還沒出太陽呢，你的鼻尖就開始冒汗了，下回撒謊記得要先沉住氣，」全臻穎仰起頭傲慢地打斷李玉溪，一語戳穿他的謊言：「慈恩寺在進昌坊西面，你若急著趕回家，絕不會從東面取道路過這裡。」

李玉溪一聽這話臉就白了，可他仍舊執拗地低下頭，欠身與全臻穎告別：「全姐姐，不管妳信不信，反正……我要先回去了，我真有急事。」

「你等等！」全臻穎見李玉溪急著要走，立刻伸手拽住他的衣袖，咬著唇嗔怒道：「你這薄情的冤家！要不是今天恰巧讓我碰見你，你，只怕是再也不會登我的門了吧……」

她話還沒有說完，這時長安城的晨鼓卻驟然敲響，震天響的鼓聲瞬間便將全臻穎口中的話湮沒。李玉溪在鼓聲中紅著臉與全臻穎對視，面對她的不依不饒，心裡既內疚又羞愧。兩人就在這鼓聲中默然相對，直到三千響的晨鼓戛然而止後，才尷尬地重新開口對話。

「冤家……」全臻穎放開李玉溪的袖子，語氣已經和軟了下來：「上次算我錯了，你就回去收拾收拾，再搬到我這兒來吧……」

這些天全臻穎反覆思量了很久，當最初的傲氣被時間消磨成焦灼的等待，她現在一心只想與李玉溪和好，卻萬萬沒料到往日一向對自己唯唯諾諾的十六郎，這一次卻不再聽話。

「全姐姐，其實這些天我已經想過了，妳說得對，我……我不應該再黏黏糊糊的，我……」

李玉溪困窘地望著全臻穎，心裡一遍又一遍地逼迫自己，最後終於鼓足勇氣將心底的話和盤托出：「是我對不起妳，全姐姐。既然現在已經這樣了，我就不能再對不起兩個人，所以全姐姐，是我對不起妳……」

「你說什麼？」全臻穎難以置信地反問了一句，瞪著只顧閉起雙眼悶頭大喊的李玉溪，破口罵道：「你眞是鬼迷心竅了！你是不是想去送死？你這不知天高地厚的傻瓜……」

「也，也許吧……」一瞬間李玉溪失神地苦笑起來——他沒有辦法，眞的沒有辦法，也許他的確是鬼迷心竅，否則怎麼解釋當飛鸞天眞無邪地望著自己時，他滿腦子只會冒出那些邪念？過去他以為人生的良辰美景，不過是花前月下，有全姐姐吟唱自己寫的詩，可當飛鸞在遙不可及之處唱響他的詩作，他只是孑然獨立，身邊無花無酒，魂魄就可以飛到九霄雲外。

「你瘋了！」全臻穎瞪大雙眼，像看著一個不可救藥的瘋子一般，叱問李玉溪：「你去招惹的是什麼人，你到底知不知道？」

全臻穎還待要罵，這時從華陽觀的門內卻探出一張清秀的臉龐，望著全臻穎笑道：「全師姐，妳怎麼還在外面瞎晃，該上早課了！」

全臻穎聞言臉色立刻一變，只得回頭應了一聲，跟著忿忿地望了李玉溪一眼，丟下句「你好自為之吧！」，便轉身決然離去。

當全臻穎低頭走進華陽觀時，就見方才趴在門邊喚她的小師妹湊上來，衝著她笑嘻嘻道：「全師姐，我還以為妳剛剛出門，是去與張公子話別的呢。」

全臻穎雙眉一蹙，語帶不悅地回答她：「剛剛我的確是去送張公子的，哪知湊巧竟遇上了李公子，可好，將我氣了個半死。」

「我聽師姐妳方才的口氣，似乎還是放不下那小子，」古靈精怪的鬼丫頭望著自己的師姐，竊笑道：「是不是那張公子，對師姐妳還不夠體貼呀？」

全臻穎沒好氣地瞪了師妹一眼，甩起袖子抽了她一記，撇著嘴道：「要妳油嘴滑舌！還不快跟我去經堂做早課，去晚了，公主又要怪罪。」

「是是是，」小師妹點頭如搗蒜，立刻挽著全臻穎的胳膊，奉承道：「好容易等到永師叔下一趟終南山，我們都指望著師姐妳啦，一定要幫我們騙到終南山的蜜棗，還有青精飯的秘方喔！」

全臻穎伸手戳了戳師妹的額頭，挑起柳眉啐了她一口：「要死了！爲什麼每次和那不老不死的瘋子打交道，都要我出頭？」

「當然要靠師姐妳呀！觀裡的人誰不知道啊，永師叔每次到華陽觀，都是圍著師姐妳打轉。」

「他？」全臻穎秋波一掃，鼻子裡哼了一聲，還沒來得及再說上兩句壞話，就看見某個煩人的傢伙又蹬著一雙高齒木屐，朝自己嗒嗒跑來。

「全賢侄，我都聽到了！」來人散披著一頭烏油油的青絲，黑白二色繡著北斗七星的鶴氅歪歪搭在肩上，拖天掃地，露在鶴氅外的雙手潤如削玉，手裡還橫著一朵如意般大小的靈芝：「看來妳對師叔我意見很大啊，來，送妳一棵靈芝當賠禮，服用後延年益壽，不顯老！」

全臻穎聽了這話，額頭上青筋暴起，塗著鮮紅蔻丹的指甲狠狠掐進手心，才忍住不對尊長犯上忤逆——作爲華陽觀裡一枝花，她從來都是傲視群芳所向披靡，直到某日觀裡來了個不知年歲的永師叔，長得比她師弟還要年輕，比變童面首還要妖孽，活生生一粒揉進她眼裡的沙子，眞是恨得人咬牙切齒。

而此刻站在全臻穎對面的永道士，卻對她扭曲的面孔視而不見，逕自伸手替她撣了撣道袍道：「咦，賢侄，這才多久沒見，妳從哪裡沾染上的妖氣？」

「妖氣？」全臻穎聞言一愣，好半天沒回過神來。

「嗯，」永道士春花爛漫地笑起來，伸出玉指比了個小米粒的造型，呵呵笑道：「一隻小妖，小狐妖，不治也不妨事。」

不料他話音未落，全臻穎已是激動得渾身發顫，竟第一次主動伸手抓住了永道士的胳膊，瞇起水滴滴的鳳眼嬌嗔起來：「不，永師叔，我要你幫我治嘛……」

冗長的早課之後，全臻穎死馬權當活馬醫，半信半疑地跟著自己吊兒郎當的永師叔，一同鑽進了華陽觀的某間密室。

孰料石門一關，永道士立刻變成一條大尾巴狼，涎皮賴臉地笑起來，雙唇在昏暗中閃著亮晶晶的光澤，端的是一張吹彈可破的小白臉。只見他笑嘻嘻湊近了全臻穎，左手撐在密室的石牆上，右手拈起她鬢邊一縷青絲，輕薄地往鼻間一掃。

全臻穎立刻從懷裡掏出一把剪刀，尖頭朝外當胸一架，橫眉冷對道：「永師叔，請自重。」

「哎，千萬別，這樣很傷感情哪。」永道士笑嘻嘻地移下左手，玉指一拂，被全臻穎緊緊攥在手中的剪刀，竟鬼使神差地落進了他的手裡。

全臻穎目瞪口呆，根本不知道方才一眨眼的工夫究竟發生了什麼。她覺得永師叔只不過是輕輕碰了一下她的手背，可是她的手竟忽然發麻，不由自主地張開十指，鬆開了剪刀。

全臻穎瞪著面前的永道士，一瞬間覺得頭皮發麻，不敢想他接下來會對自己做些什麼。不料永道士只是舉起剪刀喀嚓喀嚓試了下手感，緊接著剪下了她鬢邊的一綹青絲。

「這個，可以確保那個負心漢能夠回到妳身邊，」永道士衝全臻穎晃了晃手中的頭髮，瞇著眼吹了口氣，跟著手指「啪」地一彈，亮出了一張黑色的道符：「這張是『縛心咒』，可以確保那隻小妖一定會跟在負心漢的身邊，這樣釣螃蟹似的一隻牽一隻，等他把那隻小妖帶到這裡，我們就好下手了……哎，說到這個，賢侄，妳到底釣過螃蟹沒有？」

「沒有，」全臻穎獰笑著回答，迫不及待地從永道士手中搶過這兩樣法寶，兩眼發光地追問他：「這些東西該怎麼用？」

「燒成灰，找些香料來拌一拌，然後做個香囊送給那個負心漢咯，」永道士瞇著眼睛笑起來，肉麻兮兮地伸出手肘撞撞全臻穎，對她飛了個媚眼：「後面就看妳的咯，妳要是哄不住那個小子，讓他轉頭就把香囊扔進泥溝裡，那師叔我也幫不了妳啦！」

「這個師叔你放心，」全臻穎半瞇起眼睛，將道符和自己的頭髮緊緊攥入掌心，勢在必得地笑起來：「我管保那個傻小子，一輩子都會帶著我的香囊永不離身！」

這天午後，李玉溪剛走出崇仁坊，正打算在暮鼓敲響前趕到青龍坊時，耳邊就傳來了一聲輕弱的呼喚：「十六郎。」

李玉溪動作一僵，立刻循著那道聲音轉過頭，在一處不起眼的陋巷裡發現了戴著帷帽的全臻穎。

「全姐姐，」李玉溪俊臉一紅，緊張地快步走到全臻穎身邊，結結巴巴道：「沒想到姐姐妳眞的來了，我就住在這家邸店裡，姐姐快上去喝杯茶吧。」

說著他就不自覺地像從前一樣牽起全臻穎的手，殷勤地將她往邸店裡讓。不料全臻穎卻搖了搖頭，伸手撥開帷帽上的紗巾，露出一張泫然欲泣的嬌顏：「不了，十六郎，我今天是偷跑出來的，根本沒有時間多留……」

「啊？那妳爲什麼還……」李玉溪欲言又止，心中十分負疚。

「我只是想來見你一面，」全臻穎說著就低下頭，脂粉未施的臉上只有淚珠做妝點，卻比往日更加楚楚動人：「十六郎，今天恐怕是你我……最後一次相見了。」

「啊？爲什麼？」李玉溪聞言大惑不解，臉上不禁流露出驚愕的表情：「爲什麼以後我們不能再相見？我不可以去華陽觀看妳嗎？」

「唉，冤家……」全臻穎聽了李玉溪脫口而出的話，忍不住撲進他懷裡伸手掩住他的唇，淚光盈盈地抬起頭凝視他：「你昨天既然那樣無情，今日又何必再說這些貼心話？你我其實都心知肚明，今後我不會再踏出華陽觀，你也不會再想起我，對不對？」

李玉溪頓時語塞——實際上他的確無法反駁全臻穎的話，可又覺得被她道破的實情太過殘忍，於是一時之間倒令他左右爲難、束手無策。

恰在這個時候，全臻穎又輕聲道：「十六郎，其實我已經想通了，緣分這樣前世註定的事，又豈是今生能夠強求的？所以從今往後，我都不會再與你見面，請你與我一同信守這個約定。」

「全姐姐……」李玉溪望著轉身離開自己懷抱的全臻穎，忍不住踏上前一步，心底泛起一陣悶悶的疼痛。他又想起自己一個人客居京城的時候，正是她從歡宴中執起他落寞的雙手，然後巧笑倩兮地誇讚他的詩，用玉指拈著牙箸輕輕地在白瓷酒杯上擊節，淺吟低唱。

這樣好的人，自己到底還是辜負了她……李玉溪低下頭，淚水慚愧地滑下眼角。全臻穎蹙著眉看他落淚，終於輕歎了一聲，苦笑起來：「別哭呀，十六郎……」

說罷她對他攤開掌心，露出了一枚已被攥得溫熱的香囊。李玉溪眨眨眼睛，抬手擦去眼中的淚花，盯著那繡工精緻的香囊，忍不住就輕聲問道：「這個，是要給我的嗎？」

「當然，」全臻穎笑著撥弄香囊上的流蘇，輕聲道：「一個信物，我親手做的，留個念想。」

李玉溪聽到這裡，忍不住就有點受寵若驚——相處那麼久，他還真沒收到過全姐姐的饋贈呢。只見全臻穎細心地將香囊上的纓絡捋順，忽然便出乎李玉溪意料地半跪在地上，一邊將纓絡繫在他的腰帶上，一邊輕聲低吟：「曾經滄海難為水，除卻巫山不是雲……」

李玉溪聽見全臻穎口中唸出的詩句，一剎那如遭雷殛，只能動彈不得地低著頭，任由她綰著纓絡在自己腰間打了一個同心結，將香囊牢牢地繫在了他的身上。

「取次花叢懶回顧，半緣修道半緣君……」全臻穎抬起頭，明眸裡盡是一片哀傷之色，朱唇輕啓道：「十六郎，請你以後隨身帶著它，千萬不要嫌它微不足道。」

「怎，怎麼會，」李玉溪立刻漲紅了臉，迭聲辯白道：「它怎麼會微不足道……我，我會好好珍惜的。」

「嗯，」全臻穎點點頭，繼而帶著淚光狡黠一笑：「希望你的新歡，也不會介意它的存在。」

「不會的，」李玉溪剛想說飛鸞性情寬厚，想想又覺得不妥，於是對全臻穎改口道：「我，我不告訴她就是了。」

「嗯，很好，這樣就很好。」全臻穎笑起來，跟著放下了帷帽上的紗巾，衝著李玉溪揮了揮手：「那麼，就此別過，我走了……」

「全姐姐，」李玉溪望著全臻穎灑脫離去的背影，忍不住向她追出了一步，卻終是悵然低喃了一句：「慢走……」

這一晚李玉溪照舊前往曲江赴約，見到飛鸞後卻沒有像往常那樣只顧著貪歡，而是與她靜靜地在小船裡依偎了一夜，不停地與她說話。他從天南聊到海北，從他的出生談到進京，將自己過去的點點滴滴，只要是他能夠想到的，統統都事無巨細地說給她聽。

這一夜，天依舊亮得很快，當晨光熹微之時，等候在青龍坊的船夫看見李玉溪和飛鸞攜著手一同上岸，一時驚訝得說不出話來。李玉溪也覺得有些不妥，可此刻他的腦中昏昏沉沉，竟只是望著飛鸞稍稍勸阻了一句：「妳還是回去吧。」

「不。」飛鸞抬頭凝視著李玉溪，竟固執地搖了搖頭。

「哎，爲什麼？」李玉溪又昏昏沉沉地問。

「不知道爲什麼，就是想再陪陪你。」飛鸞低下頭依偎在李玉溪身旁，只是拽著他的衣袖不放。

「哎，好。」李玉溪竟暈陶陶地點點頭，傻笑著牽起飛鸞的手，帶著她徑直往北而去。

一路從青龍坊走過進昌坊、昭國坊，直到永崇坊，飛鸞忽然覺得腦袋開始暈乎乎的，於是她眨眨眼睛，忍不住扯了扯李玉溪的衣袖，抬頭問他：「這一帶好眼熟，我們是不是來過這裡呀？」

「嗯，前面就是華陽觀啊，我曾經就住在那裡……」李玉溪牽住飛鸞的手，腳下越走越快，竟直直地將她引向華陽觀。

此時晨鼓未敲，永崇坊華陽觀門外的石階上，卻站著一位身著道袍、豔若桃李的女冠。

「全姐姐？」李玉溪望著石階上身姿娉婷的全臻穎，心裡隱隱生起一股詭異的感覺，卻又不知道哪裡出了錯。

然而就在他納悶的時候，華陽觀裡竟突然爆發出一陣爽朗的大笑，跟著從那扇虛掩的門後，竟跳出了一個神仙般的道士。

「哈、哈、哈、哈，」永道士一頭長髮飛雲般流瀉下來，整個人前仰後合地拊掌叫好，又指著手拉手的李玉溪和飛鸞，對全臻穎笑道：「看吧看吧，是不是眞的很像釣螃蟹，一個牽著一個！哈哈哈……」

全臻穎橫了永道士一眼，皺起眉很是尷尬地提醒他：「師叔，你忘了你要做什麼嗎？」

「哎？啊，沒忘沒忘！」永道士說著又瞇眼笑起來，揚起手讓披在身上的鶴氅隨風獵獵而舞，黑白二色的衣袍彷彿捲裹著飛雪的黑雲。

這時飛鸞也嗅出了從他身上散發出的危險氣息，立刻驚慌地放開李玉溪，轉身就想逃跑。她這樣的舉動卻害得永道士一個撐不住，笑倒在自己剛剛鋪開的雲氣裡，打著滾捶著雲，咯咯笑起場來：「哎呀，這小傢伙還不會飛啊，哈哈哈……」

站在永道士身後的全臻穎立刻額頭青筋暴跳，衝自己的師叔吼了一嗓子：「快啊！你磨蹭什麼！」

話音未落，趴在雲上的永道士便「啪」地一聲打了個響指，手中瞬間就多了一張紅色的道符：「日之源，火之祖，結爲網，罩邪精，火罩八方空世界，火焰騰騰化鐵羅。火官火君火帝火神，不問高下，爲禍鬼神，一切罩下——急急如律令！」

李玉溪呆若木雞地看著眼前這古怪的道士唸完咒語，而下一刻被他丟出的那張符紙就變成了一張火網，呼呼轉動著罩住了奔跑中的飛鸞。李玉溪立刻撕心裂肺地大喊了一聲，卻只能眼睜睜看著飛鸞無助地趴在地上，被那火網生生困住。

「你們這是在做什麼？！」李玉溪慌亂地回過頭質問永道士和全臻穎，跟著又臉色煞白地指著全臻穎道：「全姐姐，是妳對不對？是妳找人來欺負她！妳爲什麼要這樣做！」

全臻穎此刻依舊站在石階上，她居高臨下地望著李玉溪，目光中滿是憐憫地冷笑了一聲：「十六郎，你這個小傻瓜，我這都是在爲你好。你知道嗎，你滿心以爲自己愛上了這個姑娘，其實你只是被一隻狐妖給迷惑住罷了。」

「對，一隻小狐妖，」永道士在一旁附和，手指比出個米粒大小，又忍不住笑場：「其實不治也不要緊，她還沒學會飛呢，呵呵呵……」

全臻穎立刻又狠狠瞪了一眼永道士，這時李玉溪卻被他們荒誕無稽的話惹怒，衝著他們怒吼：「你們胡說什麼？！飛鸞她怎麼可能是狐妖？！」

「咦？小夥子火氣挺大嘛，」永道士被李玉溪吼得忍不住瞇起雙眼，索性又彈了個響指，無奈地聳聳肩：「好吧，你要是不信，我就證明給你看哪！」

說罷他轉臉望著火網中瑟瑟發抖的飛鸞，又開始繼續唸咒：「搜討邪精，吾行火罩，上徹青雲無極天，下至風輪法界——急急如律令，收！」

罩住飛鸞的火網立刻應聲撲騰了一下，火網的尺寸瞬間便縮小了許多，飛鸞不願意在李玉溪面前現出原形，於是她儘量將身子蜷縮成一團，就是不肯就範。

永道士歪頭端詳著火網中的飛鸞，噗哧一笑，下一刻卻又開始唸咒：「東徹木源國，西止金祖天，南止朱陵府，北止大羅天，上有鬼神不得下，下有鬼神不得上——急急如律令，收！」

已將飛鸞網羅得動彈不得的火網立刻又縮小了一圈，被咒語催動的業火無情地炙燙著飛鸞的身體，使她終於開始發出淒厲的慘叫。

「內有鬼神不得出，外有鬼神不得入。何神不在吾罩中，何神不在吾洞中，稟吾敕令，聽吾號令，火奉急行疾——收！」

當這一句咒語從永道士口中唸出，火網已縮得只剩下鵝籠大小，再也容納不了一個人身。於是當灰煙散盡，李玉溪只能傻傻地跪坐在地上，看著一隻火紅色的狐狸盤著身子，蜷縮在已然熄滅的火網之中。

那隻狐狸將臉半埋在毛茸茸的尾巴裡，雙眼淚汪汪地盯著李玉溪，正汩汩地往外淌著眼淚。於是一瞬間他也跟著掉淚，面對眼前的一切，壓根兒吐不出半個字。

爲什麼會這樣？爲什麼會這樣？他茫茫然回過頭，望著面露得色的全臻穎，還有兀自笑嘻嘻的永道士，許久之後終於顫巍巍地站起身，哽咽著咳了幾聲。

「哎，這小狐狸，種倒不錯！」最後依舊是瘋瘋癲癲的永道士打破了沉默，逕自揭開黑乎乎的火網將飛鸞拖了出來，拎在手裡左看右看：「這皮毛眞不錯，可以剝來鑲在我的道冠上……」

飛鸞聞言掙扎了一下，無奈卻因爲渾身受制，只能無力地撈了撈前爪。李玉溪看著飛鸞——或者說是永道士手裡的狐狸仍在不停流淚，不禁心底一痛，急忙向她伸出手去：「你別這樣……」

他的話還來不及說完，永道士竟已將兩手一舉，托著飛鸞瞬移了十來丈，迭聲嚷道：「牠已經被我降服了！你不許搶！」

李玉溪一聽這話，剛想衝過去同永道士理論，不料卻被全臻穎抬手攔住。

「都到這個時候了，你還想繼續執迷不悟嗎？」全臻穎挑起眉盯著李玉溪，臉上露出咄咄逼人的笑意，「醒醒吧，十六郎。人妖殊途，我等著你回頭。」

李玉溪默然瞥了全臻穎一眼，低下頭後退了一步，片刻後他忽然劈手拽下全臻穎繫在自己腰間的香囊，狠狠擲在她的腳下，跟著轉身拚命向北跑去。全臻穎愕然望著李玉溪的背影，好半天才回過神，低下頭默默對著自己腳邊的香囊發怔。

這時永道士又拎著狐狸溜達到了她的身旁，伸著脖子幸災樂禍道：「哎，賢侄，師叔我早就對妳說過啦，妳要是哄不住那小子，他轉頭就會把香囊扔進泥溝裡哦！」

全臻穎面無表情地聽完永道士這番話，咬著唇沉默了許久，忽然卻目光閃爍地抬起頭，朝永道士伸出雙手：「師叔，你把這隻狐狸交給我吧。」

「哎？不行不行，這隻狐狸是我的！」永道士聞言立刻哈哈大笑起來，高舉著飛鸞又開始玩瞬移，笑聲很快就消失在華陽觀深處：「妳都不知道她這品種有多好，我可不會讓妳糟蹋她的皮毛的！」

全臻穎暗暗咬了咬牙，這時長安城的晨鼓恰好敲響，她抬頭望了一眼從層雲中綻放出的霞光，在震耳欲聾的鼓聲裡轉過身，緩緩走進了華陽觀。

與此同時，暫居在長安興慶宮的翠凰卻是耳尖一動，若有所思地微笑起來。她想起某隻不入流的精怪對自己大放的厥詞，抬手逗弄著不停在梔子花上撲翅的蛺蝶，自言自語：「妳遲早有求我的時候……」

這天一早飛鸞沒有回宮，到了晚上依舊不見人影，算來她消失的時間已經超過了十二個時辰，輕鳳隱隱覺得不對，便趁夜出宮去找李玉溪。不料當她尋到崇仁坊邸店時，見到的竟是個頹廢得不成人形的李玉溪——他倒沒有惡俗地將自己灌醉，只是不吃不喝不聲不響地躺在榻上，兩眼無神地直直望著帳頂而已。

輕鳳看著李玉溪因爲長時間不動彈，被蚊子叮得滿臉是包，不禁嘖嘖了兩聲，尋了塊乾淨的地方坐下：「哎，李公子我問你，飛鸞呢？」

「她？」李玉溪聽見了飛鸞的名字，整個人終於活絡了過來，木然從榻上坐起身。他原本黑琉璃一般清亮的眼珠，這時已佈滿了血絲，瞪得輕鳳背後一陣發毛：「黃姑娘，妳也是狐妖嗎？」

李玉溪問出的話不啻於一聲驚雷，震得輕鳳目瞪口呆，她好半天之後才闔上下巴，語氣中難掩驚慌地問：「你，你是怎麼知道的？」

「今早，在華陽觀，我和她碰見了一個很厲害的道士，還有全、全臻穎，然後她就被，就被……」李玉溪再度直起眼睛——即使那可怕的一幕已經被自己回想了無數遍，可是此刻要他敘述，他的腦中仍舊會亂成一團。

「就被怎麼樣了！」輕鳳大驚失色，「嗖」一聲便蹦到李玉溪面前，拽著他的衣襟罵道：「現在你可不能犯渾，趕緊給我說清楚！」

「就被打回原形了……」李玉溪吞吞吐吐地望著輕鳳，蒼白的臉上露出一副快哭的神情：

「她被那個很厲害的道士抓去了。」

「然後呢？然後你就躺在這裡裝死了不成？」輕鳳兩眼一瞪，氣不打一處來，不禁望著李玉溪啐了一口：「我呸！你這沒用的廢物，我家飛鸞算是白喜歡你一場！」

這一句話讓李玉溪窒息，下一瞬卻又使他徹底爆發！他忍不住嚎啕了一聲，坐在地上抱著頭痛哭起來：「我，我沒想招惹妳們，我來長安是爲了準備明年的科舉的，事情怎麼會變成這樣……我以爲《搜神記》裡那些東西都是假的，就算眞有，也不會輪到我頭上……」

輕鳳默默看著這個十七歲的文弱少年在邸店裡抱頭痛哭，在心情稍微平靜之後，也就訕訕閉上了嘴——畢竟與之相戀的女子先是妃嬪、後是狐妖，已經夠驚世駭俗的了。此刻他作爲一介凡夫俗子，除了驚慌失措外，並沒有對飛鸞表現出厭惡或者怨恨，已經足夠難能可貴了。

「我現在要去華陽觀打探一下，想法子救她。」輕鳳歎了一口氣，一刻也不敢耽擱地轉身往屋外走，在臨去前她張了張嘴唇，還想對李玉溪說點什麼，可終究卻什麼都沒能說出口。

夜色中的華陽觀一片靜謐，輕鳳幻出原形，飛簷走壁爬高上低，憑著靈敏的嗅覺很快就找到了被永道士拘禁的飛鸞。

那是一間精緻考究的廂房，房中臥榻上，一個俊秀得雌雄莫辨的道士正托著下巴趴在錦褥上，不停哄勸飛鸞吃一碟黑色的米飯！

「來，乖，」永道士撮起指尖撚了撚飛鸞腦袋上的毛髮，替她將咒術做的項圈稍稍鬆開了一點：「來，吃一點吧，這個可是青精飯哦！用南燭葉子染色的，很香哦！」

哪知飛鸞竟毫不領情，依舊耷拉著腦袋窩在牆角，瞇起眼睛裝死。

「咦？哎，」永道士無奈地扁了扁嘴，花容月貌在燈下擠作一團，百無聊賴地拈起一顆梅子含進嘴裡，嘟噥了一會兒吐出一顆梅核，拿在手裡朝飛鸞晃了晃：「你要是再不乖乖吃飯，我就要用這顆梅子核，將那隻正在偷看妳的黃鼠狼精打死哦！」

這一句話讓屋裡屋外的一狐一鼬同時睜大眼抬起頭，只見飛鸞立刻張嘴咬了一口青精飯，而輕鳳則是迅速扭身竄出了永道士的廂房。只是永道士仍舊彈出了梅核以示懲戒，梅核將將好射中了輕鳳的小腿，疼得她抽筋了老半天。

「唉，這隻已經很不入流，沒想到還有一隻更不入流的。」永道士一邊支頤看飛鸞狼吞虎嚥，一邊又漫不經心地向窗外瞥了一眼：「久不來長安，連妖精都差勁了。」

好在輕鳳無論做鼬做人，一向都貴有自知之明，她直覺永道士一時半會兒並不會傷害飛鸞，因此便想著趁夜回驪山討救兵。驪山距離長安只有七十里地，她鼬不停爪的話，一個晚上也就趕到了。輕鳳說做就做，立刻悶頭飛奔出長安城，在一口氣衝出了二十多里的時候，竟然冤家路窄，遇見了浮在空中看好戲的翠凰。

她朝天上瞪了一眼，沒好氣地冷哼：「會飛了不起啊！」

其實以她和飛鸞如今的修為，在空中翻騰幾下還是綽綽有餘的，只是不會騰雲駕霧。這就是她們和翠凰之間的區別，差不多相當於翱翔九天的老鷹，與可以在矮樹上撲幾下翅膀的老母雞那樣，有著天壤之別。

對此翠凰只是不以爲忤地一笑，繼續端坐在雲端御風而行，悠然地望著輕鳳道：「其實呢，就算妳今夜跑回驪山去，姥姥們還是會叫妳回頭來找我。」

輕鳳聞言腳下一頓，扠著腰仰頭看著翠凰，直到她優雅地駕著雲繞了個彎又回到自己面前，才狐疑地開口質問：「妳剛剛說的話，是什麼意思？」

「我不是已經對妳們說過了嗎，姥姥就是爲了飛鸞有人照應，才命我來到長安的。」翠凰在雲端笑起來：「除了姥姥們，族中沒有比我本領更強的，妳何必捨近求遠呢？」

「是嗎……那妳怎麼不趕緊去救她，還有工夫在這裡跟我閒扯？」輕鳳將信將疑地斜睨她。

「救是肯定要救的，畢竟飛鸞可是先任長老的遺孤，」翠凰俯視著焦急的輕鳳，冷冷一笑：「可妳就不一樣了，飛鸞遇險，妳回驪山求救，一向看不慣妳的灰耳姥姥會怎麼對妳，妳心裡應該也清楚吧？」

輕鳳聞言臉色一白，在心中暗暗計較了一番，決定識時務者爲俊傑，不過嘴上還是很不客氣：「既然姥姥已經把飛鸞託付給了妳，那妳還不趕緊去，妳知道飛鸞在哪兒吧？」

「知道啊，不過我覺得不著急，」翠凰嘴角一彎，傲慢地睥睨著輕鳳，氣定神閒地說：「反正又沒人求我。」

「妳——」輕鳳瞪了翠凰一眼，心知她是想報前日之仇——不過就是一點口舌之爭，犯得著這樣小心眼嘛？！

輕鳳決定自己大人有大量，於是不計前嫌地對著翠凰拍了拍胸脯，豪氣干雲道：「好，不就是求妳嘛！所謂士爲知己者死、赴湯蹈火也要在所不辭，當初我說過上刀山下火海都不會求妳，但現在爲了姐妹，又豈能計較這些顏面上的小事呢？！翠凰姑娘，黃輕鳳我這廂打躬作揖求求妳，痛哭流涕求求妳，成了嗎？」

「嗯，果然好氣魄，」翠凰在雲端高高在上地點點頭，嗤笑了一聲：「不過，像妳這樣只動動唇舌，似乎欠誠意啊？」

「那妳還要怎樣？！」輕鳳瞪起眼，吹了吹臉頰上的髭鬚。

「很簡單，不必上刀山下火海，妳就下個水給我看看，如何？」

啊？！輕鳳目瞪口呆：「妳妳妳，欺人太甚！」

對於下水這種事，輕鳳內心是拒絕的，奈何形勢比人強。翌日晌午，輕鳳特意挑了個陽光最熱的時刻，雙腿發軟地站在曲江離宮一處碧悠悠的湖邊，望著那一片清澈見底的湖水，連想死的心都有了。她幾番猶豫，再三再四地問翠凰：「這水看上去並不深，對吧？」

「嗯，好像是不深。」翠凰信口回答，若有所思地望著湖底游弋的紅魚。

「其實只要我在入水前使出一個閉氣口訣，根本就不用怕，是吧？」輕鳳繼續給自己壯膽。

「嗯，大概吧。」翠凰依舊漫不經心地回答。

「妳說會救出飛鸞，我可以相信妳吧？」說這話時輕鳳的聲音忽然變得低沉，雙目也灼灼盯著翠凰，好似要透過她的皮相，直接望進她的心裡去。

只可惜，讀心術是只有翠凰才有能力掌握的法術，因此她只是撇唇笑了笑，傲慢地回答輕

鳳：「信不信由妳。」

「嘿，可惜我不信妳，」這時輕鳳也回她冷冷一笑，傲然道：「我信姥姥，我信她一定囑咐過妳照應飛鸞，至於妳要捉弄我的心，我就成全妳一次好了！」

說罷輕鳳縱身一躍，在入水前的一剎那竟變成了一條金鱗鯉魚，猛一下扎入了湖底。輕鳳在心裡歡呼一聲，心想一晚上的突擊果然沒有白練哪！誰知洋洋自得間，她在湖底呵呵一聲，竟發現自己嗆了一口水！

為啥變成了魚還是會嗆水？！呃，誰來跟她解釋一下？

翠凰悠閒地站在湖邊，欣賞著輕鳳的「池魚之殃」，千年冰山做的美人終於發自內心地笑了兩聲，可見幸災樂禍的魅力之大。

她看著在水底撲騰的金鯉魚翻起肚皮浮上水面，然後騰一下露出原形，變成了一隻半死不活的黃大仙，於是她又笑了一下，好心地捏了個口訣，令昏迷中的輕鳳變成了人形。

「看來，用不著我出手了，」翠凰眼角餘光遠遠掃到了李涵的龍輿，索性順勢變出了一道宮娥驚慌失措的呼救聲：「不好啦！黃才人掉進水裡啦！快來救人哪！」

機警的神策軍侍衛立刻循著她的聲音望來，果然隔著老遠就看見一個人泡在湖裡，趕緊爭先恐後地往湖邊奔跑。內侍們則氣喘吁吁地跟在後面追趕，邊追邊喊道：「慢著、慢著，黃才人非靠我們來救不可！男女授受不親，你們懂嘛！」

翠凰在半空中看著地上亂得不可開交，嗤笑了一聲，轉身乘雲而去。

當四周嘈雜的人聲鑽入嗡嗡作響的雙耳，昏昏沉沉的輕鳳終於半張開眼睛，在天旋地轉中哇哇地往外吐水。跟著她在熾烈的日頭下看見了一團明晃晃的赭黃色影子，隨後那團影子終於聚在了一塊兒——居然是李涵！

淚汪汪的輕鳳不禁又嘔了一聲，在起死回生後她滿腹委屈，此刻又看著李涵皺著眉面色陰沉，忍不住就望著他嗚嗚哭了起來。李涵聽她哭得中氣十足，這才鬆開一雙眉，伸手撫了撫她的額頭：「妳怎麼那麼不小心，掉進湖裡？」

「……」輕鳳無從回答，越發哭個不住——翠凰若是救不出飛鸞，她和她沒完！

李涵被她哭得心裡一團亂，這時內侍們已將肩輿停在了輕鳳身旁，他乾脆親自將濕漉漉的輕鳳打橫抱起，小心擱在了肩輿上。

跟在他身後的王內侍看見天子紆尊降貴，竟然親手將黃才人抱上肩輿，瞪著李涵被打濕的龍袍連連驚呼不可。李涵略微皺了皺眉，並沒有多說什麼，逕自命人將輕鳳抬回了別殿。

輕鳳渾身濕答答，難受得要命，一回宮就逃難似的躲進了屏風後面，替自己擦乾身子，準備換件衣裳。李涵此刻坐在殿內陪她，正等著王內侍送常服來給自己更換，見她如此不由開口道：「愛妃，妳應該先沐浴，免得著涼。」

一提沐浴輕鳳就心驚膽戰——那和淹水有什麼兩樣？何況水還是滾燙的！於是她散披著頭髮，從屏風後探出了半個腦袋，望著坐在殿中的李涵道：「不，臣妾我才剛從水裡出來，怕，可不敢再沐浴了……再說那湖水多清澈，一點也不髒的。」

李涵聞言不禁失笑，索性起身走到屏風後面，將衣衫不整的輕鳳困在那逼仄狹小的空間裡。

「很清澈嗎？」他從她髮間拈下一根細細的水草，傾身在她身上嗅了嗅：「愛妃，妳再這樣滿身的湖腥氣，我可就不想抱妳了。」

「哎？」輕鳳一愣，還沒反應過來，就被李涵打橫抱起，走向後殿浴池。

別殿裡的浴池一年四季常備著熱水，卻一直被輕鳳和飛鸞閒置，此刻天子親臨，慌得宮女內侍們好一通手忙腳亂，在伺候好二人入浴後，才悄然退出浴室。

輕鳳一被李涵抱著就頭昏腦脹，竟然真被他糊裡糊塗拖下了水。光裸的肌膚在熱水中與李涵緊緊相貼，她緊張地摟住李涵的脖子，渾身皮膚都浮上一層粉紅，也不知是因為水燙，還是因為害羞。

有李涵在，她似乎連熱水都不覺得難以忍受了。

輕鳳口乾舌燥，忍不住伸出舌頭舔了舔嘴唇，這時就聽李涵在她耳邊低聲問：「愛妃，妳是怎麼掉進湖裡的？」

「腳滑，不小心掉進去的。」輕鳳哪敢道出實情，黑溜溜的眼珠躲避著李涵的目光，低頭囁嚅。

「真的？」李涵審視著輕鳳，見她目光閃躲，心中更加懷疑。

「真的，」輕鳳點點頭，為了替不在宮中的飛鸞打掩護，故意扯謊：「臣妾和胡婕妤在賞花時走散了，一時急著找她，就忘了留心腳下。」

「是嗎？」李涵喃喃低語，垂眸凝視著輕鳳，猛然間俯身將她一把抱住，雙唇重重地在她唇上輾轉廝磨。輕鳳錯愕，一時忘了該作何反應，只覺得兩耳又嗡嗡低鳴起來，落水時的慌亂與窒息也再一次漫捲她的身心……

正如魚得水、繾綣溫存的時刻，她感覺到李涵的額頭與自己的額頭緊緊相抵，在她面前氣喘吁吁地歎息：「愛妃，妳一定要多加小心……」

「呃？小心什麼？」輕鳳閉著眼，雙腿在水中磨蹭著李涵，迷迷糊糊地問。

「小心人心險惡，」李涵也閉著雙眼回答她，聲音裡難掩憂心忡忡：「妳品秩不高，又沒有外家勢力，在這宮中叫我如何放心……」

「臣妾明白了，陛下放心吧，」我本事大著呢，不稀罕宮鬥，輕鳳在肚子裡藏了後半句，忽然睜開雙眼，帶著點調皮地提議：「陛下，您可以擢升我嘛！」

「理由呢？」李涵莞爾一笑，摟著輕鳳的右手順勢而下，在水中摸了摸她滑溜溜的小肚皮，「要不這裡替我立上一功，無論男女，我都擢升妳。」

人妖有別，她能替他生娃娃嗎？輕鳳心中一動，又實在不確定：「陛下，生娃娃這事還沒影呢，臣妾還是立點別的功勞吧。」

「妳還能替我立什麼功？」李涵刮了一下輕鳳的鼻子，在她耳邊曖昧道：「生孩子不是妳一個人就能立下的功，我會努力幫妳的。」

「唔，陛下……」

碧水湯湯，喘息漸起。意亂情迷間，輕鳳腦中閃過一念——也許她還眞能替李涵立一份大功勞，比如，那方玉璽……

翠凰坐在浮雲之中，隨風悠悠飄到了永崇坊華陽觀的上空，心裡暗忖：遙望這座觀裡，的確有紫氣氤氳，何時來了這樣一位高人？

就在她沉吟之時，正趴在榻上一邊吃著蜜餞雜拌兒，一邊逗著小狐狸的永道士也同樣一凜神，山花爛漫地咯咯笑起來：「喲，還眞來了一隻像模像樣的，我得出去會會。小狐狐，妳就在這兒等著我啊……」

說罷他將手指一彈，飛鸞脖子上的項圈便瞬間閃出道道金光，將她束縛得動彈不得。

永道士洋洋自得地爲自己鋪開一朵祥雲，盤著腿坐在雲上晃晃悠悠地飛升到半空，與翠凰面對面道：「呵，一隻青狐！」

翠凰頓時惱怒地蹙起眉，很討厭眼前這個輕易識破她原形的傢伙：「就是你捉了飛鸞？」

「飛鸞？」永道士一抬眉，想了好半天才恍然大悟道：「哦，妳是說那隻小狐狐吧？對啊，我留她在華陽觀裡作客呢，嘿嘿，頓頓都吃好東西……」

翠凰素來清心寡慾，最恨永道士這樣瘋瘋癲癲的人，目光一冷，抬手從掌心中幻出了一對鴛鴦劍。永道士見翠凰亮出法寶，不禁面色古怪地嘿嘿一笑，捏起手指「啪」地一彈，就見雲空中倏然瀉下一道白練，竟直直垂落在永道士的面前。

那道白練似絹綢一般輕透，卻在呼呼作響的風聲中靜止不動，唯有兩側流雲不斷地飛散，使它看上去像一根直刺進雲霄的砥柱。翠凰一見到永道士的法寶，心中便暗暗震驚——須知法寶越是大張旗鼓花裡胡哨，就越消耗法力，永道士這條白練先不論審美趣味的好壞，倒確實顯出了他深厚到可怕的功力。

區區一座華陽觀，不該容得下他這隻龍虎。翠凰知道自己這次惹上了麻煩，此刻卻騎虎難下，只能攥緊了手中的寶劍：「你倒是個高人，看來是我輕敵了。」

「那是，」永道士揚起鶴氅，自賣自誇地報上家門：「我是終南山上的高人，輕易不出山的。」

翠凰一怔，還沒想到該怎樣回話，便聽永道士呼哨一聲，那道靜止的白練竟突然像活起來一樣，直直朝她刺來。翠凰一驚，立刻駕雲躲過白練的襲擊，不料那道白練竟在空中遽然逆轉，電光一般斜飛過翠凰的身側，又像浸了水的布匹一樣有力，狠狠地向她抽來。

翠凰躲閃不及，瞬間便吃了那白練凌厲的一記，五臟六腑都險些被震出血來。這時那道白練攔住翠凰的腰，竟像蛇一般繞著她轉了幾圈，狠狠勒住她的身體，不斷地收緊。翠凰咬著牙仗劍一劃，唰地一聲將那白練劃斷，只覺得身上束縛一鬆，一段白練便像死蛇一般從她身上滑脫，輕飄飄地消失在空氣中。

乍獲自由的翠凰不敢怠慢，急忙駕雲退開幾丈，望著那白練輕啓朱唇，吹出了一道烈火。飛動中的白練遇火不燃，於是烈火又倏然變作幾十把明晃晃的柳葉刀，扎進白練裡嚓嚓劃動。不料被劃得四分五裂的白練瞬間又向外伸展了幾十丈，照舊靈蛇一般朝翠凰襲來。

翠凰立刻掐指唸訣，瞬間將自己分作三人，只見白練唰一聲纏住了其中一人，不料被纏住的那個翠凰，竟在下一刻變成了一枚急速轉動的髮簪，像卷軸一樣將那道白練捲了起來，迅速地收回了雲霄。

「嘿，妳這小丫頭，本事還不錯。」永道士由衷地稱讚，跟著卻響指一彈，又從空中瀉下了數十道白練。瞬間蒼穹彷彿被戳漏一般，掛下了幾十道銀瀑，下一刻那些銀瀑又化為長蛇，分頭襲向了翠凰的各個分身。

而一旁的永道士依舊遊刃有餘，優哉游哉地躺在雲頭上，等著翠凰被輕鬆擒拿。不料一不留神，剛剛還在他視野內的翠凰竟然又消失了。他不由噘起嘴，漆黑的瞳仁裡微微閃著金光，卻遍尋不見翠凰的蹤跡。

「咦？」永道士不信邪，立刻坐起身四下張望，許久後才靈機一動，低頭撥開身下的祥雲，果然在雲中發現了一隻悄然藏匿的燕子：「嘿，妳倒機靈。」

他伸指一彈，那雲中燕子便像被彈丸擊中一般，化作一根銀針直直落向地面。永道士慌忙瞇起眼睛，駕著雲向那根銀針追去，在午後明亮的天空裡尋找那一根細如牛毛的針。最後他好容易看見一絲若有似無的銀光，卻又在追到華陽觀的屋頂上時，眼睜睜看著那道銀光一閃而逝。

「哎？」永道士驚歎一聲，趴在瓦上找了半天卻一無所獲，只得疑惑地喃喃自語：「明明已經追到這裡，沒道理啊……」

這時他目光一動，就看見一滴露水正緩緩地滑下屋簷，盛夏熾熱的陽光照射在那滴露水上，讓它晶瑩剔透得像一顆水晶珠。永道士唇角一翹，立刻縱身撲了上去，弓成斗狀的手掌差一點就能撲住那露珠，卻還是晚了一步。

只見那滴露水咚一聲落在地上，跟著便緩緩滲入了青苔之中。永道士很不甘心地滑下屋簷，雙腳搭在椽子上如金鉤倒掛，頭衝下晃晃悠悠地盯著地面，嘟起嘴輕嗤了一聲：「哼，遁地逃走了嗎？真不好玩……」

就在他百無聊賴之際，對面廂房中忽然響起一聲尖叫，在他耳邊爆竹般炸響：「師叔！你在幹什麼？！」

「哎？！」永道士冷不防被嚇了一跳，慌忙轉動眼珠向聲音的來處望去，只見兩尺開外，正對臉的方向，一扇半掩的窗牖中竟洩露出萬丈春光——廂房中全臻穎正捧著道袍擋在胸前，赤裸的雙肩和胳膊像雪一樣白，讓套在她藕臂上的碧玉條脫，綠得深翠欲滴、攝人心魄。

「咦，賢侄，妳這是要準備沐浴，還是在納涼呀？」永道士頓時涎皮賴臉地笑起來，露出一排亮閃閃的白牙。

「師叔！」好容易才回過魂的全臻穎惱羞成怒，俏臉一陣白一陣紅，氣沖沖地跺著腳走到窗邊：「師叔！你要是再這樣放肆，我可要向公主告狀了！」

「好呀好呀，妳去告，我一定對妳負責，把妳帶回終南山……」永道士還沒說完，就見全臻穎狠狠瞪了他一眼，抬起手將窗牖重重地一關。

永道士微微一愣，片刻後才又笑起來，悻悻摸了摸鼻子。

翠凰一路忍著傷痛，勉強飛回了興慶宮。

她借著一陣南風潛入花萼樓，像一隻精疲力竭的飛蛾，撲一下跌在地上。而此時還了魂的杜秋娘，正搖著羅扇，倚在樓邊發怔。

花無歡侍立在杜秋娘的身後，靜靜望著她的背影。

「無歡，這幾天也不知怎麼了，我整個人總是昏昏沉沉的。往往一睡便是一個白天，倒是夜裡還算清醒些……」

「也許是天熱的關係，」花無歡輕聲開口，對杜秋娘道：「聖上賜的冰，您都拿去給漳王用了吧？」

翠凰偷聽到這句話，皺了皺眉，才想起他說的是那個十三歲的小毛孩子，不禁暗暗冷嗤了一聲。那些冰是她叫人拿去給漳王李湊的，爲的是將那個愛黏人的小鬼遠遠引開，還她一個清靜。

「哦，是嗎？我不記得那些冰了……不過漳王他年紀小，的確耐不住熱。」杜秋娘緩緩搖著扇子，靠著欄杆悠悠道：「這些天，我時常夢到自己變成了一隻蝴蝶，就棲在榻邊那只大花觚上。無歡，你說我是不是在宮裡待得太久了？所以才會連變成蝴蝶都不得自由，飛不出這座花萼樓……」

「秋妃，那只是一個荒誕不經的夢罷了。」花無歡信口回答，然而說這話時，他卻不由得回頭向屋內的貴妃榻望去，心裡隱隱起了驚疑——曾幾何時，自己似乎真的看見過那只擺設在榻邊的白瓷大花觚上，飛著一隻蛺蝶。

他的眼神透著微微的懷疑，襯著冰一樣的寒意，叫人看著無端膽寒。這時翠凰恰好隱身躺在榻上，因此花無歡的眼神就像兩道光，使她首當其衝感受到了他的懷疑。

哎，不好。翠凰心想，這個人非常的精明，也許他能瞧出什麼端倪呢？

翠凰一邊思忖，一邊就揚手變出了一隻蛺蝶，讓牠繞著花觚上的梔子花不停地打轉。花無歡立刻就發現了那隻蛺蝶，於是唇邊不露痕跡地一笑，輕聲對杜秋娘道：「秋妃，您看那花觚上，真的飛著一隻蛺蝶呢。」

杜秋娘聞言回過頭，望著那蛺蝶不禁笑了起來：「哎呀，還真的是。」

「您一定是見過牠，留了印象，所以才會做那樣的夢，」花無歡一邊說著，一邊走到花觚邊兩手一撲，便捕到了那隻蛺蝶，將牠送給杜秋娘過目：「卑職我現在就把牠放了，您以後，也就不會再做那樣怪誕的夢了。」

日有所思夜有所夢，只有見過的東西，才會入夢。就像他，無論夢裡有多少恐懼、絕望和血腥……都是他見過的東西。

「嗯，就算怪誕，也像莊周夢蝶，是件風雅的事呢。」杜秋娘心不在焉地說笑，沒留意花無歡轉過身的時候，探出竹簾外的手卻是緊緊攥成拳頭，揉碎了掌中嬌小的生靈。

而此時躺在榻上的翠凰，卻是將花無歡的動作全部看在眼中。

哎，這個人，真是很冷酷涼薄呢……翠凰垂下眼，心中一哂。

當花無歡告辭後，翠凰立刻起身，鑽進了杜秋娘的身體中。被永道士擊傷的身體在附身的同時，連帶著將疼痛也一併注入了這具肉身，於是「杜秋娘」立刻面色慘白地癱軟了四肢，忍不住悶哼了一聲。

素白的羅扇從她手中滑脫，在朱漆扶欄上輕輕一彈，便直直墜下花萼樓，落在了剛剛走到樓外的花無歡面前。他低下頭看著那一把委落塵埃的羅扇，下一刻便拾起扇子，轉身照著原路折返。

此刻翠凰正氣喘吁吁地仰躺在地上，她聽見一幕幕水晶簾不斷被掀起，叮咚作響，花無歡急匆匆的腳步聲也在珠簾的碰撞聲中越來越近，心中的不悅便跟著漸濃。

麻煩來了，翠凰無奈地心想，直到花無歡的臉忽然映入她的眼簾。

「秋妃，您怎麼了？」花無歡將羅扇放在一邊，用一種得體的、關切又不失從容的聲音發問，蛾翅一般濃密的睫毛低低垂著，試圖掩飾焦灼的心思。

然而他的心思翠凰又豈能不知？那野火一般摧枯拉朽的熱，幾乎燒疼了她的心尖。

「哎，沒事，是我不夠小心……」翠凰低聲敷衍著，話還沒有說完，心底就像細密的蠶絲被一隻手猝然扯亂——他，他想逾矩……

花無歡將翠凰打橫抱起，一步一步走進屋中，小心翼翼地安置在貴妃榻上。

這是翠凰第一次知道，原來附著在別人的身體內，也可以有如此纖毫入微的觸感——就在那一瞬間，她的身體髮膚都能感受到花無歡的熱力，一股陌生而怪異的感覺一路撞到她心裡去，讓她非常非常的……不舒服。

一向拒人千里的翠凰從沒和誰如此親近過，她直覺地想抽離杜秋娘的肉身，將這樣尷尬的場面丟給正主去應付，可也許是因爲受了傷，她並沒有及時將這個念頭付諸行動。就是這一瞬間的遲疑，讓翠凰默許花無歡放了肆，也讓她石頭一樣冰冷無趣的心，終於裂開了一道帶著活氣的縫隙。

翠凰躺在貴妃榻上急促地喘著氣，半是因爲傷痛，半是因爲花無歡的目光。

唉，如果從他內心舔出的火舌，也能像他刻板的行動那樣充滿自制、那樣中規中矩，就好了……翠凰蹙起眉，努力從杜秋娘的記憶中翻撿出了一句可供使用的話，來打破眼前這場難捱的沉默：「謝謝你，無歡……這些年幸好有你內外打點，事事照拂，我才不至於在這吃人的地方舉步維艱……」

不料花無歡聽了翠凰的話，卻是目光一凜，內心裡飽脹到滿溢的情潮，竟收斂了幾分：「秋妃爲何說這樣的話……這不像您。」

這下輪到翠凰錯愕了，她看著花無歡從一開始的忘情到恢復冷淡自持，不禁爲自己這一步錯棋而懊惱——可是在杜秋娘的心裡，這一句話明明靠得那麼前……

她竟然，從來沒有說過嗎？

翠凰尷尬地別開眼睛，翻身背對著花無歡，冷冷拋下一句：「既然如此，這句話，你就當我沒說過吧……」

第九章　釋狐

這一天入夜以後，翠凰強忍著一身傷痛，再次飛離了興慶宮。她悄悄潛入曲江離宮，很快就與翹首以盼的輕鳳會合。

「怎麼樣？救出飛鸞了嗎？」輕鳳兩眼亮亮地盯著翠凰問，瞄了瞄她的身後，臉色一變：「沒救出來嗎？」

翠凰漠然垂下雙眼，心中縱然萬般不甘，也只能無奈地回答輕鳳：「那道士確實厲害……真是古怪。」

「那可怎麼辦？」輕鳳頓時急壞了，顧不得怪罪翠凰，一徑擔心飛鸞：「她落在華陽觀裡，只怕凶多吉少啊！」

翠凰蹙眉道：「再想辦法吧，好在那道士並沒有折磨她。」

「除了那個道士，還有她的情敵啊，情敵！這事就是那個女道士害的！」輕鳳抓了抓發麻的頭皮，焦急地望著翠凰，但心知此事棘手，也不敢催她：「白天我騙皇帝，說飛鸞賞花流連忘返，但也只能搪塞一時，久了恐怕難以應付。」

翠凰聞言沉吟片刻，對輕鳳輕道了一聲：「妳隨我來。」

兩隻妖精潛出宮殿，一路來到滿江芙蕖的曲江邊上，翠凰當空揚起手來掐起一個訣，就見須

臾之後，江底竟爬出一株像人一樣四肢俱全、白嫩嫩水淋淋的藕來！

「這這這、這是什麼？」輕鳳被嚇了一跳，眼看著那株白藕竟然搖搖晃晃地站起來，向前幾步人立在自己面前，禁不住大駭。

「一個傀儡而已。」翠凰瞥了輕鳳一眼，看她一副沒見過世面的傻模樣，目光中充滿了不屑。

此刻輕鳳完完全全被翠凰高段位的法術震懾，目瞪口呆地看著那嫩藕在翠凰的擺佈下，竟逐漸變成了一具渾身赤裸的女體。

翠凰看著白嫩的蓮藕變成了飛鸞，在月光下玲瓏剔透，亭亭玉立，滿意地點了點頭，接著她又以芙蓉做衫、荷葉裁裙，將那傀儡好生打扮起來，儼然就是一個活生生的飛鸞。

最後隨著翠凰吹出一口靈氣，「飛鸞」立刻渾身靈動，水瀝瀝地屈膝上前一禮，嬌滴滴地對輕鳳道：「姐姐，我回來了。」

輕鳳眼一花，險些以爲眞的是飛鸞回來了，眨了好半天眼睛才看出這傀儡與飛鸞之間細小的差別，不禁掩口驚呼了一聲：「眞厲害！」

翠凰淡然地瞥了她一眼，目光中多少帶了點得意：「蓮藕心竅多，最適合拿來做傀儡。這個傀儡會跟著妳回宮，先幫妳糊弄過那幫凡人的肉眼。至於怎樣救出飛鸞，我會再想辦法。」

「好，」輕鳳點點頭，這時也看出翠凰面露疲態，卻說不出什麼客套話來，只好相當扭捏地囁嚅道：「那個，多謝妳費心。」

翠凰聽了她的話卻把臉一冷，若有似無地「嗯」了一聲，轉身拈出朵祥雲飛升離開時，刻意板起的臉卻浮現出一抹暖意。

輕鳳一直目送著翠凰離開，隨後才執起「飛鸞」的手將她領回寢宮。一路上輕鳳只覺得身畔的傀儡娃娃步態輕盈，落在自己手中的纖指也是水蔥一般，嫩得掐得出水來，不禁由衷感慨翠凰的功力果真了得！

這樣想著想著她便下意識地伸手一掐，不料「飛鸞」的手指竟當真冒出了汁水，輕鳳冷不防被嚇了一大跳，這才想起這只傀儡是用藕做的，慌忙替她放下袖子，心虛地問：「妳疼不疼？」

「姐姐，我不疼。」那傀儡乖巧地回答，答完便笑嘻嘻不再說話。

輕鳳聽了傀儡的回答，不禁在心底歎了一口氣——無論再如何維妙維肖，傀儡依舊是傀儡，眼前的「飛鸞」除了會做一隻乖巧的應聲蟲，內心縱使有千般心竅，卻都是空的。

她的飛鸞，何時才能夠回來呢？

一眨眼日升月落，華陽觀又披上一層朝霞，隆隆的三千響晨鼓將永道士從睡夢中喚醒。他懶洋洋地伸了個懶腰，像隻大貓一樣將優美的腰線繃緊了又放鬆，隨後歪在飛鸞身邊笑著問：「小狐狐，今天我們吃什麼呢？是靈芝青精飯好，還是人參玉屑飯好？要不茯苓胡麻飯？」

飛鸞將身子盤作一團，始終把臉半埋在毛茸茸的尾巴裡，就在永道士興致勃勃，自說自話的時刻，終於忍不住對他開了金口，奶聲奶氣地冒出一句：「吃魚。」

「嗯，妳說什麼？」永道士沒有聽清，猶自沉浸在小狐狸竟然開口和他說話的震撼之中，半天回不過神來。

「我說，我要吃魚，」飛鸞在尾巴中抬了抬頭，又小聲補充了一句：「崇仁坊將軍樓的香魚荷包飯。」

永道士眨了眨眼睛，不甘心自己獨門秘製的道家養生飯就此落敗，立刻循循善誘道：「小狐狐，魚有什麼好吃的？我做的這些飯，滋養仙靈，一碗就抵得上成百上千斤魚呢！妳仔細想想看，到底哪樣好？」

飛鸞冥頑不靈，依舊不假思索地回答：「吃魚。」

永道士一怔，立刻痛心疾首地撫額哀歎：「哎，果然是小獸區區，不堪教化！思想太膚淺了，目光太短淺了！小狐狐，妳怎麼能就這樣任由天性驅使呢……」

飛鸞不理會永道士的長吁短歎，依舊把臉埋進尾巴裡，隨他去嘮叨。這時一個滿臉雀斑的小女冠忽然從窗外將腦袋探進廂房，擠出一臉諂媚的笑：「師叔，觀外來了個書生，特意要拜訪您呢！」

「書生？」永道士眼珠轉了兩下，沒想起自己與什麼書生相熟，不禁問道：「那人是誰？他和我很熟嗎？」

「哎，師叔，我知道他是誰，」小女冠掩嘴壞笑：「他雖然與師叔您不熟，但跟全師姐可是熟得很呢！他叫李玉溪，師叔您知道不知道？」

小女冠笑嘻嘻地說完，原本病懨懨縮成一團的飛鸞，立刻就激動得抬起頭半坐起身子，兩隻黑眼珠水濛濛的，彷彿下一刻就要滴出淚來。

「哦，他呀……那我自然是認得的。」永道士挑唇一笑，慢悠悠地趿鞋下榻，從屏風上拽下那件黑白二色銀線盤繡的鶴氅披在身上，開始梳洗打扮：「妳請他去客堂等候吧，煮些好茶款待，我收拾好了就去見他……還有，這事不許告訴妳全師姐！」

儘管李玉溪曾經造訪過華陽觀許多次，然而這一次他坐在客堂中，心情卻與從前截然不同。此刻他手捧著茶碗，一雙黑琉璃似的眼珠頹然低垂，被氤氳的茶霧潤著，像是隨時隨地都要哭起來那般濕潤。當永道士趿著木屐踢踏踢踏地走進客堂時，他瞧見李玉溪如坐針氈的模樣，不禁鼻中一嗤，暗暗嘲笑道：嘻，眞是個慫包！

沒錯，眼前這李玉溪乳臭未乾，心灰意冷的樣子，可不就是個慫包！永道士想到這裡，咧嘴笑出八顆牙，兩顆山葡萄一樣紫黑紫黑的眼珠子裡，彎彎繞出的目光就像狡黠的藤蔓，又甜滑得如同蜜裡調油。

「喲，小兄弟，這才多久沒見，怎麼你竟瘦成這樣？」永道士一邊寒暄，一邊飄然歪倒在李玉溪對面的坐榻中，望著他笑道：「聽說你專程來見我？」

「嗯……」李玉溪咬住唇，望著永道士囁嚅了半天，終是用力地點點頭：「對！道長……飛鸞她，是不是還在你這裡？」

永道士笑而不答，逕自抿了一口茶，抬眼望著房梁咂了咂嘴，好半天才道：「唔，在倒是在的，不過，你到底知不知道，她是什麼呀？」

「知道，」李玉溪端著茶碗的手不由一顫，蒼白的臉上又現出泫然欲泣的神情：「她是狐妖。可是……」

「可是什麼？可是你無論如何，就是忘不了她？」永道士嘖嘖一歎，從袍袖中伸出兩根削蔥玉指，模仿著小人兒走路似的，從桌案上一步步移動到李玉溪面前，幫他抹掉從杯中潑出的茶水：「小兄弟，你知不知道，被狐狸精迷得暈頭轉向，是個什麼樣子？」

李玉溪搖搖頭。永道士立刻湊近他，伸手一指他的鼻尖，笑道：「就是你現在這般模樣。」

李玉溪一怔，慌忙搖頭，卻聽永道士又道：「小兄弟，你聽著，你之所以會對她念念不忘，只不過是被狐妖的媚術迷惑罷了。你可要想清楚，她與你人妖殊途，難道你真的不怕？」

李玉溪一張臉漲得通紅，胸口起伏了好半天，才用盡全力嚷出一句：「我不怕！」

永道士被李玉溪這一句臉紅脖子粗的宣言震得向後一躲，縮在榻中似笑非笑地望著他，過了好半天才撐不住笑出聲來：「嘿，難怪你會和小狐狐糾纏不清，你倆壓根兒就是一個性子嘛，哈哈哈……」

李玉溪倔強地攥緊茶碗，忍耐著永道士瘋瘋癲癲的揶揄，一直等他笑夠了才開口：「道長，我知道你法術高強，所以很容易就抓住了飛鸞。可是她，她從來沒做過任何壞事，這點我敢打包票！所以道長你能不能發發慈悲，放過她？」

「嗯，她的確是一隻單純無害的小狐狸，難怪你喜歡她，」永道士看了一眼李玉溪，支頤笑道：「所以也難怪……我會喜歡她。小兄弟，你可知她的品種有多好？如果就這樣對她放任自流，讓她在紅塵中混混日子，實在是太浪費了。我想把她帶回終南山去，助她得道成仙，你覺得如何？」

李玉溪這兩天一直想著永道士會如何迫害飛鸞，卻萬萬料不到他也會中意她，因此被永道士的提議嚇得瞠目結舌，卻又結結巴巴反駁不得：「可，可是……你問過她的意願嗎？」

「她？她還陷在情障裡呢，怎麼可能願意，」永道士撇撇嘴，搔了搔滿頭烏髮，忍不住對李玉溪抱怨：「就連我給她的青精飯她都不肯吃，偏要吃什麼將軍樓的荷包飯……」

不料永道士隨口抱怨的一句話，卻讓一直滿臉怯懦的李玉溪渾身一震，直叫他兩隻眼睛都放出光來：「她想吃將軍樓的荷包飯？你說飛鸞她想吃將軍樓的荷包飯?!道長，難道你還不知道嗎？這就是她的決定了！她不會同你去終南山的，因爲她想和我在一起！」

飛鸞她只想吃荷包飯——就是這麼簡簡單單的一句話，竟讓李玉溪心中的積鬱一掃而空，他興奮地對著永道士大喊大叫，鬧得永道士慌急慌忙穩住盤中的茶碗，只覺得耳中嗡嗡作響。

「我想和她在一起，道長，不管她是不是妖，我都不想和她分開！可是我沒有本事，沒法子將她從你手中搶回來，所以道長，我求求你，你放了飛鸞，我一定會想法子報答你的！長安那麼大，你總會有用得著我的地方，對不對?!」李玉溪雙眸晶亮，白玉似的臉上閃動著難以描摹的光彩，看得永道士一愣又一愣。

「唔，好吧，既然你不想同她分開，我也不想同她分開……」永道士對著李玉溪嘀嘀咕咕了好一會兒，又上上下下打量了他大半天，最後竟一把抓住他的雙手，捧到自己的胸前，以絲毫不亞於李玉溪的亢奮口吻激動道：「小兄弟，其實我現在才發現，原來你身上也很有慧根啊！不如這樣吧，你也跟著我，我們帶著小狐狐，還有全師侄，大家一起回終南山修道，如何啊……」

永道士這驚人的提議不啻於晴天霹靂，雷得李玉溪目瞪口呆，連一句「我要科舉」都反駁不出來，就這麼僵在原地呆若木雞。

此時飛鸞正在永道士的廂房裡拚命掙扎，想趁機開溜。她低著頭不停地扭動脖子，前爪抓撓著脖子上的項圈，希望可以擺脫掉永道士下的咒縛。

李公子一定是來找她的……飛鸞忐忑不安，卻迫切地想知道李玉溪如今的態度——在知道自己是狐妖以後，他會不會害怕？還是會憤怒？又或者，還是想和她在一起？

無論如何，她都非闖出去不可！

當下飛鸞咬緊牙關，越發使勁地掙扎起來。哪知就在這時，廂房外竟又響起剛剛來送口信的小女冠的聲音：「嘻嘻嘻，師姐，我向妳告密這件事兒，妳可得替我保密哦！」

「哼。」在那小女冠的身邊，響起另一個人的冷哼聲。

飛鸞立刻渾身一顫，僵在原地不敢動彈——她聽出那道冷哼，正是全臻穎的聲音。

廂房的門被吱呀一聲推開，飛鸞驚恐地睜大眼，看著全臻穎慢條斯理地踱到了自己面前：「妳知道嗎？十六郎來了。」

飛鸞緊盯著全臻穎不懷好意的笑臉，不禁往後縮了縮身子。這時全臻穎也恰好伸出手來，想抓住飛鸞的脖子，不料束在飛鸞脖子上的項圈竟突然金光一閃，蟄得全臻穎驚叫了一聲，連忙縮回手指含進嘴裡吮吸。

這妖精脖子上的項圈有永師叔下的咒術，哼，他竟然連她都提防。全臻穎心中又嫉又恨，索性順手抄起榻上的一方瓷枕，用力向飛鸞擲去：「十六郎他不肯見我，都是因爲妳這隻狐狸精！是不是妳死了，這一切才能甘休——」

沉重的瓷枕毫不留情地砸向飛鸞，刹那間她的腦中一片空白，只能眼睜睜地看著瓷枕向自己飛來。

永道士設下的項圈法力無邊，她被強大的咒禁束縛，早已失去了所有反抗的能力。砰地一聲悶響，重擊令飛鸞眼前一黑，跟著額頭傳來鈍痛，她勉強睜開眼睛，發現視野漸漸模糊。飛鸞搖搖晃晃地撐起身子，感覺有滾燙而黏稠的東西滴進了她的眼睛，痛得她什麼都看不清——飛鸞知道，那是從她額頭上淌下的血。

這一廂永道士正涎皮賴臉，滔滔不絕地對李玉溪吹噓終南山的風景和陰陽雙修的好處，當飛鸞的血滴在項圈上時，就見他左眸中金光一閃，花容月貌瞬間變色：「哎呀，不好！不好！」

他一驚一乍，弄得李玉溪莫名其妙，只能瞪著雙眼茫然地問：「怎麼了？」

「不好！不好！」永道士顧不上回答他，逕自從坐榻上跳起來，一身鶴氅掃得杯盤狼藉，卻不管不顧地悶頭衝進了身旁的牆壁，用穿牆術趕往自己的廂房。

李玉溪目瞪口呆，眼睜睜看著永道士閃進粉白的牆壁中，慌忙伸出手去，卻連他的衣角都拽不到：「道長，道長！你這是要到哪裡去？！」

他急得腦門直冒汗，飛快跳下榻奪門而出，四處尋找永道士的身影。可是華陽觀裡廂房林立，永道士就像一粒沉進海裡的石子，哪還有半點影子？李玉溪慌忙攔住一個路過的小女冠，焦急地問：「永道長的廂房在哪裡？」

「咦？李公子？」那小女冠一見李玉溪，便調皮地笑起來：「你找永師叔？不找全師姐嗎？」

李玉溪鼻尖冒汗，對那女冠深深行了個大禮，央告道：「好姐姐，妳別取笑我，快帶我去永道長的廂房吧。」

說罷他又伸手在身上亂摸一氣，找到兩吊錢，送給小女冠買果子吃。

那女冠笑嘻嘻地接了錢，二話不說，將李玉溪一路領到永道士住的廂房。此刻李玉溪想著飛鸞就在裡面，也顧不得禮數，直接推開房門闖了進去，就看見永道士一徑在房中翻箱倒櫃，而一隻赤紅色的狐狸正奄奄一息地趴在榻上，額頭正汩汩冒著鮮血。

飛鸞！李玉溪只覺得腦中一空，想也不想便衝上前去，抱著狐狸對永道士嘶吼：「她受傷了！她怎麼會受傷！是誰把她弄成這樣？！」

「別急別急，」永道士從自己的行李中翻出一只小瓷瓶，送到李玉溪面前安慰他：「終南山永道士秘煉大還丹，別說是受傷，就是斷了氣也能救回來！」

說罷他飛快地從瓶中倒出一顆丹藥，小心翼翼地塞進飛鸞嘴裡。李玉溪急得像熱鍋上的螞蟻，手足無措不停掉淚，直到親眼看見飛鸞額頭上的傷口逐漸癒合，只留下腦袋上一大片血漬，這才稍稍定心地鬆了一口氣。

「你看，我說能治好就一定能治好，沒騙你吧？」永道士見自己已然力挽狂瀾，不禁頗有點得意地逗李玉溪。

不料一向老實巴交的呆頭鵝，這一次卻是紅著眼睛瞪住永道士，聲音沙啞地質問：「就算你能治好，就可以隨意將她弄傷？她是怎麼會受傷的？如果她願意跟著你修道，你又何必用這項圈束縛她？可見你說的那些修道的好處，都是假話！」

永道士一愣，立刻板起吊兒郎當的面孔，嚴肅地教育李玉溪：「讓小狐狐受傷是我一時疏忽，但是修道的益處，我說的可是字字不假，你可不能汙蔑我大終南！」

「不假又怎樣，」李玉溪吸吸鼻子，將還在昏迷的飛鸞抱進懷裡：「我再不濟，也絕不會使她受傷！」

「呵，小兄弟，你這話口氣倒不小，」永道士面對李玉溪眼中的敵意，與他對視了好半天，終於無可奈何地笑起來：「好，你若認定自己不會使她受傷，今天你可以將她帶回去。不過我有言在先，等你能力不濟，無法保護她的那一天，你可得乖乖聽我的。」

不會的，我絕不會使她受傷！李玉溪在心中賭咒，咬著嘴唇抱起了飛鸞，什麼話也沒說。永道士在一旁看著李玉溪將飛鸞抱走，左手一彈響指，就見飛鸞脖子上的項圈金光一閃，瞬間消失。

臨出門前，李玉溪終究還是不放心，回過頭問永道士：「她什麼時候會醒？」

「睡睡就醒。」永道士撓撓滿頭青絲，有點後悔自己放手。

「她……什麼時候能變回人？」李玉溪問得有些心虛，不禁將目光投向別處。

永道士卻因他的話而笑起來，意味深長地望著李玉溪，慢慢開口：「怎麼，她若是無法再變回人，你就不想要她了嗎？」

永道士語帶嘲諷的話，像針一樣刺得李玉溪心尖一痛，他不再多問，只揚腳踢開廂房的木門，抱著飛鸞徑直走了出去。永道士目送李玉溪決然離去，只能滿心遺憾地搖搖頭，望著躲在暗處的某個身影，幽幽歎息：「唉，全師侄啊全師侄，妳下手也太狠了，弄得師叔我都不想幫妳了！」

不顧路人側目，李玉溪一路抱著飛鸞跑回崇仁坊，將她小心翼翼安置在自己的床榻上，這才稍稍鬆下一口氣。他脫下鞋子，索性挨著飛鸞躺下，盯著她的原形靜靜看了許久。

躺在身旁的切切實實是一隻小獸，李玉溪黑琉璃般清亮的眼珠裡閃過一絲懼意，然而很快的，他就在這隻紅狐狸的身上看見了飛鸞的影子——她圓圓的腦門、尖翹的鼻尖、抿在一起總顯得嬌憨的小嘴，都和飛鸞一個樣！

李玉溪默不作聲地笑了一笑，下一刻卻枕著自己的胳膊，黑眼珠上浮起薄薄一層淚。

他想起自己從前在秋雨夜燈下讀的那些志怪小說，那些迷離綺麗的小消遣，打發掉他孤獨的羈客歲月。他也曾遐想過，如果自己碰到一隻風流俏麗、有情有義的小狐狸，自己一定不會像那些懦弱的書生一樣，只知道倉皇地逃之夭夭。

然而事到臨頭，才知道自己仍舊不能免俗，只是一個葉公好龍的傻瓜罷了。

好在現在還不晚，他還來得及理清自己紛亂的心，還來得及找回她。

李玉溪伸手捏了捏飛鸞的前爪，看著她輕輕搭起的眼皮，在心中默數她若有似無的呼吸，慢慢也陷入黑甜的夢鄉。只有日晷的針影在一片靜謐中悄悄旋轉，當飛鸞的意識逐漸恢復，她動一動耳朵，緩緩睜開雙眼，由模糊到清晰的視野裡便赫然出現李玉溪安穩的睡顏。

飛鸞一驚，下意識地低頭看了看自己，一看之下立刻大窘——她她她，還是狐狸的樣子呢！原形被李公子他看見了，這可怎麼好！

飛鸞趕忙將後腿蹬了蹬，倏地一下變回人形，這才發覺脖子上的項圈已然消失。只是她的變身讓簡陋的床榻陡然吃重，床板吱吱呀呀地顫了兩下，將她的枕邊人驚醒。

李玉溪倏然睜開雙眼，看見飛鸞正兩眼圓滴滴地望著自己，而她被自己捏在手中的前爪已變成了一隻纖纖小手，不禁又驚又喜地低呼了一聲：「飛鸞！」

飛鸞腦門上還沾著好大一片血漬，此刻怯生生望著李玉溪，多少心思一同湧上心頭，慌得她泫然欲泣：「李公子，我……」

李玉溪知道她此刻的慌亂，絕不亞於自己發現她是狐狸精時的驚駭，慌忙捏了捏她的手，顫聲道：「妳別怕……我，我也不怕。」

他這一句話頓時讓飛鸞平靜下來，兩個人手牽著手側臥在榻上，凝視著彼此默不作聲。一時微妙的氣氛在客房中靜靜流轉，從彼此掌心傳來的暖暖體溫，讓兩個人情不自禁地微笑起來。

直到許久之後，李玉溪才忍不住好奇地發問：「飛鸞，妳是狐狸精，爲什麼會在皇宮裡呢？」

若是從前，飛鸞一定會想破腦袋，猶豫著能不能將禍害皇帝的秘密對李玉溪說——而今翠凰從驪山帶來的消息，已讓她心裡完全沒了負擔！於是飛鸞歡歡喜喜地告訴李玉溪：「我姐姐喜歡皇帝，所以我就陪著她進宮啦。」

「哎？」李玉溪聞言一怔，想到黃輕鳳那兇悍的模樣，覺得很是匪夷所思，繼而他又想到飛鸞，不禁紅著臉略帶些自得地問：「那，妳呢？」

「我？」飛鸞一張桃心小臉立刻紅起來，小聲地嘟囔：「我不喜歡皇帝……」

他當然知道她不喜歡皇帝，李玉溪笑著支頤，凝視害羞的飛鸞：「我知道，我知道妳喜歡誰。」

飛鸞笑逐顏開，猛一下撲到李玉溪身上，趴在他耳邊一遍遍地重複：「對，我喜歡你，我喜歡你！」

另一廂黃輕鳳懾於永道士的淫威，不敢再進華陽觀找人，只得變作人身遠遠繞著道觀打轉，想尋機會找個女冠打探一下，問問道觀中的狐狸過得好不好。

哪知她才繞了不到兩圈，就覺得頭頂上方的陽光被什麼東西遮住，然後幾絡滑亮的青絲就蕩悠悠垂在她眼前，微微地打晃。輕鳳的心咯噔一沉，梗著脖子勉強抬起頭，就看見前幾天用梅核打她的那個不男不女的臭道士，此刻正駕著雲趴在自己的頭頂。

輕鳳大驚失色，慌忙想撒腳逃竄，可渾身上下竟突然使不出半點力氣，甚至連某樣脫困的「殺手鐧」都無法施展。她整個人都被永道士的雲影壓制住，就跟泰山壓頂似的，魘得她根本無法動彈。

「嘿，妳這小妖精，倒挺義氣。」只見永道士咧開嘴，春光爛漫地笑起來：「起碼比那隻有點道行的青狐強多了。」

輕鳳渾身僵硬，毛骨悚然地望著永道士垂頭打量自己，又伸手拽了拽她的髮髻。

「嗯，妳這黃鼠狼，品類雖然不入流，但好歹還算有點靈氣，」永道士若有所思道，跟著卻又一驚：「喲，妳還沾過天子恩露，眞是看不出來……」

輕鳳被他一說立刻炸毛，也不管這永道士法力如何，嘴巴舌頭竟拚命衝破了他的法術，惱羞成怒地罵道：「臭道士，要你多嘴！」

「哈哈，妳臉紅什麼，」永道士咯咯笑道：「我只不過是多嘴罷了，我要是多手，現在就收服了妳，扒了妳的皮去面聖——這也算是『清君側』，說不定還能撈個一官半職呢！」

輕鳳被永道士這麼一說，漲紅的小臉立刻又開始發白，努力將五官擠成諂媚的一團：「哎，神仙饒命！神仙您神通廣大，何必跟我這個不入流的小妖較眞呢？對不？」

「呵，說妳不入流，還眞不入流起來了，」永道士彈彈輕鳳頭頂，懶洋洋駕雲後退，向華陽觀中悠然飛去：「我出來就是告訴妳一聲，小狐狐已經不在我這裡了，妳若是想找她，就去李公子那兒吧。」

跟著永道士響指一彈，原本動彈不得的輕鳳立刻活絡起來。她知道永道士已經放過了自己，當下鼻尖一嗅，懊惱地罵了句「我眞傻！」，轉身飛快向崇仁坊跑去。

當輕鳳一口氣趕到崇仁坊邸店的時候，李玉溪正在幫飛鸞擦去腦門上的血漬。一人一狐正對著鏡子卿卿我我，就見輕鳳砰一聲撞開虛掩的木門，瞪著眼睛找到飛鸞後，如釋重負地大叫道：「飛鸞！」

「姐姐！」飛鸞喜出望外，連忙從坐榻上跳起來，撲進了輕鳳懷裡。

輕鳳心滿意足地抱著飛鸞晃了晃，鼻子一動：「血？妳受傷了！是誰傷了妳？是那個臭道士嗎？」

「不，不是他，」飛鸞搖搖頭，有點顧忌地回頭望了李玉溪一眼，悄聲對輕鳳道：「回去再告訴妳。」

「對，回去，先回去再說。」輕鳳說著便抓起飛鸞的手，捨不得放開似地牢牢攥著，要將她帶回曲江離宮。

這時李玉溪忽然從坐榻上站起身來，望著輕鳳，鼓起勇氣開了口：「姐姐，妳能不能，讓飛鸞留下？」

「留下？」輕鳳彷彿聽見什麼不可思議的玩笑話，很詫異地盯著李玉溪：「我沒聽錯吧？」

而飛鸞也驚訝地望著李玉溪，跟著又眼巴巴看著輕鳳，很有點蠢蠢欲動的意思。李玉溪望著輕鳳認真地點點頭，大方承認：「沒錯，既然飛鸞她是狐狸精，完全可以自由出入宮中，而她又不喜歡皇帝，那麼她又何必陪著妳常駐宮中呢？」

李玉溪的話令輕鳳錯愕萬分，跟著她瞄見飛鸞十分心虛地站在一邊，不禁玉指一伸，狠狠點了點她的腦門：「死丫頭，妳跟他說了什麼？！」

飛鸞立刻捂住腦門，嘟著嘴認錯：「我沒有故意說什麼啦，姐姐，只是……我也想和李公子在一起。」

輕鳳聞言一怔，咂咂嘴，心想若是飛鸞不在宮裡的話，自己勾搭李涵的時候，也可以少操一點心，何樂而不爲？便順水推舟對飛鸞道：「那好吧，正好翠凰用蓮藕幫妳做了一個替身，在那個傀儡壞掉之前，妳就先留在這裡好了。不過妳萬事小心，可別再被什麼人給抓去，尤其那個不男不女的道士，可不是好惹的！」

「不會的，」李玉溪聽輕鳳提到永道士，慌忙對她說：「就是永道長他放我們回來的，相信從今以後，他不會再爲難我們。」

「說到這個，他爲什麼會放你們回來？」輕鳳總覺得那個神神叨叨的臭道士沒安好心：「我剛剛去華陽觀打聽消息，不小心碰上他了，是他告訴我飛鸞已經在你這裡。」

李玉溪慚愧地望了輕鳳一眼，咬唇道：「我猜是因爲飛鸞在他那裡受了傷，他就不好意思再留住飛鸞了。」

「那臭道士還會不好意思？算了，他比翠凰還厲害，我瞎擔心也沒用，只要飛鸞能脫身就好。」輕鳳總算放下一顆心，對飛鸞解釋了蓮藕傀儡的由來，又約好每隔三天出宮與飛鸞碰一次面，便心滿意足地回宮。

半路上她良心發現，覺得該把飛鸞已經脫困的消息知會翠凰一聲，於是鼻尖一嗅，轉道往城東邊的興慶宮跑去。

而此刻在興慶宮的花萼樓裡，翠凰正隱隱覺得，自己陷入了一個麻煩。

自從昨日她不小心洩露了自己的傷勢，眼前這宦官似乎就對她展開了糾纏——今天他從一大早就來到花萼樓探視自己——可最惱人的是，他明明關心的不是自己，打擾的卻偏偏是她。

當翠凰置身於花無歡的目光下，她很清楚自己不經意的一舉一動，都會被這個精明的人收入眼中。爲了不露破綻，她決定按兵不動，時時刻刻都附在杜秋娘的身上，陪著他虛與委蛇。

就如此刻，坐在她跟前的花無歡依舊面若寒霜，翠凰斜倚在貴妃榻上，有點冷淡地半睜著眼睛，默默與他對視——她若是有點玩性，倒可以拿他當一件好玩具，只可惜自己天生孤僻，如今就更加覺得無趣：「我說過，我已經沒事了，花少監你公務繁忙，不必跑這麼多趟。」

她的口氣中明顯帶著抗拒，想將花無歡儘快打發掉，不料面前的人卻不依不饒：「秋妃，卑職倒覺得您近來的確有些異樣，還是多保重爲妙。」

「何以見得？」翠凰的心中升起一絲警覺。

「因為您已經許久，沒有過問卑職在東內的行動了。」

翠凰暗自一驚，察覺到花無歡心中已經開始狐疑，慌忙閉目思索了片刻，才又開口：「哦，那麼，玉璽找到了嗎？」

花無歡聞言盯住翠凰，一雙鳳眼中滑過細碎的疑光，襯著左眼下藍色的淚痣，看上去分外陰鷙迫人。然而翠凰是一隻狐，何需吃他那一套。她垂下眼細審花無歡的內心，從他心中讀出點點疑竇，卻不知他疑從何來，又如何才能消解。

自附身以來，她從沒讓任何人看出破綻，只除了他——也許這是那個叫杜秋娘的女子該慶幸的事，畢竟這世上，難得還有一個人會這般將她放在心上。翠凰如是想，心底竟平湖微皺，生出絲絲悵然。

就在她兀自出神時，花無歡開口回答：「關於玉璽，卑職最近依稀有點眉目，不知秋妃可還記得先帝駕崩前，曾在驪山行宮收納過兩名浙東國的舞女——胡飛鸞和黃輕鳳？」

翠凰一聽這話，神色不由一凜，緩緩接話：「嗯，這些事我都記得，你繼續說。」

不料這一次翠凰的若無其事，卻讓花無歡目光一動，眉心不著痕跡地微蹙了一下：「先帝駕崩當日，卑職曾去內殿尋找過玉璽，卻因為時間倉促，沒來得及將每個角落都搜查一遍。記得當日卑職在內殿中看見了一口紫檀螺鈿寶櫃，那正是浙東國進獻胡氏和黃氏之時，用來做噱頭的櫃子。那天卑職還沒來得及打開櫃子，就被其他人叫了出去，現在想來，也許胡氏和黃氏，當時就藏在那口櫃子之中。」

「你是說，她們拿走了玉璽？」翠凰聽到此處，不禁脫口追問了一句，心底覺得好笑。

「沒錯，她們很可能目睹了先帝駕崩的始末，也拿走了玉璽，」花無歡雙眼緊盯著翠凰，不動聲色地繼續往下說：「這幾年卑職明察暗訪，幾乎可以確定玉璽沒落在當年弒君的那批人手中。原本卑職差不多已將櫃子的事情忘光，直到今年春天聖上忽然將胡氏和黃氏納入後宮，卑職才想起這件事來。只可惜，卑職第一次在紫蘭殿搜查並沒有結果，安插在胡黃二姬身邊的眼線，一直也沒什麼進展，倒是陛下將她二人寵幸後加以冊封，以後想要徹查，只怕更加棘手。」

翠凰聽了花無歡這一席話，卻只下了一個模稜兩可的結語：「嗯，你且小心行事，一切都應從長計議。」

花無歡眉心輕輕一蹙，卻也不再言語。此時斜陽向晚，花萼樓外已是霞光滿天，花無歡不便在秋妃身旁久留，只能帶著滿腹疑竇離開花萼樓，神色緊繃的一張臉上，始終佈滿了陰雲。

待花無歡離開之後，翠凰獨自倚在貴妃榻上，頭也不抬地冒出一句：「出來吧。」

只聽大殿梁上「嘻嘻」一聲，一隻渾身橘紅的黃鼠狼便順著柱子溜下來，騰地一下變成人身，盯著翠凰笑道：「嘻，原來妳棲身在這裡，這個人是誰？看上去挺老。」

翠凰不以爲忤，逕自摸摸自己的臉頰，回答輕鳳：「她叫杜秋娘，肉身暫時被我借來用一用。」

輕鳳一邊點頭，一邊東張西望，將花萼樓細細打量了一番，嘖嘖稱讚：「我還沒來過這興慶宮呢，聽說八十年前，狐族那位前輩就曾經住在這裡，是真的嗎？」

「沒錯，即使到了今天，我仍能感覺到她留在這裡的一絲靈力，」翠凰淡然掃了一眼輕鳳，問她：「妳爲何忽然來這裡？」

「我是特意來告訴你一聲，飛鸞已經被那不男不女的道士給放了，你不用再去華陽觀了。」輕鳳說著又看了看翠凰的臉，仍然很不習慣：「這個杜秋娘雖然長得不錯，但沒有四十也有三十了吧？妳附在她身上，有什麼意思？」

翠凰聞言並不回答輕鳳，逕自伸手替飛鸞掐算了一下，這才放心地點點頭，抬眼望著輕鳳道：「我附在她身上，只爲圖個清靜，妳以爲人人都像妳，愛沾惹些情情愛愛的混事嗎？對了，我問妳，妳拿了皇帝的玉璽沒有？」

「呵，他的話，妳也信？」輕鳳一哂，不以爲然地斜睨著翠凰：「那個太監，不是什麼好人！」

不料翠凰卻眉毛一抬，冷笑道：「不管他是不是好人，可要說偷雞摸狗，不正是妳的強項嗎？」

輕鳳一怔，心知她還在記恨自己盜竊魅丹之事，慌忙面皮一變，打起哈哈來：「哎，我來就是給妳捎個信，至於玉璽，那是他們凡人自找的麻煩，與我們有何相干？我走了啊。」

說罷輕鳳胡亂行了個禮，又變回黃鼠狼的模樣，甩甩尾巴一溜煙逃出了花萼樓。翠凰看著她揚長而去的背影，倚在榻上冷笑了一聲，不再言語。

輕鳳一口氣跑回了曲江離宮，竄進自己的別殿後撲在臥榻裡翻找了半天，才掏出那方白瑩瑩的玉璽抓在手中細看——爲了以防萬一，她把玉璽也隨身帶到了離宮。那個花少監和杜秋娘都在尋找這方玉璽，爲的是什麼？輕鳳皺皺眉，心想既然自己已經對李涵死心塌地，那麼正該找個機會把這玉璽送給他。

一想到自己獻出玉璽時，李涵必定會喜出望外，輕鳳就有些心猿意馬，滿腹的花花腸子癢得沒命！哎，立下這麼個大功勞，他一定會抱著自己轉三圈，給她一個喘不過氣來的深吻，再風風光光地封她做貴妃吧？輕鳳捂住燒得滾燙的臉頰，滿腦袋的綺思遐想在電光石火間一轉念，就想到自己私自藏匿玉璽三年，算不算一條大罪？！

這一想輕鳳便驚出一身冷汗，雖說她與李涵有過肌膚之親，但他一向喜怒不形於色，萬一他眞的因爲玉璽怪罪自己，大義滅親，那可如何是好？

思來想去，輕鳳決定相機行事，先探探李涵口風再說。

可巧今夜，因爲憐惜落水受苦的黃才人，李涵決定召幸輕鳳。王內侍在黃昏時刻將這個好消息帶給輕鳳，她立刻樂顛顛接旨，悉心打扮好自己後，又將蓮藕傀儡安頓妥當，這才出殿登上王內侍派來的肩輿。

當輕盈窈窕的黃輕鳳笑嘻嘻來到天子寢宮時，李涵不覺便放下手中的奏章，一雙桃花眼裡帶著笑意，看著她嫋嫋娜娜地走到自己面前。

正是世間尤物意中人，輕細好腰身。

李涵牽著輕鳳的手，讓她依偎在自己身旁坐下，輕聲問道：「今天身體可有不舒服？」

「咦？」輕鳳早忘了昨天吃的苦頭，對李涵搖搖腦袋：「沒有不舒服，臣妾哪兒都好好的。」

李涵聞言不禁一笑，索性將輕鳳拉入自己懷中，此後一番溫存，不必細述。

六月初的夜晚，只有花香沒有月光。滿殿紅燭次第燃盡，李涵和輕鳳在無邊的夜色裡相擁而眠，聽風聲緩緩吹過簾櫳，帶來一殿清涼。蒙昧的殿外除了蛙聲和蟲鳴，偶爾還會傳來依稀不可辨的人聲，隱隱約約的，提醒他們此刻仍然身在紅塵。

「陛下。」

「嗯？」

「陛下，」輕鳳在黑暗中喚著李涵，滿心想著如何將話題往玉璽上繞，可昏昏欲睡的腦袋卻想不出什麼好點子：「您日理萬機，這文房四寶裡面，還缺什麼嗎？」

她問的當然是玉璽，只不過這一婉轉，就被李涵當成了筆墨紙硯：「怎麼會缺？」

輕鳳傻眼，只好又想了想：「那中書省草擬的詔書，陛下您每次看完以後，還會做什麼？」

李涵遲疑了片刻，答道：「會把詔書交給門下省啊。」

又是答非所問，輕鳳急了，越發露骨地追問：「難道您不要鈐個印章什麼的嗎？」

李涵一怔，竟然點了點頭：「那當然是要鈐的。」

只不過，鈐的是當今天子的私章罷了。輕鳳氣餒地垮下雙肩，有口難言——與其這樣繞來繞去，還不如悄悄把玉璽塞進李涵的枕頭下啦，可是，這樣自己不就沒法邀寵了嗎？

就在她胡思亂想之際，李涵伸出手指點了一下她的腦門：「妳這小腦袋裡，在想什麼呢？」

輕鳳實在不敢直接提玉璽的事，只能支支吾吾地回答：「沒想什麼。」

「那就睡吧。」縱情過後的李涵有些倦意，沒有心思陪輕鳳猜謎。

「哎？」輕鳳怔愣，卻又無可奈何，只好悻悻搔了搔小腿，枕著李涵的胳膊入睡。

反正玉璽被她藏得很好，不怕被別人搶了去，這事不急、不急，以後再找機會好了……

第十章　陰謀

這一晚，南內興慶宮中，卻有幾人趁著夜色，鬼鬼祟祟地潛入了燈火昏暗的南熏殿。

南熏殿內住著懿安太皇太后郭氏，她是李涵的祖母，在李涵登基後才遷入興慶宮。而今夜，一向死寂的南熏殿內，竟隱約傳出了女子的哭泣聲。

「哭什麼？妳的孩子死了，那都是命。」郭太后人已年邁，被歲月磨礪過的心無比冷硬，早就忘了該如何施予安慰和同情，即使面前這人是自己家族裡的侄孫女。

「太后，郭妃她也是傷了心，您又何必苛責。」這時坐在一旁的一位中年婦人發了話，而她正是唐敬宗李湛的母親王氏，如今居住在義安殿的寶曆太后。

一室中三個女人，除了郭太后和王太后，年紀最輕正在哭泣的那個，就是唐敬宗的正妃郭氏。她曾為敬宗李湛生下過長子李普，小娃娃粉雕玉琢、姿性韶悟，在敬宗駕崩後，李涵將他視如己出，一度曾承諾將他立為太子。不料去年李普生了一場大病，因為年紀幼小沒能捱過去，早早就夭折了。李涵將他追封為悼懷太子，又對傷心欲絕的郭妃許諾，會好好照顧她的幼子陳王李成美，然而隨著李涵長子的出生，在逐漸失去眾人矚目的光環後，這位年輕的母親內心就開始發生變化。

「他言而無信，」郭妃一邊啜泣，一邊紅著眼道：「當年他承諾立大郎為太子，我才讓他坐穩了龍椅。去年大郎死了，他就應該立我的五郎做太子才對，可是，這件事他現在提也不提了……」

「他現在有了自己的兒子，這也是人之常情。」郭太后瞥了自己的侄孫女一眼，對她沉不住氣的稚嫩，深深不以爲然。

這時王太后卻忍不住在一旁回護，幫自己的兒媳說話：「太后，郭妃她說得沒錯，妳看如今那蕭氏，自從做了太后，哼，一個沒有出身的閩南蠻子，驕橫成什麼樣子？如果沒有我們當初的成全，就算王守澄那幫老賊再囂張，這帝位，又豈能說輪就輪到他的頭上？如今他非但不心存感激，還別有目的地找尋什麼舅舅，哼，眞是用心險惡。」

王太后所言並非妄自尊大，這一屋裡除了她出身名門，郭太后和郭妃的娘家更是了不得——郭太后的祖父是尙父郭子儀，母親是唐代宗的愛女升平公主。即使到了今天，郭家的勢力依舊如日中天，不容小覷。

然而郭太后一輩子慣於深藏不露，王太后這一番張揚跋扈的話聽了雖使她解氣，卻又使她暗自心驚，一時無法應答。

就在三個女人相顧無言之際，只見殿外簾影一晃，郭太后的心腹宮女竟引了一個身披斗篷的人入殿。三個女人同時神色一凜，就見那站在殿中身量嬌小的人伸手將斗篷一揭，竟露出一張如花似玉的臉——那正是李涵的御妹、王太后的愛女，如今在永崇坊華陽觀裡修道的安康公主。

王太后立刻嗚咽一聲，伸手捂住嘴唇，耐心地等安康公主與在座三人行禮之後，才伸開雙臂，將來到自己身邊的愛女緊緊摟在懷裡：「安康、安康，我可想死妳了！可憐妳在宮外清修，日子過得可好？」

「母后放心，我過得可開心了。」安康公主嬌憨一笑，在母親懷中撒嬌：「母親，妳們想見的人，我已經幫妳們領來了。」

「很好，」郭太后在上座點點頭，依舊不苟言笑地望著自己孫女，「他現在在哪裡？」

「正站在殿外候命呢。」安康公主得意洋洋地笑道：「他是姑姑在終南山的同門師弟，所以算起來，還是我的師叔呢。」

「他是永嘉的師弟？」郭太后細一推想，目光中難免生出些懷疑：「那麼看來他年歲不大，這人可靠嗎？」

「皇祖母您放心，永師叔的法力可高強了！」安康公主恭敬地接話，臉上露出自信滿滿的笑容。

「既然如此，就請他進來相見吧。」郭太后發話。

安康公主立刻恭謹地一禮，命宮女將一個同樣身罩斗篷的人引到了郭太后的面前。年老的郭太后睜大自己渾濁的眼睛，看著眼前這個隱藏面目、身量細挑的人，半信半疑地開口：「摘下斗篷，讓我看看你的樣子。」

來人依言將斗篷一揭，色如春花的臉上盈滿笑意，一瞬間彷彿讓昏暗的內殿都生出光輝。三個將青春埋葬在深宮中的女人，已經許久不曾像這樣近距離地看見過一個男人，何況這個男人俊美得雌雄莫辨，還放蕩不羈地散披著一頭烏亮的青絲，這使得在場的女人們一剎那都有些恍神和驚駭，也讓沉不住氣的王太后忍不住問：「道長怎麼稱呼？您多大歲數了？能做安康的師叔？」

「貧道無名無姓，小的時候被人稱作小道士，長大後戴上髮冠、穿上寬袍大袖的法衣，就變成『永』道士了，」永道士笑嘻嘻地抬起雙臂，對三位貴婦揚袖比劃了一下，又道：「至於貧道的歲數，貧道已經不記得了。」

他荒誕不經的說辭令郭太后怫然不悅，然而方外之士向來不能以常理度之，往往越是特立獨行的，法力越是驚人。何況安康公主既然敢引薦他，必定也是知道他的底細。想到此處，郭太后心中又釋然，平心靜氣地對永道士說：「道長，既然你已來到這裡，就應當知道你此行的目的吧？」

「嘻，」永道士一笑，直直望著郭太后，指著自己的鼻子道：「天下所有人請貧道，都只有一個目的，就是爲了滿足私心。只是太皇太后您的私心，稍稍險惡了些。」

永道士這句話一出口，滿座的女人全都變了臉色，只有他一個人還不知死活，兀自沒心沒肺地嘿笑。坐在太后右邊的郭妃到底年少氣盛，忍不住白著臉叱道：「你這瘋瘋癲癲的道士，有什麼本事先亮出來看看，不要裝神弄鬼！」

永道士聞言仍是一副嬉皮笑臉的模樣，逕自轉了轉狡黠的眼珠子，斜睨著郭妃不說話。在場的人中只有安康公主知道永道士的厲害，也知道他的癲狂。她慌忙跑到郭妃身邊，訕笑著打圓場：「皇嫂切莫動怒，我師叔性子散漫慣了，可法力絕對高強，整個終南山也無人能出其右。」

可惜為時已晚，就見永道士笑嘻嘻一彈響指，下一刻從他寬大的袍袖裡，竟鼓鼓囊囊爬出一支四肢俱全的何首烏來。那何首烏胖乎乎像個娃娃，根莖上還拖著髮辮似的藤葉，咿咿呀呀地從地上一路爬到郭妃身邊，拽著她的裙子喊：「母妃，母妃……」

那聲音儼然是已經夭折的悼懷太子，郭妃頓時嚇得面色慘白，一邊躲避一邊厲聲尖叫起來：「怪物！走開，快走開——」

「母妃，我是大郎啊……」那何首烏娃娃不依不饒地拽著郭妃的裙子，紫黑色皺成一團的臉上沒有眼睛，卻依舊殷殷抬頭望著郭妃：「母妃抱抱，大郎很乖的。」

說著就要往郭妃膝上跳，郭妃驚駭欲絕，尖叫著操起憑几砸向那支何首烏。就聽喀嚓一聲，剛剛還在奶聲奶氣說話的何首烏已斷成了兩截，令人毛骨悚然的童音戛然而止。

殿內光線昏暗，不留神又熄滅了一支蠟燭，滿座人盯著地上「身首分離」的何首烏，好半天都回不過神來。奸猾的永道士趕在郭太后發難前，掐準時機行了一禮，抬頭笑道：「貧道剛剛替小殿下招魂，不過，看來郭妃娘娘不是很想念小殿下呢。」

驚魂未定的郭妃滿眼是淚，瞠目結舌地盯著永道士，彷彿他是比剛剛的何首烏娃娃還要可怕的怪物。她怔怔地張開嘴，似乎想說什麼，卻被一旁的郭太后抬手制止。

「道長，你的法力果然深不可測，我活了這麼多年，今天才算見識了，」郭太后逕自在上座冷笑道：「既然你能看透我的私心，那麼也不必多費唇舌，我只問你，我心中這件事，你能不能替我辦到？」

永道士沒有立即回答郭太后的問話，只是瞇起眼來笑了笑，高深莫測地自語：「馬上就是鬼月了。」

他的話令眾人心中一凜，不由自主地想到了七月半的中元節，王太后忍不住在座上問：「道長您的意思是，七月就可以幫我們……了結心事？」

永道士不置可否，咧嘴笑了兩聲，故作神秘道：「天機不可洩露。不過太后您放心，貧道既然出山，就意味著答應幫忙，答應幫忙就意味著事情能了結，畢竟我師父收過你們好處嘛，我反悔他也不會吐出來。」

在座四人面面相覷，尷尬不已，安康公主趕緊走到永道士面前，拽著他的袖子撒嬌：「師叔，你別這樣說話嘛……既然七月你才會作法，不如現在我們先回去呀？」

永道士眨眨眼睛，覺得師侄的提議甚爲有理，於是二話不說點點頭。安康公主如釋重負，慌忙以禮辭別自己的祖母、母親和皇嫂，引著永道士離開內殿。不料這時郭妃卻在他們身後喚了一聲「道長」，引得永道士再次回過頭。

「道長，剛剛那個……真的是大郎嗎？」郭妃正當青春的臉上爬滿淚痕，泫然欲泣地顫聲問。

永道士若有所思地盯住她的臉，須臾輕笑出聲，笑聲裡含著無盡的殘忍：「沒錯，那的確是小殿下。可是，剛剛您親手攆走他了，不是嗎？」

這一句話讓郭妃嚎啕大哭，安康公主頭皮發麻，捉賊一樣將自己的妖孽師叔拽走，出殿後仍然一路埋怨：「師叔，不帶你這樣的！來之前你明明答應好不亂說話的，怎麼還這樣亂來？害我在祖母面前難做人！」

永道士將師侄的話當作耳旁風，只顧在花木蔥蘢的御花園裡東張西望，摸著鼻子嚷了句「這裡不對勁」，下一刻竟倏然隱身消失，將安康公主和一干隨從們丟在原地，急得團團打轉。

御花園的花葉逆著風沙沙摩挲，彷彿有看不見的大蛇蜿蜒而行。翠凰伏在雲中飛速向南，卻還是被一道閒散的聲音攔截：「小狐狸，別再跑了，跑不掉的。」

翠凰聞聲暗自咬牙，只得按住雲頭停歇下來，陰陰盯著虛空的前方：「道長有何指教？」

「噫，聽妳叫我道長，還不如『殺千刀』來得順耳。」只聽半空中輕脆的響指一彈，永道士也立在雲上現了身，笑咪咪望著翠凰道：「小丫頭，妳藏在這座宮殿裡，想搗什麼鬼呢？」

「呵，道長在這個時分進宮，也不見得光明正大吧？」實際上翠凰剛剛一直潛伏在南熏殿外，早已將殿中的陰謀聽了個七七八八，因此這時她冷笑了一聲，對永道士說：「你和殿中那些女人商量的事情，與我無關；而我未來的打算，也對你的計畫沒有妨害。不如今後你我各行其是，井水不犯河水，如何？」

不料永道士聽了翠凰的話，卻一邊撓頭，一邊不懷好意地笑道：「什麼井水河水，妳剛剛偷聽的時候，怎麼不對自己說這句話呢？好沒道理！」

翠凰聞言臉色一白，就見永道士一彈響指，方圓一里內的花葉立刻在枝頭簌簌顫動，肅然的殺氣逼得翠凰透不過氣來。她立刻從手心幻出自己的鴛鴦劍，拚盡全力向永道士刺去，這時黑色的長練從深藍色的蒼穹中紛然而落，像黑色的旋風席捲了翠凰，纏住她狠狠地勒緊。

她幾乎能聽見自己的胸腔被擠壓得咯咯作響，隨後窒息和劇痛讓腥甜的血液湧上她的喉嚨。翠凰只覺得眼前一黑，她在黑暗的混沌中不抱希望地仗劍一劃，嗡嗡作響的耳中便聽見自己向下跌落的風聲。與此同時，她感覺到自己的四肢正在向內收縮，這樣的感覺已經許久未曾體驗，竟讓她由衷覺得陌生——她的身體正在變形，變回原形。這對得道的她來說，是比赤身裸體還要羞恥的事。

她撲一下跌進泥地裡，一身青色的皮毛在暗夜中熒熒發亮，彷彿被月亮施予過獨特的恩澤。然而永道士卻只是伏在雲裡，雙目無情地掃視過翠凰動彈不得的身體，嗤笑了一聲：「青的，真難看。」

她何嘗不知道自己難看，翠凰拚命想睜開眼睛，卻始終看不清自己身在何方。她在黑暗中跌跌撞撞，循著本能掙扎前行，能感覺到永道士的氣息離自己越來越遠，而自己的喘息卻越來越沉。

她不會死，她一定不會死——翠凰拚命護住自己的元神，內心從未像此刻這般賭咒、發誓、充滿把握。過去黑耳姥姥總是說她性情太寡淡，而她也對此深信不疑，卻沒料到自己在奄奄一息之際，竟是如此不甘於安然赴死。

她其實，一點也不冷，起碼不想讓身體變冷。

緊閉雙目在黑暗中匍匐向前爬，四周是黏膩的花土和枯葉，還有青蛙和夏蟲刺耳的噪鳴，翠凰在恍惚中聞見了一股熟悉的熏香，又聽見一道熟悉的聲音：「無歡，你說我在生病？你是不是誤會了什麼？」

這聲音讓翠凰驀然想起一具溫暖的身體，那具身體可以供她附身，也可以用血肉給養她受了重創的元神，此刻正是她的救命稻草！於是她拚盡力氣讓自己化成一道青光，像饑餓的水蛭尋找血源那樣，精準無誤地貫入了杜秋娘的天靈。

而後她重新感覺到身體的份量，不無慶幸地、重重地摔在了地上。眩暈的視野中依舊是一片漆黑，她來不及發出一聲呻吟，就覺得身子一輕，彷彿又騰雲駕霧般浮在半空。

一道清晰的聲音穿過她嗡嗡的耳鳴，就像一根冰冷的錐子，意外地刺入她虛弱的心房：「秋妃，您沒事吧？」

此刻翠凰連張嘴的力氣都沒有，索性不作回答，放心地任由自己昏迷過去。花無歡靜靜凝視著躺在自己懷中的秋妃，心中陡然升起的懷疑與驚怒，卻被一種莫可名狀的無奈壓了下去。

對於懷中人的真實面目，他早就有理由懷疑，雖然這份懷疑荒唐之極，但他花無歡行事，從來都不會被膚淺的常理所蒙蔽。就算中邪附身之類的事情很荒唐，難道一個人在短期內喜好的顏色改變、口味改變，甚至絕口不提過去心心念念掛在嘴邊的人，這些怪事就不荒唐？

還有此刻，自己靠她這般近，肌膚相親的溫暖如此真實地貼著衣物傳來……這樣難以言喻的感覺，難道就不荒唐？

花無歡心口一窒，下一刻便蹙眉凝神，抱著杜秋娘快步衝進了花萼樓。

翠凰這一昏就是三天三夜，當她從混沌中掙扎著張開雙眼，就看見一隻粉白的蛺蝶輕輕繞過了殿梁，而後她眼珠下滑，又看見了侍立在床榻邊的花無歡。

這個人……眞是夠煩人的。

翠凰依稀回憶起自己昏迷前正是被他救起，一瞬間有些失神，可轉念一想，他在深夜裡爲什麼又會和杜秋娘在一起呢？她原本以爲自己趁夜離開杜秋娘的身體能夠萬無一失，現在看來，眞是防不勝防。

「秋妃，您總算醒了。」

冰冷冷的聲音在耳旁響起，翠凰默不作聲地動了動眼珠子，第一次留意起花無歡的聲音——他的聲音發雌，因此總是陰冷而清脆，卻並不難聽。這讓翠凰忍不住又想，如果他不是一個宦官，他原本的音色該是什麼樣？

就在她思緒紛亂之時，花無歡已將煎好的藥汁送到翠凰面前，示意一名小宮女將她輕輕地扶起。翠凰不動聲色地盯著面前烏黑的湯藥，終於以細如蚊蠅的聲音開口拒絕：「我不喝。」

此刻她無力施展法術，卻也不甘受人擺佈，喝下這碗無濟於事又可笑的藥汁。然而她冷淡的眼神只換來花無歡脣邊一抹冷嘲，下一刻他竟已端起藥碗，替換下束手無策的小宮女，穩穩將翠凰鎖在自己的懷裡，抬起碗沿抵住了她的嘴唇：「秋妃，恕卑職冒犯了。」

你——大膽！翠凰瞪大雙眼，眼睜睜由著花無歡將苦澀的藥汁灌進自己的喉嚨，動彈不得的身體根本無計可施。可惡……這一刻她元氣大傷，甚至連他的心思都無法解讀。翠凰忍不住向上翻了個白眼，斜睨著花無歡面無表情的臉，猜他一定是蓄意想折磨自己。

不應該，這不應該，此刻自己是他無比深愛的杜秋娘，他怎能對她如此放肆？

翠凰百思不得其解，只能皺起眉，忍受著藥汁給自己的胃帶來陣陣不適，卻沒留意到這一瞬間，從花無歡眼底滑過的，竟是一絲負罪又自甘墮落的快意。

花無歡將藥碗擱回盤中，淡淡瞥了翠凰一眼，趁她走神時指尖一動，竟在她嘴裡擱了一塊糖。翠凰抬眼望著花無歡，無可奈何地接受下他的好意——可惜他根本無法知道，自己對藥汁的抗拒，並不是因為懼怕湯藥的苦澀，實在是因為……她是一隻狐……

翠凰昏沉沉地閉上雙眼，咬牙忍受著救治人類的湯藥給她的腸胃帶來陣陣灼燒般的疼痛。漸漸地她的身體開始發燙，意識也越來越模糊，然而始終縈迴在她心頭揮之不去的，卻是她唇齒中的甜。

當翠凰再度陷入昏睡時，花無歡仍舊靜靜守在她的床榻邊。他冰冷的鳳目定定凝視著床上人蒼白的臉，目光裡糾纏著複雜的憐愛與怨毒，讓他咬牙切齒卻又情難自禁——他明明知道，眼前人近來悄悄改變了口味，方才他餵給她的糖，秋妃從來都不喜歡。

然而明察秋毫的結果卻被他用來哄勸她吃藥，只因為方才的片刻溫存，給自己帶來了鴆毒般難以自拔的喜悅。他明明已經有所察覺——眼前的秋妃早就不同於以往，在她身體裡似乎藏著另外一個女人，他不知道那是誰，甚至有可能是妖魔鬼怪……可是她，卻成全了自己從來不敢妄想的一片癡心。

一心掛念著憲宗、漳王還有李唐江山的秋妃，他一直都無法接近。而今自己仰慕的人忽然變了性子，她的身體裡裝了另外一個陌生人——這個人害得秋妃靈魂消失，也害她的健康每況愈下，他明明應該設法讓這一切恢復正軌。然而眼前這個忘記了昔日情愁的「秋妃」，卻給了自己一絲鑽營的縫隙，使他罪無可赦地開始遲疑，只想著利用眼前這難得的機會，來滿足自己欲壑難填的私心。

可當初在自己生不如死時出手相助的人是誰？在深宮中帶自己遠離寂寞的人又是誰？只不過是一點點的親近，就可以讓他這樣忘恩負義？實在是可怕又可悲！

花無歡倏然站起身，一瞬間又有些恨起眼前人來，然而追根究底，心底更多的是對自己的厭棄。於是他狠狠咬著牙，逼自己背轉身子，頭也不回地離開。

原本輕鳳在飛鸞脫險之後，樂得與翠凰相忘於江湖，然而沒過幾天，翠凰一手炮製的傀儡娃娃竟可怕地長出了滿臉細紋，活像一個乾巴巴的老太婆。這事兒把輕鳳嚇得不輕，她慌忙找機會溜去興慶宮，這才知悉了翠凰的傷勢。

「才幾天不見，妳怎麼又傷成這樣？」輕鳳隱著身子，坐在床頭問翠凰。

「我被那道士找上門了。」翠凰淡淡道，躺在榻中動彈不得。

「找上門？」輕鳳愣然不解，瞪著翠凰問：「那不男不女的臭道士都能放過飛鸞，為什麼卻不能放過妳？」

翠凰無法對輕鳳解釋，自己和飛鸞在永道士的眼中是對手和寵物的差別，因此待遇自然不同。這時她忽然想起永道士與興慶宮中一撥貴婦的密謀，看了神采飛揚的輕鳳一眼，猶豫著要不要對她透露自己偷聽到的消息。

畢竟自己吃這樣大的苦頭，與眼前這臭丫頭片子脫不了干係，而她對自己的態度明明是防備而保留的，那自己又憑什麼白白做好人？翠凰暗暗思忖，末了決定再試探一下輕鳳，便開口問道：「對了，上次我問妳玉璽的事，妳推三阻四，今天我再問妳一次，妳到底有沒有拿玉璽？」

輕鳳一怔，想不到翠凰這時候還要舊事重提，實在是弄不明白她的心思：「奇怪啦，妳老問我玉璽做什麼？難道妳還真打算幫妳這副皮囊，或者幫那個冷臉花太監？都說了凡人的糾葛沒什麼好摻和的，這裡面有妳什麼事兒呢？」

翠凰聽了輕鳳這一通搶白，卻不爲所動地冷笑了一聲，逕自道：「妳別管我摻和不摻和，我只要妳一句實話，就當是我幫飛鸞奔走負傷的回報，難道都不行？」

輕鳳眨眨眼睛，望著翠凰高深莫測的臉，困難地咽了口唾沫，暗自在心中天人交戰——翠凰爲了救飛鸞而受傷，自己不是不感恩的，可是……這和玉璽明明是兩碼事嘛！她到底爲什麼一定要知道玉璽的下落呢？難道是爲了杜秋娘？這斷斷不該！又或者是爲了花少監？這答案更見鬼！那會不會是因爲受傷鬧脾氣，想給她找點麻煩呢？呃……

輕鳳智子疑鄰，當下越瞅翠凰陰沉沉的臉，越覺得自己猜得沒錯。

既然自己已經決定要找機會把玉璽交給李涵，那麼多一事不如少一事，她又何必讓翠凰知道玉璽在自己手裡呢？於是輕鳳腰桿一挺，拍著胸脯對翠凰信誓旦旦道：「實話對妳說吧，那玉璽，我是真的沒拿！妳可別再懷疑我了。至於妳為飛鸞受的傷，我一定會記在心裡，不如我去想想法子，偷點人參來給妳補一補，好不好？」

翠凰聽了輕鳳的話後，面色卻是出乎意料的平靜。她淡淡笑了笑，決定也對輕鳳有所保留，於是只對她解釋蓮藕傀儡的奧妙，其他隻字不提：「那傀儡是用鮮藕做的，當然會乾，妳領她去泡泡水就行了。當然，泡的時候不可以用熱水，最好是新鮮的江水。」

「哦哦，原來是這麼回事，」輕鳳聽後恍然大悟，頓時就再也坐不住，一心急著趕回去幫那傀儡泡水，便對翠凰諂笑道：「嗯，多謝妳指點迷津，要麼，妳先好好休息，改天我再來看妳？」

翠凰懶得與她虛應故事，擺擺手示意她離開，卻在輕鳳的腳剛要踏出花萼樓前，到底掩不住心事地自語了一句：「鬼月就快到了。」

耳尖的輕鳳自然聽見了翠凰的低語，她暗暗在心中一盤算，心想離七月還有不少天呢，真不知道翠凰她在惦記什麼。不過她一向同自己不是一路人，自己又何必操心那麼多呢？輕鳳當即也不再多想，將一時的疑惑拋在了腦後，只匆匆往曲江離宮趕去。

回到離宮後，輕鳳按照翠凰的說法，領著蓮藕傀儡偷偷去江邊泡了泡，果然乾枯的肌膚頃刻便恢復了水潤。

輕鳳開心不已，決定做點什麼感謝一下翠凰，便趁夜溜進大明宮尙藥局，從藥庫裡偷了一支頗有份量的老山參，在天亮前趕到興慶宮送給翠凰。

翠凰果眞傷得不輕，當輕鳳叼著人參鑽進她床帳的時候，她竟絲毫沒有察覺，兀自皺著眉睡得極沉。

輕鳳悄悄放下人參，在昏暗中轉動小腦袋，仍是對翠凰選擇落腳的這副皮囊，深深不以爲然。她還記得自己在驪山老巢第一次看見翠凰時，壓在心口的那份透不過氣來的驚豔，眼前這個人老珠黃的半老徐娘，又怎及得上翠凰本相的萬分之一？

眞是搞不懂她，輕鳳吹吹鬍鬚，轉身跳下床，逕自返回曲江離宮。一路上她的心裡總是沉甸甸的，似乎被什麼東西壓著，讓她莫名有些煩悶。

輕鳳一路悶悶不樂地跑回離宮，不料剛溜進自己住的別殿，就看見泡過江水煥然一新的蓮藕傀儡，竟然趴在自己的臥榻裡翻找著什麼。

輕鳳大驚失色，立刻衝上前拽住了蓮藕傀儡，聲色俱厲地質問：「妳在做什麼？！」

那傀儡抬起白白嫩嫩的小臉，望著輕鳳笑道：「姐姐，我沒做什麼。」

輕鳳盯著她，一剎那醍醐灌頂：「是不是翠凰指使妳幹的？」

「不是啊，姐姐。」那蓮藕傀儡仍舊是滿臉無辜，望著輕鳳一徑地笑。

她越是笑得無辜，輕鳳的背後就越是發毛——哎！這傀儡是翠凰做給她的，當然會受翠凰控制，自己豈不是引狼入室？輕鳳遽然皺起眉，實在弄不清翠凰的打算，乾脆伸手掐住傀儡的脖子，想著與其胡思亂想，不如毀屍滅跡。

隨著手指逐漸施力，輕鳳聽見傀儡的脖子裡發出脆生生的聲音，像是一段藕節正要斷裂。然而那傀儡不哭不叫，只是睜著水汪汪的眼睛望著她，呈現的恰是飛鸞最善美的模樣。輕鳳被這樣一雙純真的眼睛盯著，不自覺便膽怯氣虛，根本下不了狠手。

最後她只好一頭冷汗地推開傀儡，逕自鑽進床榻找到了玉璽，將它妥當地藏在自己身上。

這傀儡，看來是留不得了。輕鳳一邊暗忖，一邊回身瞄了一眼，只見那傀儡仍舊望著她笑，好似什麼都沒發生過。

恰在這時，幾名宮女捧著錦盒入殿，對輕鳳和「飛鸞」行禮道：「胡婕妤、黃才人，聖上賜下了七月醮祭穿的禪衣，請二位娘娘過目。」

輕鳳聞言一怔，看著宮女們將精緻的紗羅禪衣從盒中取出來，捧到了自己面前。輕鳳脫下衫袍，一邊試穿，一邊問道：「這麼早就準備過中元節了？」

「黃才人您有所不知，今年宮中爲了給大皇子祈福，七月初六就要開始修『道德臘』齋，所以禪衣才會提前準備好。」宮女們一邊幫輕鳳和飛鸞穿禪衣，一邊笑道：「在華陽觀修道的安康公主，特意爲聖上引薦了一位終南山上的高人，到時候他會來離宮開壇作法，專爲大皇子消災延壽呢。」

輕鳳聽了這話，心中咯噔一聲，隱隱生出些不祥的預感：「喔？那位終南山上的高人，是個什麼模樣？」

「這奴婢們就不知了，」宮女們唧唧呱呱地說笑起來：「不過聽說是一位很年輕的道長，生得非常俊俏呢。」

輕鳳嘴角一抽，心想宮女們口中這人，十有八九就是那個不男不女的臭道士了！若是論起法力，他的確是毋庸置疑的厲害，可為什麼她就是覺得這個人，不會安什麼好心呢？

輕鳳咬咬唇，想找個人排解心中疑雲，可身邊連個能商量事的人都沒有。一時之間她茫然無措，只希望自己心裡這番憂慮，是杞人憂天才好。

因為提防著蓮藕傀儡，又記掛著永道士入宮，心事重重的輕鳳按捺了幾天，忍不住還是在一個夜晚幻出原形，溜出曲江離宮，前往興慶宮找翠凰。

經過幾日休養，翠凰的傷勢已經有了點起色，輕鳳循著牆洞鑽進花萼樓時，她正盤著腿在貴妃榻上打坐。

「咦，何必這麼急著修煉？妳受了傷，還不多躺躺？」輕鳳笑嘻嘻地走上前，與她寒暄。

翠凰瞥了她一眼，沉默了片刻才回答：「這樣好得快。」

「看來我送妳的那只老參很管用啊，哈哈，既然妳傷勢好轉，我也就安心了，」輕鳳一邊噓寒問暖，一邊仔細端詳著翠凰的臉色，卻看不出任何端倪，索性虛晃一槍道：「這兩天飛鸞吵著說想回宮，那個蓮藕傀儡恐怕也用不上了，什麼時候麻煩妳一下，把它收回去呢？」

「不必那麼麻煩，」翠凰嘴角若有似無地一笑，回答輕鳳：「妳什麼時候用不上那傀儡了，只管將她從高點的地方推下去，等她摔得四分五裂，自然也就打回原形了。」

輕鳳聞言一愣，臉上露出些惻隱之色，可很快也就淡了下去，跟著她又支支吾吾地搭訕道：「哎，馬上就要到鬼月了。」

「嗯。」翠凰聽出她話中有話，心中暗暗一哂，只淡淡地應了一聲。這淡淡一聲應，卻使輕鳳百爪撓心般癢癢起來，不打自招地又吐出一句：「聽說，那不男不女的臭道士會進宮做法事。」

「喔，是嗎。」翠凰又不鹹不淡地應了一聲。

「嗯，妳說，這人能安好心？」輕鳳故意輕描淡寫地哼了一聲，暗暗期待著翠凰的反應。可惜翠凰卻只是懶懶閉上雙眼，頗為涼薄地拋下一句：「只要他不來興慶宮就好。」

哎，這叫什麼話？！輕鳳忿忿不平地瞪大眼，對著無動於衷的翠凰又吹鬍子又瞪眼：「難道妳還怕他？」

翠凰眉間微微蹙起，不想回答輕鳳這個問題。什麼叫她怕他？她已經被那個道士傷成這樣，這置身事外的臭丫頭片子，有什麼資格質問自己？

輕鳳在翠凰面前乾站了半天，卻隻字片語也沒等到，她知道翠凰一向看不慣自己，她這次算是自討沒趣了。輕鳳碰了一鼻子灰，只得悻悻用爪子揉了下臉，逞強地丟下一句：「算了，這是我自己的事，我自己想辦法去。」

說罷她一甩尾巴，一溜煙竄出了花萼樓。

離開興慶宮後，輕鳳始終惴惴不安，她在街頭踟躕了好一會兒，終於忍不住跑到崇仁坊，想勸飛鸞回宮陪自己一段日子。

此時天剛濛濛亮，飛鸞和李玉溪正準備去東市吃湯牢丸，見輕鳳來了，便開心地邀她同去。一想到那薄皮大餡，咬一口就齒頰留香的湯中牢丸，輕鳳頓時垂涎三尺。她當即幻出人形，和飛鸞手牽著手，一路走一路聊，很快就到了東市。牢丸店一大早就生意火爆，客堂裡人聲喧譁，他們三人好容易才佔著一張桌子，在嘈雜聲裡小聲交談。

一路上飛鸞聽輕鳳描述了蓮藕傀儡的可疑形跡，有點擔心地說：「那蓮藕傀儡如果眞的在找玉璽，還是得除去它才好。」

「可如果除去了它，就沒人代替妳了，妳是不是就得回宮了？」李玉溪如今已把輕鳳當成了自己的大姨子，全程客客氣氣地作陪，又是買牢丸又是遞勺子，可柔軟的語氣卻分明帶著不情願。

此話一出，輕鳳也有點爲難，只好拿起勺子吃牢丸：「哎喲好燙！」

「姐姐當心。」飛鸞攔住輕鳳手裡的勺子，幫她吹了吹氣，一雙烏溜溜的眼珠盯著輕鳳，盈滿了擔憂：「其實姐姐妳一個人住在宮裡，我也不放心。」

她溫柔的眼神看得輕鳳心都要化了，被燙麻的舌尖舔了舔唇，再開口時已話鋒一轉：「妳也不用太擔心，不過是一個蓮藕做的傀儡，我還能怕了它不成？妳只管安心留在宮外，陪著妳的李公子吧，哈哈哈……」

飛鸞張張唇，還想說什麼，坐在她身旁的李玉溪忽然緊緊握住她的手，附和起輕鳳的話來：「姐姐說得沒錯，妳還是留在這裡吧，何況，七夕又是個重要的日子……」

「七夕？」輕鳳聞言愣了一下，旋即恍然大悟。

七月七日長生殿，夜半無人私語時。在天願作比翼鳥，在地願為連理枝——如今的七夕節，經由白樂天這兩句膾炙人口的詩句點染，近年來已經從傳統的乞巧節悄然轉變成新興的情人節。這樣的日子，如膠似漆的情侶們自然是不能錯過。

「嘿，沒錯沒錯，七夕這樣的大日子，妳應該和李公子過。至於我嘛……我也得和李涵一起過。」輕鳳故作瀟灑地笑了幾聲，拍了拍飛鸞的腦袋，在飽飽吃了一頓湯牢丸後，辭別了飛鸞和李玉溪，又變回原形獨自回宮。

如今飛鸞和李玉溪雙宿雙飛，蜜裡調油，她何必做那拆散鴛鴦的閒事？不管是蓮藕傀儡，還是臭道士入宮祈福，興許都是她在瞎擔心，最後什麼事也不會發生的。

輕鳳一路胡思亂想，在溜進離宮時，忽然就聽見一陣幽咽的蘆管聲，不禁粲然而笑——她已從那音調中辨認出，吹蘆管的人正是李涵，怎能不喜出望外？

哎，難得他有這般雅興，自己焉能不捧場？輕鳳立刻在僻靜處幻出人形，從江邊柳樹上折下一根柳枝，熟練地擺弄了幾下，很快就製成了一支柳笛，送到唇邊吹響。

嘀瀝瀝的笛音追逐著李涵的蘆管聲，幾乎是瞬間就被殿宇中憑欄而立的李涵察覺。他一眼就發現了躲在柳蔭下的輕鳳，不禁展眉一笑，待這一曲和鳴結束後，才命王內侍宣她上殿。

王內侍立刻領命，老胳膊老腿一眨眼便溜到殿宇下，笑咪咪地揶揄輕鳳：「喲，黃才人，這大清早的就驚動聖駕，您膽子不小啊！」

輕鳳放下柳笛，對王內侍笑嘻嘻地吐舌：「怎麼啦，聖上怪罪我了？」

「那倒沒有，」王內侍打量著輕鳳，心想這黃才人機靈古怪，與後宮千人一面的妃嬪截然不同，也難怪聖上會喜歡：「聖上請您上殿一敘呢，黃才人，快去吧。」

輕鳳登時喜不自勝，撈起裙子便三步一蹬地跳上玉階，還不忘回頭衝王內侍擠個鬼臉。

此時將近朝食時分，李涵還沒用膳，只笑吟吟地憑欄而立，在晨光中看著輕鳳興沖沖跑到自己面前。等一套繁文縟節過後，他便把手裡的蘆管遞給她看，笑道：「剛剛妳吹得不錯。」

輕鳳自鳴得意，當然也不忘吹捧一下李涵，諂笑道：「臣妾吹了多少年笛子，也比不上陛下您呀。」

「是嗎，」李涵失笑，順手接過輕鳳的柳笛細看，讚道：「妳這柳笛倒是樸而不拙，是妳自己做的？」

「是。」輕鳳嘴角微微上翹，「陛下的蘆管也是自己做的嗎？」

「是啊，」李涵將柳笛還給輕鳳，攜著她的手往殿中走，「小時候我就喜歡擺弄這些，覺得自己的心意可以透過蘆管，飛到很遠的地方。如今想來，不過是幼年的美夢罷了，人到底比不得飛鳥，哪裡能隨心所欲地高飛呢？」

「鳥兒就能隨心所欲地高飛嗎？」輕鳳跟在李涵身後，一派天真地搖頭：「不不不，陛下，牠們一點兒也不自由。牠們飛那麼高，無非是爲了尋找築巢的樹枝或充饑的小蟲，還得防著自己的鳥窩被掏。有時候一連下好多天的雨，牠們的翅膀被雨水浸透了，連飛都飛不動呢。」

「哈哈哈，」李涵聞言大笑起來，與輕鳳並肩在榻上坐下：「愛妃，妳可眞是妙語如珠。」

輕鳳懵懂地眨眨眼，覺得自己說的可都是大實話呀，不過既然李涵說妙，那就是妙了。

這時候尙食局的宮人開始傳膳。今日御廚進的是「清風飯」，這是一道只有大暑天才做的珍饈，作法是在水晶飯中加上龍精粉、龍腦末、牛酪漿，調和後將飯放在金提缸裡，沉入水池中冷浸，待其冷透方才供進。此飯入口時香滑冰涼，人食之如沐清風，故有此名。

須臾傳膳已畢，李涵便問輕鳳：「愛妃還沒用膳吧？」

輕鳳哪敢說自己已經吃過一頓，只能乖乖回答：「還沒有。」

「那就一同用膳吧。」李涵讓輕鳳坐在自己身邊，親手替她佈菜。

輕鳳受寵若驚，頓時又有了胃口，高高興興地與李涵一同用膳。她見李涵和顏悅色，心中便忽然冒出一件事來，忍不住咬著勺子問道：「陛下，七夕那天，您有什麼打算啊？」

李涵聞言放下牙箸，有點好笑地看著她：「爲什麼問我這個？」

「因爲……七夕在民間可是一個重要的日子。」輕鳳旁敲側擊，雙頰浮起兩團紅雲。

李涵看著輕鳳滴溜溜亂轉的黑眼珠，大約能猜到她的心思，忍不住逗她：「在宮中也是啊。」

「啊？」輕鳳不禁苦起臉，眼巴巴望著李涵：「那麼七夕那天，陛下會很忙嗎？」

「嗯。」李涵應了一聲，見輕鳳失望地噘起小嘴，不覺失笑：「莫非……妳希望我陪妳？」

輕鳳的雙眼立刻又亮起來，目光閃爍地望著李涵，身後有一條看不見的尾巴搖來搖去。

「恐怕不行，」李涵無奈地回答她，語氣中透著連自己都不曾察覺的失落，低聲道：「我說過，深宮如海，便是我也不得自由。」

「臣妾明白。」輕鳳沮喪地垂下眼，心不在焉地繼續吃飯。

李涵若有所思地望著輕鳳，知道她不開心，卻無法做出任何承諾令她歡喜，只能默默繼續用膳。

寂然飯畢，輕鳳怏怏與李涵辭別，回到自己住的別殿，悶頭倒進床榻中補眠。

「真討厭啊……」輕鳳抱著枕頭在空蕩蕩的床榻上打了個滾，哀怨地自言自語：「到底要怎樣才能讓他知道，我神通廣大，不怕他專寵啊！」

就在她碎碎抱怨之際，輕鳳腦後忽然傳來一陣窸窸窣窣的聲音，她立刻翻過身，就看見「飛鸞」正掀開床帳，笑吟吟地也想爬進床榻：「姐姐，妳回來啦？」

輕鳳立刻警惕地坐起身，往後挪了挪，盯著那蓮藕傀儡問：「妳怎麼在這兒，沒出去逛逛？」

「我怕太陽曬。」那蓮藕傀儡湊近輕鳳，眨著一雙和飛鸞一模一樣的大眼睛，忽閃忽閃地望著她：「姐姐，妳要睡覺嗎？我和妳一起睡好不好？」

嘖，除了李涵和臭道士，眼前這蓮藕做的飛鸞也夠她傷腦筋的了。輕鳳撫了撫胳膊上的雞皮疙瘩，轉過身，背著蓮藕傀儡翻了個白眼：「我累了，睡吧。」

第十一章　七夕

七月流火、陰氣漸生。

轉眼就到了七月六醮祭這天，輕鳳一早便換上禪衣，領著傀儡飛鸞加入了觀禮的佇列。混跡在後宮嬪娥的衣香鬢影之中，輕鳳始終牽著傀儡的手，遙遙望著永道士立於醮祭隊伍的最前端，儀態翩翩地覲見李涵，簡直就像看見自己給雞拜年——肚子裡絕對沒啥好心！

那永道士今天面見天子，總算稍稍收斂了一貫吊兒郎當的德行，就見他道貌岸然地執著拂塵與李涵見禮，一身黑白雙色的鶴氅在廣殿涼風中飄然翻飛，衣袂上的銀絲盤繡在烈日下光彩熠熠。這一次他常年散漫的青絲終於被拘束在了蓮花髮冠裡，燦如朗星的雙目在睫毛的虛影下半瞇著笑，儼然一個離塵出世的神仙。

然而此刻，他望著身穿袞服的李涵，一肚子的壞水仍在微微晃蕩：「貧道今日得睹聖顏，實乃三生有幸，陛下萬歲萬歲萬萬歲。」

「道長免禮，」李涵微笑著請永道士平身，見妹妹引薦的高人儀容不俗，當下深信不疑地笑道：「一直聽安康誇讚道長是神仙中人，今日一見，果然並非虛言。今年中元節的祭祀，便有勞道長了。」

永道士裝模作樣地還了一禮，笑著抬起頭來，望著李涵意味深長地回答：「爲陛下盡心竭力，是貧道的本分。」

這一日的祭祀冗長煩悶，讓混在嬪妃隊伍中的輕鳳百無聊賴，歪在涼殿蒲團上昏昏欲睡。到了傍晚醮祭結束，總算可以回宮舒散筋骨，她在夕陽裡牽著蓮藕傀儡，一路遙望著曲江上粼粼的金光，一瞬間心頭甚是寥落。

明天就是七夕了，可惜夜半那段旖旎的時光，李涵屬於自己的可能性簡直微乎其微——可偏偏他卻是自己的真命天子，輕鳳撇撇小嘴，長歎了一口氣。

一想到未來的歲月，她都要和後宮三千分沾雨露，輕鳳就替自己委屈得不行！不行，她必須儘快讓李涵迷上自己，從此六宮粉黛無顏色，三千寵愛在一身！輕鳳精神一振，決定今晚去偷窺李涵，若是能夠找到機會和他獨處就更完美了！

輕鳳當機立斷，即刻開始梳妝。在往臉上拍胭脂的時候，她不經意間看到乖乖坐在自己身旁的蓮藕傀儡，無端想起翠凰對自己說過的話：「妳什麼時候用不上那傀儡了，只管將她從高點的地方推下去。」

推下去，推下去……輕鳳心一緊，忽然想到等飛鸞回宮那天，自己就要把這傀儡給處置了，心中就有些不忍。

她心神不寧地沉默了許久，直到夜色漸漸深濃，涼殿內外的宮燈也次第點亮，將微晃的水晶簾照得璀璨炫目。輕鳳鬼使神差地起身出殿，一直踏上敞闊的露台，彎腰伏在白玉欄杆上，俯瞰著從殿下走過的模糊人影，想像當蓮藕傀儡跌下露台時，會斷裂成如何可怕的模樣。

她在暗夜中瞇起雙眼，只覺得腦後颼颼竄著涼風，這時一道嬌嫩的聲音忽然自她身後響起：「姐姐，妳想把我從這裡推下去嗎？」

「呃？誰說的？！」輕鳳大驚失色，慌忙回過頭，就看見「飛鸞」不知何時已跟在她身後出殿，此刻正娉婷地站在露台中央，笑吟吟地望著她。

「妳，妳可別亂說！」輕鳳倉皇叱出一句，一想到這傀儡能夠猜透自己的心思，頭皮就開始森森發麻。

「姐姐，難道我猜得不對嗎？」那傀儡輕移蓮步，在暗夜中一點點地靠近輕鳳：「姐姐知道我在找玉璽，所以不打算留我了。我頂替的那個正主也要回來了，所以我就要離開了。」

「妳……」輕鳳一時語塞，駭然盯著那蓮藕傀儡，半天後才又驚又疑地質問：「妳不是個普通的傀儡對不對？妳爲什麼會知道那麼多？是不是翠凰她暗中授命於妳，要妳搜尋玉璽？」

那蓮藕傀儡沒有回答輕鳳，低下頭按住了自己的心口，緩緩自語：「我們蓮藕心多，自然可以與主人心意相通的……」

輕鳳聽了她的話，一瞬間猝不及防，那傀儡竟倏然暴起，撲向輕鳳掐住了她的脖子：「玉璽是我要找的！妳也是我要殺的！我們蓮藕心多，本來就輪不到妳們來操縱！」

輕鳳從不知道蓮藕做的傀儡力氣會這樣大，竟能夠眨眼間就將她掐得透不過氣來。她一張臉漲得通紅，慌亂中本能地幻出利爪，向傀儡的心口狠狠抓了下去。恍惚中只聽喀喀數聲，蓮藕傀儡的前襟便被撕破，白生生的胸脯上也滲出汩汩的汁水。

蓮藕傀儡目露凶光地尖叫了一聲，輕鳳趁她躲避自己利爪的間隙，使出一個力字訣，猛一下掙脫了傀儡的桎梏。這時傀儡再度尖叫了一聲，輕鳳蘊滿力量的雙手輕而易舉地箍住她的腰，只輕輕一撥拉，就把她拽到了白玉欄杆之外。

乾脆趁現在，一不做二不休，把這恐怖的蓮藕解決掉算了，輕鳳滿頭冷汗地一閃念，便將那傀儡狠狠地往外一推。只見那珠圍翠繞的玉人尖叫了一聲，白森森的藕臂在暗夜中一劃，卻終是無法抓住輕鳳，整個身子直直往高台下墜落。

輕鳳的一顆心都提到了嗓子眼，然而還沒等她的心落回胸膛，涼殿的一側竟響起王內侍的厲喝：「黃才人！」

輕鳳渾身一顫，倉皇回過頭，就看見李涵不知何時已站在涼殿前的燈影下，整個人影影綽綽面目模糊。輕鳳第一刻便心想壞了，李涵八成已看見她剛剛做的事！這時就見王內侍已快步向她跑來，邊跑邊嚷嚷：「剛剛妳推下去的，是不是胡婕妤？！」

不是，當然不是！輕鳳睜大雙眼，拚命搖著腦袋：「不，我沒有……」

然而神策軍已將輕鳳團團包圍，李涵在侍衛的簇擁下趕到輕鳳面前，滿目驚疑地盯著她：「剛剛那是胡婕妤，妳殺了她？」

他因爲知道輕鳳想和自己過七夕，心中一直內疚，便在今夜悄悄來這裡見輕鳳，卻意外目睹了方才那血腥殘忍的一幕。輕鳳見李涵面色蒼白，心知他已誤會，慌忙替自己辯白：「不，那不是胡婕妤！我怎麼會殺胡婕妤呢？！」

「那剛剛妳推下去的，是誰？」李涵盯了輕鳳一眼，快步走到欄杆邊探頭往下看，樓台下卻黑黢黢一片看不分明，「來人啊，快下去看看。」

輕鳳不知道侍衛們會在殿下發現什麼，只能戰戰兢兢地顫聲道：「陛下，臣妾冤枉，剛剛那個不是胡婕妤，那是個妖怪。臣妾原本在露台邊乘涼，她忽然就從暗處竄出來想殺臣妾，臣妾掙扎中沒有留神，才會失手將她推下露台的……」

她說著說著就顫聲哭起來，李涵留意到她脖子上鮮紅的扼痕，心中一緊，忙吩咐王內侍：「快宣太醫過來。」又伸手撫摸著輕鳳纖細的脖子，放緩了語調安慰她：「別哭了，脖子還疼不疼？妳說被妳推下去的是妖怪，那麼胡婕妤呢？她在哪裡？」

「她……」輕鳳張口結舌，根本無法報出飛鸞的行蹤。

在場眾人盯著輕鳳，除了李涵，心中都認定黃才人謀害了胡婕妤。不料就在這節骨眼上，涼殿內竟忽然傳出一道怯怯的聲音，讓所有人再度目瞪口呆。

「陛下？姐姐？你們怎麼了……」

眾人慌忙回頭望向聲音來處，只見水晶簾下，胡婕妤正披著一件中衣，睡眼惺忪地望著眾人，似乎全然不知眼前這幕鬧劇是因自己而起。

「胡婕妤？」李涵面色頓時一鬆，扶著輕鳳走向飛鸞，望著她問：「胡婕妤，難道妳剛剛一直在殿中？」

「嗯，我在殿中小睡，只記得睡著前姐姐說要去殿外納涼，卻不知陛下您是何時駕臨的？」

飛鸞揉揉眼睛，一邊回答，一邊對李涵行了個禮。

這時太醫已經匆匆趕來，替受驚的黃才人看診。去樓台下查看的侍衛們也已返回，手裡捧著幾截斷藕殘荷，向李涵稟報：「陛下，卑職們在樓台下只發現這些，並無任何人傷亡的痕跡。」

李涵聞言默然無語，盯著侍衛們手中濕答答的藕節看了半天，又抬頭看了一眼活生生站在自己面前的飛鸞，面色沉鬱地命令王內侍：「傳我旨意，明天請永道長來涼殿作法，爲胡婕妤與黃才人驅邪壓驚。」

輕鳳和飛鸞一聽李涵要請永道士替她們壓驚，異口同聲地尖叫：「不要——」

王內侍立刻板起臉，瞪著她們教訓：「怎麼能不要，妳們這兒都鬧妖精了！」

妖精？輕鳳和飛鸞就是妖精！請永道士來簡直就是讓她們自投羅網，怎奈她倆有口難開，只能苦哈哈地認命。

李涵看著驚魂未定的輕鳳，不忍將她留在此處，想了想又開口：「這裡既然有妖物作祟，黃才人和胡婕妤也不便再居住，今晚先移居到我的寢宮吧。」

輕鳳喜出望外，萬萬沒想到因禍得福，立刻拉著飛鸞齊聲謝恩：「臣妾謝陛下隆恩。」

李涵微微一笑，在太醫確認過輕鳳無恙之後，又命他開了一方安神的湯藥送到自己寢宮，才帶著輕鳳和飛鸞一同起駕回宮。

一路上輕鳳緊緊握著飛鸞的手，直到與她一併坐上肩輿，才附在她耳邊悄聲問：「妳不是說要和李公子一同過七夕的嗎？怎麼今天就回來了？」

「我不放心姐姐妳，所以就和李公子商量了提前回來……其實七夕節不過也沒關係，」飛鸞將頭靠在輕鳳的肩窩裡，很是慶幸地小聲道：「我一進殿就聽見你們在露台上說話，還好我提前回來了，可是姐姐，明天那個永道士會來，我好怕。」

「我也怕啊！」輕鳳垮下肩，洩氣地碎碎唸叨：「妳也知道那個人的厲害，連翠凰都被他整得死去活來，我們倆明天落到他手裡，還不得任他揉捏？！」

飛鸞嚇得臉一白，嬌滴滴望著輕鳳問：「那可怎麼辦？」

「事到如今，只能靠李涵了，」輕鳳轉了轉眼珠子，拿定主意：「明天咱們就賴在他的寢宮裡，不去和那個臭道士照面。」

「嗯嗯。」飛鸞附和著點頭。

說話間，兩隻小妖已經到達李涵的寢宮，輕鳳忍不住悄悄地向飛鸞得瑟：「這就是李涵的寢宮啦，妳還是第一次來吧？」

「是呀。」飛鸞好奇地東張西望，又壞笑著問輕鳳：「姐姐，這陣子，妳是不是經常來這裡……侍寢呀？」

「嘿嘿嘿……」輕鳳笑得花枝亂顫，紅著臉輕輕擰了她一把：「這還用問？」

兩隻小妖妳一言我一語，正交頭接耳，這時王內侍向她們走來，瞇著眼笑道：「聖上有旨，命黃才人今夜侍寢，胡婕妤暫居偏殿休息。兩位娘娘，請跟卑職進殿吧。」

輕鳳歡天喜地的領旨，先將飛鸞送至偏殿，擠眉弄眼地與她告了別，這才跟著王內侍去見李涵。

不料燭光曖昧的寢宮中，此時此刻等著她的除了李涵，還有一碗黑乎乎的藥汁。

輕鳳頓時有點傻眼，望著李涵吞了吞口水，小聲反對：「陛下，臣妾已經沒事了，不用喝藥。」

李涵看著她言辭閃爍的模樣，有點沒好氣地說：「這是清心安神的方子，適才妳不是被嚇壞了嗎？這會兒倒說沒事了，還不快過來。」

「臣妾是真沒事了嘛……」輕鳳苦起一張小臉，卻不敢違拗李涵，只能乖乖走到他面前。

李涵攬著輕鳳的肩坐下，親手端起藥碗，湊近她唇邊：「愛妃，良藥苦口，不許任性。」

輕鳳惶恐地瞪大眼，恍惚中只覺得雙唇間被堅硬的碗沿抵住，隨即一股苦澀的藥汁順著齒縫注入她的口腔。輕鳳緊張得腳尖綳緊，必須極力控制住自己，才沒有使出力字訣誤傷了李涵。

對妖精沒有半點好處的藥汁，讓輕鳳的胃一陣陣抽搐，差點當場嘔吐出來。等李涵餵完整整一碗藥汁，輕鳳渾身只剩下發抖的力氣，一雙滿是委屈的黑眼珠裡，淚花正不停地打轉。

李涵有點無奈地看著她，低聲笑問：「當真那麼苦？」

輕鳳點點頭，抿著小嘴說不出話來。

下一刻，李涵不假思索地俯身，深深吻住輕鳳的雙唇，舌尖攻城掠地，霸道地嚐盡她的滋味。輕鳳一張小臉漲得通紅，只能被動承受李涵的深吻，暈乎乎的腦袋嗡嗡作響。

「果真很苦。」許久之後，李涵抬起頭，促狹地凝視著氣喘吁吁的輕鳳，指尖輕撫她微腫的櫻唇：「卿卿，不如再嚐點甜的……」

他這一聲「卿卿」，宛如點火，讓輕鳳渾身火燙，徹底亂了神智。

親卿愛卿，是以卿卿。往日三宮六院全被她偷窺過一遍，輕鳳可以確定，除了她，李涵從沒叫過誰「卿卿」。

她在李涵心中，已然是特別的存在。

就在輕鳳失神之際，李涵再度吻住她，趁心醉神迷間，往她嘴裡度了一顆冰甜的桂花糖。

「甜嗎？」李涵離開輕鳳的唇，見她胡亂點點頭，一雙桃花眼微微瞇起，笑著挑起一指，自輕鳳的咽喉一路向下滑，「卿卿……可有甜到這裡？」

「陛下，陛下……」輕鳳自然是一路甜進心裡去，她摟緊李涵，嬌聲嚶嚀，心中被潮水般磅礡的幸福漲滿。

魚水纏綿，一夜繾綣。

輕鳳在清晨悄然回到偏殿，筋疲力盡地躺回飛鸞身邊，準備補眠。金黃的曙光中，飛鸞兩頰緋紅，睜大雙眼望著輕鳳，忍不住喃喃囁嚅：「姐姐，那個，那個……」她聽了一夜，真心不是故意的！

「嗯……」輕鳳睏得眼睛都睜不開，哪裡能體會飛鸞尷尬又糾結的心情。

飛鸞見輕鳳迅速陷入夢鄉，不敢再打攪她，只好托著腮趴在姐姐身邊，細細看她身心饜足之後，倦懶又嬌慵的模樣。唔……此時此刻，她，有點想念她的李公子了呢！

不覺日上三竿，香甜一覺後，輕鳳睜開雙眼，只覺得渾身懶洋洋的，忍不住望著身旁的飛鸞甜甜一笑。

「姐姐，妳醒啦？」飛鸞歪著腦袋打量她，忍不住嘻嘻一笑：「累壞了吧？」

「妳這死丫頭，竟會取笑我了，」輕鳳紅著臉輕啐一聲，伸手要打飛鸞：「一定是在外頭跟著李公子學壞了！」

「姐姐饒命！」飛鸞連聲求饒，與輕鳳笑著滾成一團。

就在姐妹倆竊竊私語，笑鬧不休時，王內侍走進偏殿向她二人請安，一臉豔羨的表情：「恭喜胡婕妤、黃才人！聖上特意請永道長來替二位娘娘壓驚驅邪，他法力無邊，這可是想都想不來的好事，請二位娘娘趕緊過去吧！」

兩隻小妖聽了王內侍的話，頓時大驚失色，瑟瑟發抖地擠作一團。

「不，不必了吧……」輕鳳小臉發白，苦笑道：「那道長雖然法力高強，但畢竟是個大男人，身爲後宮嬪妃，與他見面實在不妥。」

「對，對。」飛鸞趕緊在一旁附和：「我們是聖上的嬪妃，怎好隨便去見外人？」

「這……」王內侍顯然沒料到她倆會如此推託，有點爲難：「二位娘娘不去配合永道長作法，萬一無法袚除邪祟，那可如何是好？」

「王公公此言差矣，」輕鳳假惺惺地一笑，反駁他：「那永道長既然法力無邊，就只管作法驅邪就是了，又何必在意這麼點距離？如果隔著幾堵牆，離得遠一些，法術就失靈，我看他功力也有限。」

她這話說得有理有據，將王內侍也繞了進去：「黃才人這話，也不是沒有道理。這樣吧，我去回稟聖上，二位娘娘就先留在這裡。如果聖上同意，永道長也沒有異議，二位娘娘也就不必出面了。」

輕鳳和飛鸞立刻如蒙大赦，恭恭敬敬地將王內侍送出了偏殿。

「呼……好險哪。」待王內侍離開後，飛鸞心有餘悸地拍拍心口，一臉敬意地望著輕鳳，笑道：「還是姐姐妳主意多！」

「那是。」輕鳳剛得意洋洋地翹了翹鼻子，不料下一刻竟渾身一僵，臉上的表情瞬間扭曲起來。

「姐姐，妳怎麼了？」飛鸞看出輕鳳有些不對勁，卻不明就裡，只能手足無措地追著她問：「妳是不是哪裡不舒服？」

話音未落，她們腦袋上方傳來一陣咯咯壞笑，永道士調侃的聲音在空蕩蕩的偏殿裡響了起來：「如果隔著幾堵牆，離得遠一些，我就不能作法，豈不是讓二位娘娘失望？」

「你……你剛剛都聽到了？」輕鳳張口結舌，整個人被永道士的法力束縛住，緩緩升到半空，四肢像被看不見的繩索吊住，勒得生疼。

「姐姐！」眼前這一幕嚇得飛鸞雙腿發軟，哀叫一聲跌坐在地上。

這時永道士的幻象出現在偏殿中，悠然信步走到輕鳳面前，仰起頭譏嘲：「呵，小畜生，妳這張嘴倒挺厲害嘛。」

說罷就聽輕鳳發出一聲慘嚎，像是被什麼狠狠折磨似的，嘴角滑下一道血絲。飛鸞嘶喊了一聲「姐姐」，渾身顫抖著爬起來，想衝上去解救輕鳳，卻只能徒勞地被永道士控制住，和輕鳳一樣浮上半空。

一時偏殿內浮雲湧動、磬樂聲聲，永道士設下外人根本看不見的結界，在這一方遮人耳目的小天地裡，盡情戲耍兩隻小妖。

「怎麼樣，我的法力二位娘娘可還滿意？」永道士右手一揚變出一團雲，志得意滿地坐在雲頭上，左手一翻又變出一盞茶，有滋有味地呷起來。

輕鳳浮在半空動彈不得，卻猶自逞強嘴硬：「切，喝自己變出來的茶，有滋味嗎？」

永道士慢條斯理地對她飛了個媚眼，裝模作樣地咂了咂嘴：「當然有滋味，喝起來挺苦的，妳想嚐嚐嗎？」

說罷他響指一彈，輕鳳立刻扭著膀子嗷嗷叫痛，迭聲大喊：「你到底想怎麼樣？要殺要剮給個痛快話！」

永道士聞言嗤笑一聲，搖頭晃腦道：「俗話說得好，收人錢財，與人消災。當朝天子請我來降妖，逮的可不就是妳們麼？」

「廢……廢話少說，」輕鳳疼得一頭冷汗，也不知今日如何才能躲過此劫，只能斷斷續續地咬牙道：「到底要怎樣，你才肯放過我們？」

永道士故作爲難地苦起臉來，反問輕鳳：「我倒想放過妳們，可是，實在找不到理由呀？要不妳求求我？妳不是牙尖嘴利嗎，挑點我喜歡的說說，說不定我聽得高興了，就高抬貴手放過妳。」

他這番油嘴滑舌的調笑，把一向見風轉舵的輕鳳氣得一聲不吭，硬是不肯求饒。飛鸞一直被困在輕鳳身旁，眼睜睜看著她嘴角的血越冒越多，忽然嚶嚶哭泣起來，低聲細氣地哀求：「道長，要不我跟你回華陽觀，你放過我姐姐吧。」

永道士微笑著凝視飛鸞，半晌後才豎起食指，對著她搖了搖：「不，不需要。何況我也答應過那小子，不會背著他對妳怎樣。」

「道長，求求你了……」飛鸞哭得梨花帶雨，晶瑩的淚珠像斷了線的珠子，一顆顆濺落在大殿的磚面上：「我和姐姐都不會做壞事的，我們不是邪祟，你放過我們好不好？」

她淚汪汪的雙眼望著永道士，哭得鼻頭通紅，連連抽噎。永道士與她四目相對，不知不覺間面色放軟，堆起一個大大的笑容——小狐狐好可愛！

不好，狐族魅丹！永道士心神大震，暗道一聲「好丟臉」，卻只能扔掉茶盞捂住臉，隨後響指一彈，放飛鸞和輕鳳安然落地。

「算了，要不是還有正事，不敢驚動貞龍天子，今天我才不會那麼輕易就放過妳們。」永道士在滿殿的雲氣中望著輕鳳和飛鸞，暗暗揉著笑抽的嘴角：「下次再撞到我手裡，就沒那麼容易過關了，妳們可要悠著點。」

說這話時，他的長髮在雲氣中微微撩起，露出額髮下一張雌雄莫辨的臉，讓輕鳳和飛鸞打從心底生出一股寒意，以至於當他眨眼間在她們眼前消失後，兩隻小妖竟是久久回不過神。

「那臭道士就這麼走了？」輕鳳伸手擦掉嘴角的血跡，難以置信地問飛鸞。

「嗯，好像是……」飛鸞同樣摸不著頭腦，怔怔問輕鳳：「他為什麼放過我們呀？我還以為我們今天死定了呢。」

「鬼知道。」輕鳳一撇嘴，伸出腳尖蹭了蹭地上的血跡，心有餘悸地拉住飛鸞的手：「我們別待在這裡，走，到人多的地方去。」

輕鳳和飛鸞攜手走出寢宮，來到高高的露台上，這時七夕乞巧的瓜果香案已經在露台中擺下，宮女們也捉了蜘蛛養進乞巧盒裡，期待著蜘蛛能在盒中結出預示手巧的蛛網。

正在忙碌的宮女們見她們走來，紛紛上前請安，渾然不知面前的兩位娘娘剛剛死裡逃生：「胡婕妤，黃才人，奴婢們已將求子用的銀盆、『化生』都備妥了，這就給兩位娘娘呈上。」

輕鳳與飛鸞面面相覷，一時都有點糊塗，只能順水推舟地點點頭：「呈上來吧。」

原來後宮中凡是被天子臨幸過的嬪妃，都會在七夕這天用銀盆盛了水，在水中放一種蠟做的娃娃，以此向神靈求子——這種風俗被稱為「化生」，取佛教「無而化有曰化生」之意。

一時輕鳳和飛鸞站在銀盆邊，瞅著漂浮在銀盆裡的白蠟娃娃，都有些怔忡。

半晌之後，飛鸞忽然很是突兀地問：「姐姐，我們能和凡人生寶寶嗎？」

輕鳳一愣，直覺地搖了搖頭：「不能吧，沒聽說過妖和人能生子的，那得生出個什麼怪物來？」她有點無奈地撓撓下巴，心煩意亂地想——李涵曾提過如果她生兒育女，就擢升她的品秩，看來是期盼著她有孩子的，只可惜自己要讓他失望了。

一旁的飛鸞似乎也很失落，伸手撥了撥盆中的水，將水中的娃娃撥得直晃蕩：「就沒有什麼法子嗎？」

「誰知道呢，這事兒恐怕只能問翠凰了，她成天泡在狐族的琅嬛洞裡，看了那麼多的古籍經卷。如果書裡有替凡人生娃娃的法子，也只可能被她見過。」輕鳳信口回答。

飛鸞聽了輕鳳的話，原本沮喪的小臉發生了一點細微的變化，卻沒有被正在神遊的輕鳳察覺。這時候在離宮遙遙的另一側，卻傳來了一陣異樣的騷動，兩隻小妖迎著風動了動耳朵，就聽見了宮女們倉皇的私語：「聽說大皇子忽然得了急病，嘴裡冒血，凶險得很呢！」

兩隻小妖聞言面面相覷，就見輕鳳一雙眉毛忽然死死皺起來，望著飛鸞悶聲低語：「怎麼可能？我那一顆內丹，起碼能保他無病無災地長大成人，怎麼這會兒說病就病了？不行，這事兒蹊蹺，我們得去看看！」

她說著便往露台下跑，準備尋個僻靜之處變身，飛鸞緊緊跟在她身後，不料才跑幾步，就看見了李涵的聖駕。

兩隻小妖只好停下腳步，雙雙向李涵行禮。

「免禮平身吧。」李涵此刻還沒有得到皇子生病的消息，看起來興致不錯：「方才永道長對我說，涼殿的邪祟已經除淨，妳們姐妹倆可以安心居住了。」

輕鳳聞言一愣，怔怔地望著李涵問：「陛下莫非一直在涼殿？」

李涵點點頭，走到輕鳳面前，笑著低聲道：「我去看永道士作法了，今夜正是七夕，我想……」

說話間李涵向輕鳳伸出一隻手，似乎是想牽住她，然而話到一半，他的臉色忽然一白，動作也停頓下來。

「陛下？」輕鳳有點納悶地望著李涵，也向他靠近，不料下一刻肩頭一沉，李涵竟軟軟靠在她身上：「陛下！」

輕鳳扶住李涵下跌的身軀，慌亂中忘了施展力字訣，竟跟著他一同跪倒在地。

「陛下，陛下？」她一徑抱著李涵喊話，卻得不到任何答案，肩頭忽然傳來一陣濡濕的感覺，不祥的預感令她一顆心直直墜落。

輕鳳臉色慘白地與李涵分開，看見了浸透自己衣襟的一片鮮紅。

「陛下！」她尖叫一聲，又癡癡地低聲喚他：「李涵……」

然而眼前人只是雙目緊閉，毫無血色的面容靜如沉睡，嘴角不斷湧出的鮮血刺痛了輕鳳的雙眼。她緊緊捂住李涵的嘴唇，鮮血卻從她指縫間一絲絲鑽出來，手心裡溫熱的液體比任何噩夢都可怕，讓她整顆心痛如刀絞。

這時四周亂成一團，王內侍衝上前推開輕鳳，一邊拚命叫著「宣太醫」，一邊手忙腳亂地和其他人一同抬起李涵，將他往寢宮裡搬。輕鳳猝不及防間被人擠到一邊，剛想再衝上去，卻被飛鸞一把拖住：「姐姐，妳不要這樣，我害怕。」

「怎麼會這樣，怎麼會這樣？」輕鳳六神無主地看向飛鸞，眼神發直：「不是十年嗎？」

「我不知道呀……」此刻飛鸞也是滿臉慘白，不解地盯著人群裡的李涵，眸中綠光一閃：「的確是死劫……莫非提前了？」

「怎麼會提前？」輕鳳低頭盯著自己滿身的血漬，怔愣片刻，忽然抬頭：「這事太邪乎，不該那麼巧！」

「什麼巧？」飛鸞望著輕鳳彷彿能吃人的眼睛，心驚膽戰地問。

「小猴子病了，李涵也病了，兩個人同時病，都吐血，不會那麼巧的。」輕鳳心念急轉，連聲對飛鸞說：「是那個臭道士，一定是那個臭道士！妳還記得他說過什麼嗎，他說他還有正事要辦，不能驚動李涵。他能有什麼正事？這事一定是他搗的鬼！」

語畢輕鳳一咬銀牙，兩眼中閃爍著執拗的晶光，對噤若寒蟬的飛鸞低語：「我要去華陽觀！」

她斬釘截鐵的一句話，卻讓飛鸞退縮了三步，膽怯地咬著唇道：「可是姐姐，我們不是他的對手呀，要不，我們先去找翠凰姐姐？」

「我怕來不及，」輕鳳搖搖頭：「妳若是害怕，我們就兵分兩路，我先去華陽觀。」

說罷輕鳳轉身便跑，只留下飛鸞獨自困在原地進退維谷，又急又怕地掉眼淚。她回頭望著寢宮中亂紛紛的人群，爲倉促趕來的太醫讓開路，最終還是深吸一口氣，轉身向興慶宮跑去。

興慶宮離崇仁坊不遠，飛鸞雖沒去過，卻對它的位置有印象。當她鑽進興慶宮，循著氣味溜進花萼樓時，她一眼就認出了躺在床榻上的杜秋娘。

翠凰姐姐怎麼變成了這樣？還有，那個花少監怎麼會在這裡？飛鸞躲在暗處訝然觀望，心中疑惑像吐泡泡，一個接一個往外冒——怎麼那個兇巴巴的花少監，竟客客氣氣地給翠凰姐姐餵湯藥？那藥明明難聞得要命，怎麼翠凰姐姐還在乖乖地喝？

飛鸞不敢在有人的時候現身，只能按捺著躲在一邊，睜大雙眼偷看。哪知細細看了一會兒，竟隱隱覺得古怪——那花少監和翠凰姐姐誰都不說話，全不似自己和李公子互相餵飯時那樣甜甜蜜蜜的，可就是這般無聲相對，那兩個人之間流轉的氣氛，卻看得她雙頰莫名發熱，實在是好奇怪！

也許是感覺到了飛鸞的目光，這時翠凰忽然蹙緊雙眉，別開臉抗拒：「我不喝了，你下去吧。」

飛鸞看著翠凰任性賭氣的模樣，越發怔愣不已。

好在花無歡並沒讓飛鸞久等，很快就放下藥碗離開。飛鸞趁著這個機會連忙現身，向翠凰行了個禮，先懇切地道謝：「翠凰姐姐，先前多謝妳去華陽觀救我，還幫我做了傀儡。妳身上受了這麼重的傷，也是我給妳添的麻煩……」

飛鸞喋喋不休說了許多，不料翠凰卻不領情，只輕聲問了一句：「妳怎麼會來？」

飛鸞聞言一愣，只好收起話匣子，焦急地向翠凰道明來意：「翠凰姐姐，我們遇上麻煩了……」

她匆匆將離宮中的變故說完，上前拽著翠凰的衣角，紅著眼道：「輕鳳姐姐去華陽觀了，我……我就到這裡來了。」

「妳害怕了，不敢去陪她？」翠凰看著飛鸞蒼白的小臉，伸出手指摩挲了一下她冰涼濕潤的臉蛋，微微笑道：「妳不用對自己的恐懼感到羞愧，那個永道士，的確是太厲害。」

「可……」飛鸞咬咬唇，泫然欲泣地望著翠凰：「在我落難的時候，姐姐她從沒退縮放棄過，現在我也不該怯懦，可我還是害怕……妳能幫我嗎？」

翠凰歎了一口氣，滿臉淡漠地對飛鸞道：「不要再和他作對了，我們都沒有本事對付他，何況，他的目標也不是我們。」

飛鸞聽出話中端倪，訝然抬頭問：「那麼，他的目標是誰？」

「傻瓜，這妳還看不出嗎？」翠凰扯起嘴角，漫不經心地回答：「那兩個人不是都快死了嗎？」

飛鸞渾身一激靈，結結巴巴道：「爲什麼他要這樣做？」

翠凰懶懶瞥了飛鸞一眼：「這是那些凡人的糾葛，我們不用在意。」

「可是那樣……輕鳳姐姐會活不下去的，」飛鸞的眼睛紅起來：「她那麼喜歡那個皇帝……翠凰姐姐，妳幫幫她吧。」

「我的職責是幫妳，不是幫她。」翠凰搖頭拒絕，然而看著飛鸞傷心欲絕的模樣，素來冷清慣了的心頭，竟茫茫然生出點不安來。於是她信手掏出枕下一物把玩，只要留心觀察，就能發現那是一枚上等的人參。

翠凰在人參的清香中蹙起眉。

近來，她覺得自己心頭的牽絆開始多起來，不光因爲那個煩人的宦官，還有送自己人參的黃輕鳳，迷戀紅塵的飛鸞……蕪雜的念頭堵在心中理也理不清，像惱人的絲絮。是不是身體受傷了，腦袋也會跟著糊塗起來？才會讓一些俗不可耐的想法趁虛而入？

翠凰找不到答案，只能把玩著手中人參，歎了一口氣：「算了，妳要眞那麼擔心，我可以幫妳問問姥姥。」

飛鸞聽見這話，桃心小臉上還沒浮現出驚喜的表情，就見翠凰已將手指一劃，立在妝台上的銅鏡頓時虛晃起來，像金燦燦的水面湧起了層層漣漪。

虛晃的鏡面先是一閃，鏡中竟出現了花無歡正要踏上花萼樓的景象。翠凰見狀立刻皺起眉，跟著噘唇吹出一口氣，爲鏡中人設下一層迷障，要他始終踏不上最後一層階梯。這時鏡面才又變化，清晰地映出了驪山老巢之中，黑耳姥姥慈眉善目的一張臉：「翠凰丫頭妳找我？喲，怎麼飛鸞丫頭也在啊？」

飛鸞睜大雙眼，眼中閃著點點淚花，一時驚訝得說不出話來。倒是翠凰若有所思地瞥了她一眼，出言幫襯道：「姥姥，最近我們在長安遇到了一點麻煩，求您出手相救。」

「喲，這可難得，翠凰丫頭也有開口求人的時候。」鏡中的黑耳姥姥聞言笑起來，頷首示意翠凰往下說。

「不知姥姥您是否聽說過，終南山的永道士？」

「喲，這人妳們可惹不得，」黑耳姥姥聞言一愣，連忙掐起手指算了算，不禁愕然倒吸了一口涼氣：「他何時到了長安？竟被我疏忽了！不過這人雖然厲害，卻不是嗜殺之輩，妳們小心避讓，躲著他就是。」

「就是因爲躲他不過，才來求姥姥的，」翠凰無奈地輕咳一聲，成功地讓黑耳姥姥注意到她蒼白的臉色：「既然他如此厲害，我怎麼從沒在典籍上見過關於他的記載？」

黑耳姥姥對書呆子翠凰很是無奈，將實情對她細細道來：「這個人是後起之秀，至今尙未對他的能力有定論，如何能錄入典籍？只是聽說他的來歷十分神秘，很可能是太上老君座下弟子——徐甲眞人的墓生子。」

翠凰聞言一怔，不禁重複了一遍：「墓生子？」

「沒錯。當年太上老君將一具白骨點化成郎君徐甲，收他爲弟子，在函谷關用香草變幻成美人考驗他。結果徐眞人經不起考驗，與美人共結連理，太上老君一怒之下將其又變回白骨，幸得同門師兄尹喜求情，太上老君才重新賜他肉身，只是那香草美人卻就地化作一眼清泉，不復爲人。」黑耳姥姥說到這裡時，一張臉變得極爲嚴肅：「後來太上老君羽化之後，墓室就設在泉水附近，這之後千百年一直相安無事，直到七八十年前，終南山在天寶年間發生了一場地震。一夜之後，終南山宗聖宮的住持發現太上老君的墓室裂開，從中竟爬出了一個已滿周歲的娃娃……那

就是如今的永道士了。」

飛鸞聽得出神，這時候才喃喃歎道：「也就是說，這個永道士，今年已經有八十歲了？」

黑耳姥姥聽了這話，在鏡中忍不住一笑：「妳這丫頭，怎麼還那麼傻氣？他豈是可以按凡胎算的？要說他是徐眞人和香草美人所生，從珠胎化而爲人，用了何止千年？」

「姥姥又如何能篤定他就是徐眞人的孩子？」這時翠凰怏怏不樂地開口，語氣中頗有些不服氣：「說不定他只是誰家遺棄的嬰兒，碰巧鑽進了裂開的墓室而已。」

「你說的，別人又豈能想不到？」黑耳姥姥聞言樂呵呵地笑起來，對鏡子另一邊的兩隻狐狸說：「可是你聽說誰家的孩子，可以在周歲熟背《道德經》的？宗聖宮的住持撿他回去，自幼養在宗聖宮的紫雲衍慶樓裡，授以道家心法。如果他的身世的確如我所說，那麼就可知他以白骨爲父、以草木爲母、以清泉爲給養、以老君墓爲母腹，最後隨大地震盪而誕生，在『洞天之冠』終南山中長大，這樣的人超出三界之外、不在五行之中，又免受六道輪迴之苦，妳們怎麼能戰勝？」

翠凰聞言沉默了許久，與飛鸞面面相覷之後，不甘心地望著黑耳姥姥道：「難道，他眞的一點弱點都沒有？」

這一語正中黑耳姥姥下懷，使她終於面帶得意、神秘兮兮地笑起來：「不，他當然有弱點！這世上也有一樣東西，可以把草木、水、白骨和墳墓聯繫起來，那樣東西，就是他的剋星。」

（上冊完）

宮

櫃中美人 上

作　　者	水合
總 編 輯	莊宜勳
主　　編	鍾靈
出 版 者	春天出版國際文化有限公司
地　　址	台北市信義路四段458號3樓
電　　話	02-7718-0898
傳　　眞	02-7718-2388
E－mail	frank.spring@msa.hinet.net
網　　址	http://www.bookspring.com.tw
部 落 格	http://blog.pixnet.net/bookspring
郵政帳號	19705538
戶　　名	春天出版國際文化有限公司
法律顧問	蕭顯忠律師事務所
出版日期	二〇一七年五月初版
定　　價	299元

本書台灣繁體版由四川一覽文化傳播廣告有限公司代理，
經作者明晟授權出版

總 經 銷	楨德圖書事業有限公司
地　　址	新北市新店區寶興路45巷6弄6號5樓
電　　話	02-8919-3186
傳　　眞	02-8914-5524
香港總代理	一代匯集
地　　址	九龍旺角塘尾道64號 龍駒企業大廈10 B&D室
電　　話	852-2783-8102
傳　　眞	852-2396-0050

版權所有．翻印必究

本書如有缺頁破損，敬請寄回更換，謝謝。

ISBN 978-986-94698-1-4　Printed in Taiwan

國家圖書館出版品預行編目(CIP)資料

櫃中美人 / 水合著. -- 初版. -- 臺北市 : 春天出版國際, 2017.05
冊；　公分. -- (宮)
ISBN 978-986-94698-1-4(上冊 : 平裝). --

857.7　　106005506